CHRONIQUES DU BOUT DU MONDE

Chroniques du bout du monde

La trilogie de Spic

La trilogie de Rémiz

Text and illustrations copyright
© 2000 by Paul Stewart and Chris Riddell
The rights of Paul Stewart and Chris Riddell to be identified
as the authors of this work have been asserted in accordance
with the Copyright, Designs and Patents Act 1988
Titre original : *The Edge Chronicles/Midnight over Sanctaphrax*
Traduit de l'anglais par Jacqueline Odin
This edition is published by arrangement with Transworld
Publishers, a division of The Random House Group Ltd.
All rights reserved.
Pour l'édition française :
© 2003, Éditions Milan, pour le texte
ISBN : 2-7459-0729-8

PAUL STEWART & CHRIS RIDDELL

Chroniques du bout du monde

tome 3
Minuit sur Sanctaphrax

Traduit de l'anglais
par Jacqueline Odin

Milan

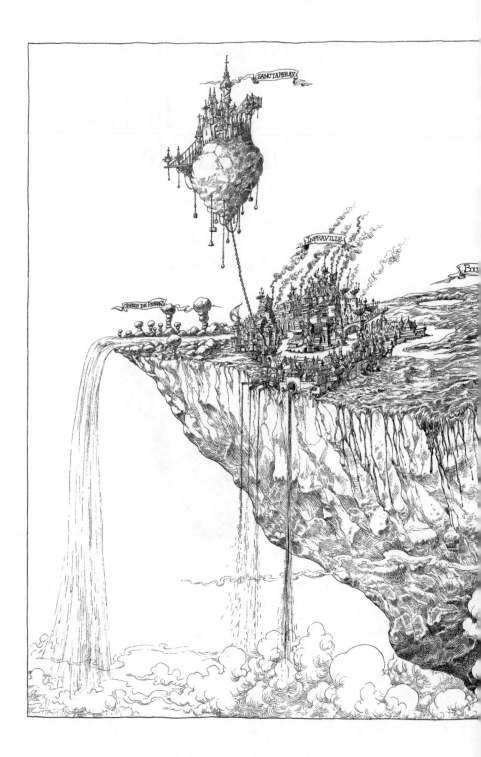

Pour Anna et Katy

Introduction

L OIN, TRÈS LOIN, SURPLOMBANT LE VIDE COMME LA PROUE d'un grand bateau de pierre, se dresse la Falaise. Une large cascade plongeait autrefois par-dessus cette corniche rocheuse. Mais aujourd'hui, l'Orée est peu profonde et coule avec lenteur. Sa source, la Fontaline des mythes, se tarit peu à peu ; les ruisseaux et les affluents qui l'alimentaient s'amenuisent.

À cheval sur son vaste estuaire marécageux se trouve Infraville, enchevêtrement tentaculaire de masures délabrées et de taudis insalubres. Ses habitants, étranges créatures et tribus de la Falaise, s'agglutinent dans ses ruelles étroites.

Infraville est sale, surpeuplée, souvent brutale ; elle est aussi le centre de toute activité économique – y compris des mondes du dessus et du dessous. Elle bourdonne, elle foisonne, elle crépite d'énergie. Tous ceux qui y vivent exercent un commerce particulier, réglementé par une ligue, dans une zone clairement définie. Une telle organisation provoque des intrigues, des complots, d'âpres compétitions et des querelles perpétuelles – entre zones, entre ligues rivales. Néanmoins, une valeur soude la communauté entière : la liberté.

Tout habitant d'Infraville est libre. Née de la deuxième grande migration, la cité accueillait alors ceux qui avaient échappé à l'esclavage et à une oppression tyrannique dans les Grands Bois. Ses pères fondateurs ont inscrit dans sa constitution le principe de la liberté pour tous. Encore aujourd'hui, ce principe est farouchement défendu. Quiconque tente d'asservir un Infravillois encourt la peine de mort.

Au centre de la ville, un grand cercle métallique retient une très longue et lourde chaîne qui s'élève dans le ciel. À son extrémité flotte un énorme rocher.

Comme tous les autres rochers flottants de la Falaise, celui-ci a vu le jour dans le Jardin de pierres – il est sorti de terre et n'a cessé de grandir, poussé par les autres pierres qui se développaient sous lui. Lorsqu'il est devenu assez gros et assez léger pour rester en suspension, on l'a fixé par cette chaîne. Puis on a bâti à sa surface la superbe cité de Sanctaphrax.

Avec ses écoles et ses collèges élégants, Sanctaphrax est un centre de connaissance qui abrite des universitaires, des alchimistes et leurs apprentis. Les matières étudiées là sont aussi obscures que jalousement gardées et, malgré l'ambiance apparente de bienveillance livresque et surannée, Sanctaphrax est un véritable chaudron bouillonnant de rivalités, de cruelles luttes de factions. Cependant, les citoyens de Sanctaphrax ont un objectif commun : comprendre le climat.

Dans ce but, les universitaires – classe-brumes, sonde-brouillard, palpe-vents et autres scrute-nuages – observent et examinent, mesurent et inventorient la moindre particularité des phénomènes atmosphériques toujours changeants que leur envoie le ciel infini, bien au-delà de la Falaise.

C'est dans ce vide gigantesque et inconnu, où peu se sont aventurés et d'où aucun n'est revenu, que la Mère Tempête elle-même mijote le climat. Tempêtes blanches et tempêtes psychiques, voilà ce qu'elle concocte ; des pluies qui rendent tristes, des vents qui font perdre la tête, des brouillards denses et sulfureux qui paralysent les sens et faussent l'esprit.

Il y a très longtemps, le savant Archemax écrivit, dans l'introduction à ses *Mille Aphorismes sur la luminescence* : « Connaître le climat, c'est connaître la Falaise. »

Les universitaires actuels de Sanctaphrax seraient bien inspirés d'écouter ses paroles : en effet, isolés dans leur cité flottante, ils risquent d'oublier le monde au-dessous d'eux.

Les Grands Bois, le Jardin de pierres, l'Orée. Infraville et Sanctaphrax. Autant de noms sur une carte.

Pourtant, chaque nom recèle un millier d'histoires consignées sur des manuscrits ancestraux, des récits transmis oralement de génération en génération – des récits que l'on raconte encore aujourd'hui.

Comme en témoigne ce qui suit.

CHAPITRE 1

Le ciel infini

DANS LA VASTE ÉTENDUE DES NUÉES, UN NAVIRE DU CIEL solitaire, toutes voiles déployées, fendait l'air léger. Devant lui, au bout d'une corde, un oiseau gigantesque battait de ses puissantes ailes noires et blanches : il entraînait le bateau plus loin encore dans ce lieu qui terrifiait toutes les créatures de la Falaise : le ciel infini.

– Tourbillon atmosphérique droit devant ! cria le petit elfe des chênes sur le juchoir au sommet du grand mât.

La peur rendait sa voix perçante.

– Et c'est un monstre !

À la barre du *Voltigeur de la Falaise*, un jeune capitaine pirate, vêtu d'un gilet en peau de hammel, porta d'une main tremblante sa longue-vue contre son œil. Il observa l'air opaque, houleux, et eut un coup au cœur. Le tourbillon était en effet monstrueux. Les gros nuages laiteux semblaient se coaguler, s'affaisser sur eux-mêmes, puis tournoyer dans une énorme gorge rouge sang : au milieu de celle-ci s'ouvrait une noirceur d'encre qui menaçait d'avaler tout rond le minuscule navire du ciel.

–Je le vois, Cabestan, répondit le jeune capitaine.

–Il approche à environ cent foulées par seconde, capitaine Spic, cria Cabestan, visiblement affolé. Il nous reste très peu de temps avant l'impact.

Spic hocha la tête, la mine sombre. Déjà les courants aériens commençaient à tournoyer autour d'eux, imprévisibles. Le bateau traversait des amoncellements de nuages, plongeant lorsqu'il y entrait, remontant lorsqu'il sortait de l'autre côté. Corde tendue, l'oisoveille

continuait sa route avec une régularité implacable.

– C'est une pure folie ! se lamenta le quartier-maître, un individu grêle au museau de fouine, enveloppé dans un manteau de brocart éclatant.

Il ôta son grand tricorne pour éponger la sueur de son front.

– Il se dirige tout droit vers le tourbillon.

– Nous devons aller là où il nous mène, lui répliqua Spic.

– M... mais... bredouilla Théo Slit d'un filet de voix geignard.

– Slit ! cria Spic. Nous sommes tous embarqués dans l'aventure. Vérifiez donc que les haussières sont bien fixées.

Le quartier-maître marmotta dans sa barbe et s'en alla exécuter les ordres du jeune capitaine. Sur le pont inférieur, il trouva un gobelin à tête plate massif cramponné au gréement, les yeux apeurés.

– Aucune raison de t'inquiéter, Marek, dit Slit entre ses dents serrées. Si notre jeune capitaine est réellement convaincu que ce grand volatile décharné nous conduira jusqu'à son père disparu depuis longtemps et non à une mort certaine au milieu de ce tourbillon, de quel droit pourrions-nous le contredire ?

– De quel droit en effet ! cria un personnage trapu, qui avait la peau et la chevelure rouge feu caractéristiques d'un égorgeur des Grands Bois. Tu as accepté l'offre du capitaine Spic, comme nous tous. Et je pense que tu as, comme nous tous, senti quelque chose de spécial chez lui, comme il a senti quelque chose de particulier en chacun de nous. Oui, nous sommes les quelques élus, et nous vivrons cette aventure jusqu'à son terme.

– Hum... répondit Slit d'un ton hésitant. Le terme paraît plus proche que je ne l'avais envisagé.

– Tourbillon à cent mille foulées, se rapproche, dit Cabestan, angoissé, du haut de son juchoir.

– Ce n'est pas honteux d'avoir peur, Slit.

La douce voix sifflante venait de la pénombre derrière eux. Slit lâcha la haussière et se retourna.

– Tu étais encore en train de lire dans mes pensées, hein, Barbillon ? dit-il.

Barbillon recula. C'était une créature frêle, reptilienne, qui avait les mains et les pieds palmés ainsi que d'immenses oreilles en éventail toujours frémissantes.

– Je ne peux pas m'en empêcher, s'excusa-t-il. C'est notre activité, à nous les aquatinals. Et je peux aussi te dire que le jeune capitaine connaît bien cet oisoveille. Il était là lors de son éclosion. L'oisoveille a donc le devoir de le protéger tant que tous deux vivront. C'est lui qui a découvert le père de Spic bloqué sur une épave dans le ciel infini. Il a obtenu l'aide du capitaine, qui a lui-même obtenu la nôtre. Nous le soutenons totalement. En outre, ajouta-t-il, l'oisoveille sait ce qu'il fait, même si ses pensées sont un peu difficiles à déchiffrer.

– Oh, voilà qui me réconforte vraiment ! répondit Théo Slit, sarcastique.

– Je sais, dit Barbillon, paisible. Tes pensées, je les lis sans mal.

Le sourire de Slit se figea et ses joues creuses s'empourprèrent.

– Les haussières, Slit ! cria Spic.

Le jeune capitaine scruta le vide infini devant eux. *Le Chasseur de tempête*, le navire de son père, était quelque part là-bas, plus loin qu'aucun vaisseau n'était jamais allé, et il le trouverait, quoi qu'il puisse en coûter.

Ils volaient déjà depuis vingt jours et vingt nuits ; l'oisoveille leur ouvrait la voie, les guidait avec assurance dans l'espace semé d'embûches. En ce vingt et unième matin, alors que la lumière rose du soleil levant se répandait dans le ciel, la créature apparemment infatigable les entraînait toujours plus loin. Et les caprices des vents ne cessaient d'augmenter dans la collision entre les souffles dominants du sud-ouest et le tunnel d'air qui arrivait de l'est.

– Prends la barre, Goumy, ordonna Spic à la montagne hirsute de poils et de défenses dressée près de lui.

Tout capitaine avait besoin d'un fidèle second : pour Spic, c'était l'ours bandar Goumy.

– Maintiens le cap. Il faut suivre le sillage de l'oisoveille.

Goumy grogna, et ses oreilles duveteuses papillonnèrent.

Spic fixa son attention sur les deux rangées de leviers qui permettaient de maîtriser le navire du ciel. Avec une habileté experte, ses mains jouèrent sur les manches en os : elles levèrent le poids de la poupe et baissèrent celui de la proue, firent descendre le plus possible les poids de tribord, petit, moyen et gros, et remontèrent jusqu'en haut leurs équivalents de bâbord.

Tandis que Spic s'efforçait de calquer la trajectoire irrégulière de l'oisoveille, le navire piqua du nez et pencha à tribord. Des cris d'alarme retentirent sur les ponts inférieurs. Spic serra les dents et se concentra. Dans les meilleures conditions, le pilotage était déjà un art compliqué ; sous la menace d'un tourbillon dans le ciel infini, Spic était mis à rude épreuve.

D'une main, il positionna les poids de la carlingue et de l'étambot. De l'autre, il ajusta les angles des

voiles : il inclina la trinquette, donna du mou à la grand-voile, fit doucement pivoter le foc... De la délicatesse...

— Angle, vitesse, équilibre, murmura Spic.

C'étaient les trois principes essentiels de la navigation aérienne. Mais, dans le vent de plus en plus turbulent, les respecter devenait difficile.

— À tribord toute, Goumy ! cria Spic en réglant les poids de la coque. Nous devons maintenir l'angle de...

Tout à coup, des vibrations effrayantes secouèrent le navire. La coque grinça, les mâts tremblèrent. Le bateau prit soudain de l'altitude et pencha vers l'autre bord.

– Attachez-vous ! ordonna Spic à son équipage.

Le Voltigeur de la Falaise pouvait chavirer à tout moment, et comme il n'y avait pas de terre au-dessous d'eux, une chute éventuelle serait sans fin.

Cabestan, l'elfe des chênes, disparut à l'intérieur du juchoir. Théo Slit saisit une haussière et se ligota au grand mât. Tarp Hammelier l'égorgeur et Barbillon l'aquatinal se cramponnèrent au beaupré ; quant à Marek, le gobelin à tête plate, il rejeta la tête en arrière et hurla.

Au centre du navire, sur une plate-forme au-dessus de la roche de vol, un personnage recouvert d'un grand manteau et d'une capuche pointue se tenait immobile, calme et silencieux. C'était le dernier membre de l'équipage : le pilote de pierres.

Le vent ballottait le navire avec violence, tantôt à bâbord, tantôt à tribord. Spic monta au maximum le poids de la proue et retint son souffle.

Durant un instant, *Le Voltigeur de la Falaise* vibra plus que jamais. Cependant, il résista. Encouragé, Spic régla minutieusement la grand-voile et le foc. Le navire pencha un peu à bâbord et bondit en avant. La corde de l'oisoveille se détendit. Au loin, le guide continuait sa route vers le grand gouffre béant du tourbillon.

– Soixante-quinze mille foulées, se rapproche, cria Cabestan.

– Restez attachés ! recommanda Spic à son équipage. Je ne veux voir personne passer par-dessus bord.

– Personne ? marmonna Slit. Tout le monde, plutôt ! Nous sommes tous condamnés si nous persistons dans cette voie insensée.

Tarp Hammelier lui décocha un regard noir.

– Slit ! prévint-il.

L'autre le considéra d'un air de défi.

– Il faut que quelqu'un lui parle, dit-il. Il va causer notre perte à tous.

–Le capitaine sait ce qu'il fait, assura Tarp. Et puis nous ne pouvons plus rebrousser chemin.

Spic entendit la dispute et se retourna. Il vit tous les membres de son équipage bien attachés au navire. La peur se lisait dans leurs yeux. Son regard s'arrêta sur Tarp.

–Que se passe-t-il là en bas ? demanda-t-il.

–Rien, capitaine, répondit Tarp, et il secoua sa tignasse rouge. C'est juste que Slit est un peu nerveux.

Théo Slit pivota et leva la tête.

–Autant que je sache, déclara-t-il, nul capitaine n'a jamais conduit son navire au cœur d'un tourbillon atmosphérique et survécu à l'entreprise.

Les autres écoutèrent, mais gardèrent le silence. Ils étaient tous trop loyaux et reconnaissants envers le capitaine pour contester ses ordres. Néanmoins, leur panique devant le tourbillon imminent les dissuadait de prendre sa défense. Spic les considéra avec tristesse.

Le spectacle devant lui était si différent du soir où *Le Voltigeur de la Falaise* s'était lancé dans son périple ! Sous une pleine lune éclatante, l'équipage au complet s'était attablé sur le pont inférieur pour un dîner copieux : oiseau des neiges au four, citrouille des bois, pain noir. Le moral était bon, la bière des bois déliait les langues, et ils s'étaient délectés des histoires de chacun avant son arrivée sur le navire de Spic.

Car c'était leur pre-
mier voyage ensemble.
Il y avait Cabestan
l'elfe des chênes :
petit, prudent, doté
d'une vue si perçante
qu'il repérait à mille
foulées un corbeau
blanc dans le Bourbier.

Goumy, le jeune ours bandar,
était déjà gigantesque.
Ses défenses venaient de
pousser. Il pouvait, d'un
seul coup de patte, tuer
un hammel à cornes.

Il y avait aussi
Barbillon, créature rep-
tilienne venue des pro-
fondeurs sombres des
Grands Bois, dont les
oreilles en éventail enten-
daient tout, paroles et pensées. Spic avait sauvé le
trio des griffes de Lard

suant, ignoble mar-
chand d'animaux exo-
tiques ; il avait ainsi
gagné leur reconnais-
sance éternelle.

Tarp Hammelier
l'égorgeur était un

habitant des Grands Bois qui se désespérait dans les tavernes d'Infraville. Marek, gobelin à tête plate, guerrier féroce, était un ancien garde de Sanctaphrax. Les caprices du destin les avaient tous  les deux malmenés ; à bord du *Voltigeur*, un secours et une seconde chance s'étaient offerts à eux. Ils n'oublieraient jamais la bonté du jeune capitaine.

 Enfin, il y avait Théo Slit, qui ne lui devait rien : c'était un quartier-maître intelligent mais sournois que Spic avait pris le risque d'engager.

Seul le pilote de pierres silencieux était une vieille connaissance de Spic et avait déjà navigué avec lui.

– À notre première aventure ensemble ! avait dit Tarp, son verre à bout de bras. Que l'oisoveille nous guide vite jusqu'au père du capitaine et nous ramène sains et saufs sur la Falaise !

Un concert unanime avait salué ses paroles.

– À notre première aventure ! s'étaient écriés les pirates du ciel.

Aujourd'hui, trois semaines plus tard, l'aventure atteignait des sommets d'intensité.

– Tourbillon à cinquante mille foulées, cria Cabestan au-dessus du mugissement de la tempête.

– Écoutez-moi tous, demanda Spic d'une voix forte.

Il se tourna vers l'ours à la barre, qui maintenait le cap en dépit des gifles perfides du vent.

– Toi aussi, Goumy. M'entendez-vous tous ?

– Oui, répondirent-ils en chœur, et, d'un même mouvement, ils dressèrent la tête vers leur capitaine.

Alentour, les nuages se tordaient, se tortillaient, jaunes et gris, dans des éclairs bleu électrique. Le vent soufflait en rafales traîtresses et le tourbillon atmosphérique, dont le gouffre s'ouvrait face à eux sur la spirale du tunnel, ne cessait d'approcher. Spic lui jeta un regard nerveux ; les poils de son gilet en peau de hammel se hérissèrent. L'oisoveille volait toujours droit dans sa direction.

– Je n'ai obligé aucun de vous à venir, déclara Spic. Pourtant, vous êtes venus. Je vous en suis reconnaissant, plus reconnaissant que vous ne pouvez l'imaginer.

Barbillon acquiesça d'un air entendu.

– Je croyais avoir perdu mon père pour toujours. Aujourd'hui, l'occasion m'est donnée de le retrouver. Je n'oublierai jamais que c'est grâce à vous.

– Je vous suivrais dans les profondeurs du ciel infini, capitaine ! cria Tarp Hammelier.

– Ouaou-ouaou ! dit l'ours bandar, approbateur.

Théo Slit baissa la tête et remua, mal à l'aise.

– Nous avons déjà parcouru beaucoup de chemin ensemble, continua Spic. Voici l'heure de vérité. Si le ciel le veut, nous trouverons le Loup des nues et nous rentrerons à la Falaise, dit-il. Mais si...

Il s'interrompit.

– Si nous échouons, je jure que je ne vous abandonnerai jamais, quoi qu'il advienne, vous les membres de

mon équipage. Jamais! En tant que capitaine du
Voltigeur, je vous le promets.

Tarp Hammelier leva les yeux.

– Je ne peux pas parler pour les autres, dit-il, mais je
suis entièrement avec vous, capitaine.

– Moi aussi, dit Barbillon.

Un murmure affirmatif parcourut le pont. Même
Théo Slit hocha la tête.

– N'empêche, je ne vois toujours pas pourquoi nous risquer à foncer droit dans la bouche d'un tourbillon atmosphérique.

– Ayez confiance en l'oisoveille, répondit Spic. Il sait ce qu'il fait.

– Tourbillon à vingt-cinq mille foulées, cria Cabestan. Environ quatre minutes d'ici l'impact.

Le Voltigeur de la Falaise pénétra dans un amoncellement de nuages gris et moites. Sous les bourrasques tempétueuses, il penchait d'un côté, de l'autre. Pendant que Goumy tenait la barre, Spic manipulait les leviers dans un effort désespéré pour stabiliser le navire. Tout autour d'eux, des éclairs bleus étincelaient en zigzags. Le nuage était si dense que les pirates distinguaient à peine leurs mains.

– Angle, vitesse, équilibre, murmura Spic.

Mais cette fois-ci, les mots ne lui apportèrent aucun réconfort. L'air épais lui obscurcissait les yeux, le nez, la bouche, et il sentait son assurance faiblir.

À cet instant, *Le Voltigeur de la Falaise* perça les nuages. Les pirates reculèrent tous sans exception, frappés d'horreur. Spic eut le souffle coupé. Même l'oisoveille sembla éberlué par le décor qui était apparu. L'entrée tournoyante du tourbillon était soudain là, juste devant eux. Sa bouche rouge sang béante était si vaste qu'elle remplissait presque tout le ciel.

– T… t… tourbillon à dix mille foulées, s… se rapproche, bégaya Cabestan.

– Un peu plus haut, Spic, demanda l'oisoveille avant de monter en flèche, et la corde se tendit de nouveau. Nous devons passer par la zone immobile située au centre même de la spirale.

Spic n'hésita pas une seconde. Ses mains dansèrent encore sur les leviers : il leva le poids de la proue, baissa celui de la poupe, modifia les réglages de la bonnette et de la trinquette.

– Parfait, cria l'oisoveille. À présent, maintiens le cap. Tant que nous resterons au centre du tourbillon atmosphérique, nous aurons une chance de réussir.

Un frisson d'inquiétude glacé parcourut l'échine de Spic.

La spirale tournoyante se rapprochait, rugissante.

– Cinq mille foulées, annonça Cabestan.

Des vents dignes d'un cyclone frappaient *Le Voltigeur* avec une violence inouïe ; ils menaçaient à tout moment de précipiter le navire dans une chute en vrille fatale. L'air électrique sentait le soufre et les amandes grillées ; il faisait se dresser les cheveux de l'équipage.

– Mille foulées !

Le navire trembla, craqua. Les pirates saisirent ce qui leur tomba sous la main et se cramponnèrent avec l'énergie du désespoir.

Tout à coup, le bord frangé du tourbillon enveloppa le navire du ciel. C'était comme plonger le regard dans une gorge monstrueuse. Impossible désormais de revenir en arrière.

– Cinq cents foulées ! cria l'elfe des chênes. Quatre cents. Trois cents. Deux cents. Cent...

– Préparez-vous ! s'écria Spic. Nous entrons dans le tourbillon atmosphérique... à l'instant même !

CHAPITRE 2

Le tourbillon atmosphérique

UN UNIVERS ROUGE LES ENGLOUTIT. UN SOUFFLE DE fournaise, un hurlement affreux qui emplit les oreilles de Spic. Son estomac se noua, sa respiration devint saccadée, et lorsqu'il réussit à entrouvrir un œil, le vent lui arracha des larmes brûlantes.

– Au nom du ciel ! s'exclama-t-il.

Ils étaient dans le goulot rouge, enragé, du monstrueux tourbillon. Tout autour d'eux, les courants formaient une spirale grinçante, stridente. Ici, néanmoins, dans la zone centrale immobile, demeurait une étrange tranquillité moite.

– Fixe bien la grand-voile, Tarp, lança Spic au-dessus de l'air mugissant. Et vérifie encore les nœuds des haussières.

– Oui, mon capitaine, répondit l'égorgeur.

Le tourbillon atmosphérique avait une ampleur inimaginable. Le ciel lui-même semblait s'être transformé en une énorme bête avide. Et *Le Voltigeur de la Falaise* était à l'intérieur : avalé, dévoré.

– Accrochez-vous ! rugit Spic. Goumy, enchaîne-toi à
la barre et maintiens le cap.

L'ours bandar obéit aussitôt. Spic se concentra sur
les leviers des voiles et de la coque. Le furieux vent rouge
qui tournoyait de plus en plus vite menaçait sans cesse de
changer leur trajectoire et de les entraîner dans ses
remous infernaux ; il était donc vital d'assurer la stabilité
du navire aspiré vers les profondeurs.

– Et maintenant ? demanda Spic à l'oisoveille.

– Impossible de faire machine arrière, tonna l'oiseau.
Nous entrons dans le cœur turbulent de la Mère Tempête,
lieu de naissance des orages et des tornades, lieu de folie
terrible. Pourtant, un calme suprême règne dans son
noyau, et…

– Et ? demanda Spic.

L'air était devenu bleu, glacial; de minuscules grêlons cruels lui fouettaient le visage.

–Et, tonna l'oisoveille, à moitié perdu dans un lointain banc de brume agitée, c'est là que nous trouverons ton père... si l'un de nous survit.

Tout à coup, Spic fut submergé par un sentiment de tristesse intense. Il tomba à genoux, secoué de gros sanglots. Barbillon poussait des cris de chagrin perçants, aigus. Slit était pelotonné aux pieds de Marek en larmes. Les grêlons minuscules tambourinaient sur le navire.

Que se passait-il? s'interrogea Spic. Quel était ce chagrin dévastateur? Il se remit péniblement debout. C'était presque insupportable.

Agenouillé sur le sol, le front bas, Tarp Hammelier beuglait comme un tilde blessé.

– Pourquoi ? hurlait-il en se tordant de douleur. Pourquoi fallait-il que tu meures ?

Cabestan descendit du mât et s'accroupit près de lui.

– Tarp, mon ami, implora-t-il.

Mais l'égorgeur n'entendait rien. Et lorsqu'il leva la tête, son regard vide transperça l'elfe des chênes.

– Oh, Tendon. Mon frère ! pleurait-il. Mon pauvre, pauvre frère...

Il s'écroula sur le pont en se protégeant le visage de la grêle.

Spic saisit la barre. Derrière lui, les lamentations de Goumy l'ours bandar noyaient tous les autres sons. Puis le banc de brume agitée s'abattit, silencieux et vert, sur la proue. Épaisse, malfaisante, la brume s'enroula autour du pont et masqua l'équipage. À la suite de ce brusque changement d'atmosphère, les sanglots se muèrent en cris de terreur.

Spic frissonna lorsque la brume verte le frappa. Elle le transit jusqu'à la moelle. Un affolement aveugle s'empara de lui.

– Nous sommes condamnés ! hurla-t-il. Jamais nous n'en sortirons. Nous allons tous mourir dans cet endroit terrible. Nous...

– Après le chagrin, la peur, affirma l'oisoveille. Cette vague aussi passera. Sois courageux, capitaine Spic.

Spic secoua la tête. La brume s'éclaircit et la terreur commença de refluer. Une bruine légère tombait maintenant, gouttes brillantes et chatoyantes comme de petits joyaux. Théo Slit renversa la tête en arrière et rit aux éclats. Spic huma la pluie. La tête lui tourna. C'était si merveilleux, si beau, si indicible-blement...

– Aaaaaahhh !

gémit Slit.

Au-dessous de lui, Spic vit le quartier-maître vacillant s'écarter de la rambarde en se tenant le visage à deux mains. Une boule de feu lui encadrait la tête et les épaules, des vrilles de lumière se tortillaient comme des vers sur ses traits terrifiés. Barbillon lança un cri et courut se cacher, alors que de nouveaux serpentins étincelants crépitaient sur le pont.

– Couchez-vous ! cria Spic, tout sentiment d'allégresse balayé.

Théo Slit, apparemment sans vie, gisait effondré sur le pont, près du corps de Tarp Hammelier.

– Au secours ! Au secours ! suppliait Barbillon, d'une voix aiguë et sifflante.

– Nous devons continuer ! répondit Spic.

Et c'est alors que le brouillard rouge descendit.

Dense, pénétrant, d'une odeur âcre de fumée, il brouilla la vue de Spic. Le capitaine se sentit bouillir de rage. Ses yeux flamboyèrent. Ses narines frémirent. Ses dents grincèrent.

– Impossible de faire machine arrière! fulmina-t-il en martelant la barre.

Le Voltigeur de la Falaise cahota et vibra de façon alarmante. Spic s'attaqua aux commandes et les éparpilla. Le navire du ciel parut haleter tandis que ses poids et ses leviers tiraient en tous sens. Près de Spic, Goumy lui-même était incapable de résister aux effets du brouillard rouge.

– Ouaou! brailla-t-il.

Pris d'une fureur fré-
nétique, il lacéra les
rambardes et troua les
flancs du navire à coups
de poing.

– Ouaouaou!

La colère inté-
rieure de Spic s'intensi-
fia. Tout était la faute
de l'oisoveille: ce tour-
noiement, cette folie;
et, pour commencer, le
fait même qu'ils se
soient lancés dans cette
aventure.

– Maudit sois-tu! vociféra-t-il. Puisses-tu croupir dans le ciel infini!

Derrière lui, dans des rugissements féroces, l'ours bandar arrachait les portes, les écoutilles fracassées, et lançait par-dessus bord le moindre morceau de bois fendu. Craquant, grinçant, *Le Voltigeur de la Falaise* échappait désormais à tout contrôle. Le tourbillon était prêt à le réduire en miettes.

Spic se précipita sur le pont principal et bondit vers le mât de beaupré. Le brouillard rouge lui emplissait la bouche, lui troublait la vue et donnait à ses muscles une force sauvage inconnue. La folie grandit, ses sens se fermèrent. Il devint aveugle à ce que ses yeux essayaient de lui montrer, sourd à ce que ses oreilles percevaient. Épée à la main, il coupait, tranchait, tailladait pendant que les rugissements atroces de l'ours bandar résonnaient sans répit dans sa tête.

Puis tout devint noir.

Lorsqu'il rouvrit les yeux, une blancheur laiteuse entourait Spic. *Le Voltigeur de la Falaise* était suspendu dans une position insensée, parfaitement immobile.

– Nous avons réussi, dit-il pour lui-même, paisible.

Il regarda autour de lui, étonné. Tout semblait soudain plus clair et plus net.

Tarp Hammelier, avachi, continuait de pleurer doucement. Marek était évanoui : une portion de mât coinçait sa jambe droite sur le pont. Près de lui, épuisée, la grosse masse poilue de l'ours bandar gisait dans les débris de mât et de gréement ; sa respiration bruyante, grinçante, montrait qu'il vivait encore. Une patte massive enlaçait Cabestan, l'elfe des chênes. Ses gémissements prouvaient que lui aussi s'accrochait à la vie. Barbillon, assis à la proue, penchait la tête d'un côté et de l'autre.

– Je n'entends plus rien, répétait-il, monotone.

Le pilote de pierres apparut en haut de l'escalier du pont supérieur.

Spic eut un faible sourire.

– Regarde, dit-il. Je n'ai rien. Et toi ?

Une voix étouffée monta des profondeurs de la capuche.

– Oh, capitaine, dit-elle avec douceur.

– Quoi ? dit Spic. Je...

Il suivit le doigt pointé du pilote de pierres... jusqu'à ses propres mains. Baissant les yeux, il découvrit un bout de corde flasque dans l'une, son épée dans l'autre.

– Qu'ai-je fait ? murmura-t-il.

Lentement, avec appréhension, il amena la corde à lui. Elle n'offrit aucune résistance. Tout à coup, l'extrémité franchit la rambarde et atterrit à ses pieds sur le pont. Elle avait été tranchée net.

– L'oisoveille ! hurla Spic. Oisoveille, où es-tu ?

Pas de réponse. L'oisoveille, son guide et protecteur, avait disparu. Horrifié, Spic se tourna vers le pilote de pierres.

– Que s'est-il passé ? chuchota-t-il.

– J'ai... j'ai essayé de te retenir, expliqua le pilote de pierres. Mais tu étais trop fort pour moi. Tu jurais, tu maudissais. Tu as saisi la corde et tu l'as tirée vers toi. L'oisoveille a poussé un cri quand ses ailes ont percuté le beaupré. Puis tu as levé ton épée et donné un grand coup...

– L'ai-je tué ? souffla Spic.

– Je ne sais pas, dit le pilote de pierres. La dernière chose dont je me souviens, c'est que Goumy m'a projeté à terre.

—Mon équipage, mon équipage, geignit Spic en secouant la tête. Que va-t-il devenir à présent?

La haute capuche épaisse du pilote de pierres pivota. Du coin de l'œil, Spic vit une chose noire et blanche traverser le pont incliné. Il virevolta juste à temps pour apercevoir une plume de l'oisoveille glisser sous la rambarde et passer par-dessus bord. Alors qu'elle flottait au loin dans le vide miroitant, Spic frémit devant la monstruosité de son geste. Le grand oisoveille, qui le protégeait depuis toujours, avait disparu, était peut-être mort, tué de sa propre main. Spic était seul désormais.

—Que faire? gémit-il, pitoyable.

Il sortit sa longue-vue et scruta les alentours. La blancheur laiteuse chatoyait maintenant de toutes les couleurs de l'arc-en-ciel: rouge, orange, jaune…

Le pilote de pierres lui saisit le bras et s'écria, pressant:

– Regarde là !

Spic ôta la longue-vue de son œil et examina la lumière blanche.

– Quoi ? Je...

Puis il la vit. Tout près, dans la brume, se dessinait une forme sombre suspendue en plein ciel. Elle était presque ravagée : son mât était brisé, ses voiles pendaient, molles, comme des ailes cassées. Spic sentit sa peau lui picoter, son cœur battre la chamade.

– Oh, oisoveille, murmura-t-il. Tu as tenu ta promesse, en définitive. Tu m'as conduit jusqu'au *Chasseur de tempête*.

Bouleversé, Spic se pencha par-dessus la rambarde. Il mit ses mains en porte-voix.

– Père ! hurla-t-il. Père, si vous êtes là, répondez-moi !

Mais aucun son ne parvint de l'épave flottante, excepté le grincement de sa coque fendue et le tapotement d'une haussière ballante contre le mât brisé. *Le Voltigeur de la Falaise* dériva vers *Le Chasseur de tempête* autrefois majestueux. Spic observa le navire du ciel. Il brillait d'un éclat qui lui fit mal aux yeux.

– Il faut que je sache si mon père est à bord, dit-il.

Il saisit un grappin à l'avant du pont, fit tournoyer la corde au-dessus de sa tête et lança le lourd crochet en direction de l'épave. Celui-ci sembla presque transpercer *Le Chasseur de tempête*, puis, dans une secousse et un bruit de bois fracassé, il rencontra un obstacle solide... et s'y ancra. Le pilote de pierres attacha le bout de la corde au beaupré. Spic grimpa, posa un morceau de latte sur le cordage et se cramponna à deux mains.

– Souhaite-moi bonne chance, dit-il.

Sur ces mots, il s'éloigna : il glissa le long de la corde sans laisser au pilote de pierres le temps de répondre.

La descente était raide et rapide ; Spic avait l'impression qu'on lui écartelait les bras. Au-dessous de lui, le vide béant défilait, flou, de plus en plus vite, puis, boum, il heurta le pont du *Chasseur de tempête*.

Durant un instant, Spic resta immobile : il avait peine à

croire qu'il était indemne. Il regarda autour de lui. Le navire du ciel malmené était quasi méconnaissable. Le bois et le gréement semblaient privés de couleur. Bouleversé, Spic se rendit compte qu'ils étaient presque transparents : il voyait les entrailles de l'épave. Puis il entendit une voix.

– Spic ? Spic, c'est vraiment toi ?

Spic se retourna. Une silhouette pâle et décharnée était assise près de la roue de gouvernail en miettes.

– Père ! s'écria-t-il.

Le Loup des nues semblait vieilli. Ses beaux vêtements étaient en loques, ses cheveux avaient blanchi et son regard était plus bleu que dans le souvenir de Spic – d'un bleu anormal. Les cicatrices d'une blessure récente lui barraient l'épaule droite. Spic se précipita vers lui, le cœur palpitant, et s'effondra à ses côtés.

– Oh, père ! dit-il, en pleurs. Je vous ai retrouvé.

–J'ai attendu si longtemps, mon garçon, chuchota le Loup des nues d'un ton las.

Il attira Spic plus près.

– Tu as beaucoup voyagé pour arriver jusqu'ici, dit-il. L'oisoveille qui m'a découvert disait que tu réussirais. Il avait raison. Aucun père n'a jamais été aussi fier de son fils que moi aujourd'hui.

Spic baissa la tête, modeste. Des larmes s'écrasèrent sur son plastron de cuir.

– Tant d'émotion, dit le Loup des nues avec douceur. Je sais, je sais.

Sa voix devint plus dure.

– Spic, dit-il, pressant. Tu dois m'écouter avec attention, car je ne parlerai qu'une fois. Je t'ai fait venir dans un lieu dangereux, soupira-t-il. Si je l'avais su plus tôt, je n'aurais jamais sollicité ton aide par l'intermédiaire de l'oisoveille.

– Mais, père, je voulais…

– Ne m'interromps pas, Spic, dit le Loup des nues.

Son corps brillait de la tête aux pieds.

– Je n'ai plus beaucoup à vivre. Le tourbillon périlleux m'a… nous a conduits dans le cœur même de la Mère Tempête. C'est un lieu de calme, de connaissance ; mais le prix à payer est terrible.

– Le prix à payer ? demanda Spic, anxieux.

– Ceux qui arrivent ici se fondent peu à peu dans la Mère Tempête, continua doucement son père. Elle pénètre par les yeux, les oreilles, les pores de la peau. Elle te livre la connaissance du climat lui-même, cette connaissance à laquelle les universitaires de Sanctaphrax aspirent depuis des siècles, mais, ce faisant, elle s'empare de toi.

Spic poussa un cri étouffé.

– Vous voulez dire... ?

– Je suis immobilisé ici depuis trop longtemps, mon petit. Mes pensées se dispersent...

Le Loup des nues agita une main pâle, presque translucide, devant le visage de Spic.

– Oh, père, murmura-t-il. Que se... ?

– Je suis en train de disparaître, Spic : je me fonds dans la Mère Tempête. Mon plus grand chagrin est de te quitter alors que nous venons tout juste de nous retrouver. Mais avant de m'éteindre, je dois te révéler quelque chose, une chose que j'ai apprise ici. La Mère Tempête reviendra bientôt.

– Au-dessus de la Falaise ? souffla Spic.

– Oui, Spic, confirma le Loup des nues. Cette puissante tempête qui a fécondé la terre à l'origine va revenir, comme elle le fait tous les quatre ou cinq mille ans depuis l'aube des temps. Elle arrivera du ciel infini, survolera le Bourbier puis la forêt du Clair-Obscur et atteindra le point culminant des Grands Bois. La Fontaline.

– La Fontaline ? demanda Spic. Mais cet endroit n'est qu'un mythe...

– La Fontaline existe, dit le Loup des nues, catégorique. Lorsqu'elle l'atteindra, la Mère Tempête rajeunira ses eaux, l'Orée redeviendra un torrent vigoureux, son énergie se répandra sur toute la Falaise : elle apportera une vie neuve, un espoir neuf ; un nouveau commencement.

Il se tut un instant, et Spic, baissant les yeux, vit la souffrance dans son regard.

– Du moins, murmura-t-il, c'est ce qui devrait se produire. Mais il y a une complication.

Spic fronça les sourcils.

– Je ne comprends pas.

Le Loup des nues hocha la tête, patient.

– La dernière fois que la Mère Tempête est venue, la route était libre jusqu'à la Fontaline, expliqua-t-il. Mais aujourd'hui, quelque chose bloque le passage...

– Sanctaphrax! souffla Spic.

– Sanctaphrax, chuchota le Loup des nues, et son regard se voila. Notre cité flottante, avec ses flèches rutilantes et ses institutions vénérables, où j'ai habité autrefois, à l'époque de sa splendeur...

Il s'éclaircit la voix.

– Elle est sur la trajectoire même de la Mère Tempête, qui la détruira lorsqu'elles entreront en collision.

– Mais... commença Spic.

– Chut, dit le Loup des nues avec lassitude. Il y a pire encore. Si Sanctaphrax lui obstrue le chemin, la Mère Tempête ne viendra jamais régénérer la Fontaline. Les eaux de l'Orée se tariront complètement. Et lorsqu'elles disparaîtront, l'obscurité qui règne au cœur noir des Grands Bois se propagera comme un champignon au point d'envahir la Falaise entière.

Il regarda son fils.

– Spic, dit-il. Sanctaphrax ne doit pas barrer la route à la Mère Tempête.

– Mais que puis-je faire? demanda Spic, et il chercha un indice sur le visage fantomatique de son père.

– La Chaîne d'amarrage... elle maintient la cité flottante... il faut... la sectionner, lui dit le Loup des nues, peinant à chaque mot.

– Sectionner la Chaîne d'amarrage? dit Spic, stupéfait. Mais... mais...

–Sanctaphrax s'envolera et la Mère Tempête poursuivra sa course sans encombres jusqu'à la Fontaline. La Falaise sera sauvée, mais…

Sa voix faiblit.

–Sanctaphrax sera perdue.

Pendant qu'il parlait, tout son corps se mit à luire et à scintiller.

Spic recula, le souffle coupé.

–Que… que… qu'est-ce qui arrive ? bégaya-t-il.

Le Loup des nues leva les mains et, perplexe, les regarda miroiter telle une myriade d'atomes dansants.

–Elle a fini par venir me chercher, soupira-t-il.

–Comment ? dit Spic. Que se passe-t-il ?

–Je te l'ai expliqué, Spic. Je suis ici depuis trop longtemps, chuchota son père d'une voix presque inaudible. La Mère Tempête m'a rempli tout entier. Voilà pourquoi je sais ce qui se produira bientôt. Mais en acquérant cette connaissance, j'ai provoqué ma perte, Spic. Plus je brille, plus je m'affaiblis.

Tandis qu'il parlait, le scintillement augmenta, et la silhouette du Loup des nues, capitaine pirate, devint plus difficile à distinguer.

–Elle s'est emparée de moi. Je dois te quitter, Spic.

–Non ! s'écria Spic. Je ne vous laisserai pas partir !

Il s'agenouilla et tenta de prendre son père dans ses bras. Mais c'était comme saisir un rayon de lumière.

– Père ! cria-t-il.

– Tais-toi, Spic, implora son père. Tu dois savoir une dernière chose... à quel moment la Mère Tempête frappera...

– Quand frappera-t-elle, père ? demanda Spic. Quand ?

Les lèvres étincelantes du Loup des nues remuèrent, mais aucun son ne sortit de sa bouche.

– Père ? cria Spic au désespoir. Quand ?

Attachés ensemble, les deux navires pirates décrivaient de lentes courbes. Spic quitta un *Chasseur de tempête* presque immatériel et franchit de nouveau le gouffre béant pour regagner *Le Voltigeur de la Falaise*, auquel le pilote de pierres avait fait perdre de l'altitude. Il atterrit sur le pont dans un bruit sourd. Derrière lui, la corde devint flasque. *Le Chasseur de tempête* avait fini par se dissiper complètement.

Le pilote de pierres scruta le visage livide de Spic.

– Que s'est-il passé ?

Spic lutta pour s'éclaircir la voix.

– C'était… c'était si étrange, chuchota-t-il. Irréel…

– Capitaine Spic, dit le pilote de pierres en le secouant par les épaules. Réagis ! Dis-moi ce qui s'est passé sur *Le Chasseur de tempête*. Le Loup des nues, ton père. L'as-tu trouvé ?

Spic leva les yeux comme s'il entendait ces paroles pour la première fois. Des larmes jaillirent. Il hocha la tête.

– Oui, mais… Oh, je ne sais pas quoi penser…

Sans mot dire, le pilote de pierres tendit le bras et manipula les verrous internes qui maintenaient aux épaules de son grand manteau la capuche trouée de hublots. Les pênes coulissèrent et le pilote de pierres retira sa capuche : son visage fin apparut. Sa chevelure rousse tomba sur ses joues pâles et son cou gracile de jeune fille.

– Spic, c'est moi, Mauguine, dit-elle avec douceur. Tu te souviens ? Tu m'as sauvé la vie il y a peu.

Elle marqua une pause.

– À présent, calme-toi et raconte-moi ce qui a eu lieu sur l'épave.

Elle dégagea ses épaules de l'uniforme pesant et prit la main de Spic. Ce dernier secoua la tête.

– J'ai vu mon père, dit-il, mais il a disparu maintenant. Pour toujours.

Il renifla et tenta en vain de chasser la boule douloureuse dans sa gorge.

– Avant de s'éteindre, il m'a confié une mission. Il faut détruire Sanctaphrax.

– Détruire Sanctaphrax ? s'exclama Mauguine. Pourquoi ?

D'un geste, Spic lui demanda de se taire.

– Nous devons rentrer à Sanctaphrax afin que je prévienne le Dignitaire suprême.

– Mais, Spic, dit Mauguine, nous sommes immobilisés au milieu du ciel infini.

Spic se prit la tête à deux mains et se balança d'un pied sur l'autre.

– Spic, tu dois me dire ce que tu sais, insista Mauguine. Si le ciel le veut, l'un de nous au moins survivra pour transmettre le message de ton père.

– Oui, dit Spic, et il se ressaisit. Tu as raison.

Les yeux de Mauguine s'écarquillèrent au fur et à mesure que Spic lui rapportait les propos du Loup des nues.

– La Mère Tempête, murmura-t-elle. La Fontaline... J'ai toujours cru que c'étaient de pures légendes.

– Moi aussi, dit Spic. Je...

La stupeur se peignit sur son visage.

– Au nom du ciel ! s'exclama-t-il. Qu'est-ce qui arrive encore ?

Tous deux regardèrent alentour. L'air étincelant semblait s'agréger et se précipiter vers eux.

– Dépêche-toi, Spic, pressa Mauguine. Dis-moi tout. Avant qu'il ne soit trop tard.

La blancheur les cerna et la pression de l'air augmenta. La douleur devint insupportable dans les oreilles
de Spic.

– Il m'a dit... Il a dit...

Tout autour de lui, la lumière s'intensifia. Ses oreilles
sifflaient. Sa tête vibrait. Malgré l'acuité de ses souvenirs,
les mots d'explication ne venaient pas.

– Quand, Spic? demanda Mauguine. Quand la Mère
Tempête frappera-t-elle? Est-ce qu'il te l'a dit?

Spic plaqua ses mains contre son crâne. L'air devint
plus dense, plus lourd.

– Je... Il... murmura-t-il.

Une lueur perplexe envahit son regard.

– Quand l'eau s'arrêtera de couler.

Il se tut et grimaça de douleur tandis qu'il luttait
pour retrouver les ultimes paroles fatidiques de son père.
Il avait des élancements dans les yeux. Sa tête semblait
coincée dans un étau.

– Quand... quand la toute dernière goutte tombera,
la Mère Tempête arrivera. L'aube sur la Fontaline,
chuchota-t-il tout bas. Minuit sur Sanctaphrax...

Mais Spic ne sut pas si Mauguine l'avait entendu, car
une bourrasque emporta ses paroles, la blancheur lui
brouilla la vue et un gémissement aigu siffla à ses
oreilles.

– Mets... ta capuche, dit-il à Mauguine, et il s'avança
pour l'aider à renfiler sa tenue pesante.

L'air devint encore plus blanc. Un blanc éclatant. Un
blanc éblouissant. Il lui emplit les yeux et masqua tout le
reste au point de le rendre aveugle. Le navire trembla.
Écarté de Mauguine, Spic tomba en arrière avec lenteur,
avec une lenteur incroyable, dans l'air visqueux.

– Mauguine ! cria-t-il… ou plutôt essaya-t-il de crier, car sa voix ne sortait plus de sa gorge.

Il s'affala sur le pont. Des bruits étouffés résonnaient autour de lui : craquements, claquements, effondrements. La blancheur s'exacerba. Le gémissement aigu devint hurlement. Spic ferma les yeux de toutes ses forces, se boucha les oreilles et se recroquevilla sur lui-même.

Mais c'était en vain. Il ne pouvait lui faire barrage. La blancheur terrible était à l'intérieur de lui, aussi aveuglante et assourdissante qu'à l'extérieur. Elle émoussait ses sens. Elle lui rongeait la mémoire.

–Mauguine, dit Spic en silence. Mon équipage...

Incapable de contenir plus longtemps la pression montante, la tempête blanche implosa. Durant une seconde, ce fut le calme. Puis, dans une décharge cataclysmique, la sphère éblouissante, avec *Le Voltigeur* en son centre, explosa si violemment que le ciel même trépida.

CHAPITRE 3

L'Observatoire céleste

À DES LIEUES ET DES LIEUES, LA CITÉ FLOTTANTE DE Sanctaphrax ballottait et cahotait au cœur d'une tempête effroyable. La Chaîne d'amarrage qui l'ancrait à la terre ferme menaçait de craquer. Dans ses constructions somptueuses, les habitants, universitaires et apprentis, serviteurs et gardes, s'étaient rassemblés en groupes distincts, silencieux, terrifiés à l'idée que la chaîne pouvait se rompre.

Il n'y avait que le professeur d'Obscurité qui était resté seul. Le Dignitaire suprême de Sanctaphrax avait en effet le devoir de continuer son travail pendant que les autres s'abritaient. Lorsque la puissante tempête avait éclaté, il était monté au sommet de l'Observatoire céleste par l'escalier en colimaçon, aussi vite que ses vieilles jambes frêles le lui permettaient. Les différents instruments de mesure qui représentaient chaque discipline de Sanctaphrax attendaient son inspection. À son arrivée, il constata qu'ils s'emballaient tous.

– Au nom du ciel ! s'exclama-t-il en entrant dans la salle pleine de courants d'air.

Il gratta sa barbe broussailleuse, replaça ses lunettes cerclées d'acier sur son nez et regarda les appareils de plus près.

—Mais de tels chiffres sont inouïs, dit-il, puis il jeta un coup d'œil par la fenêtre de la haute tour. Oui, forcément. La tempête de cette nuit-là était la plus intense qu'il ait jamais vue. Venus de plus loin que la Falaise, des vents dignes d'un ouragan et une pluie diluvienne cinglaient la corniche rocheuse avec une violence sans précédent.

—Allez, il faut s'y mettre, murmura le professeur. Lire les mesures. Étalonner les chiffres. Consigner les faits et les résultats.

Il saisit fermement son bâton et traversa d'un pas raide l'observatoire oscillant.

—Mais par où commencer ?

L'anémomètre en cuivre tournait comme un fou et indiquait des vents d'une vitesse bien supérieure à tout ce qu'il avait enregistré jusque-là. Le pluviomètre débordait et signalait une énorme concentration de particules de brume aigre antimagnétiques.

Le professeur secoua la tête.

—Incroyable, murmura-t-il. Tout à fait incr...

Il s'interrompit.

– Mais qu'importent l'anémomètre et le pluviomètre !
s'écria-t-il. Que fait donc l'affectimètre ?

L'objet de l'intérêt soudain du professeur était une
petite boîte argentée, montée en biais sur un trépied. Sur
chacune de ses faces était incrusté un petit carré soyeux,
brillant, fabriqué avec des ailes de papillons des bois.
Comme ces créatures elles-mêmes, le matériau était sensible aux émotions : il changeait de couleur suivant l'ambiance. La colère le rendait rouge ; la tristesse, gris ; la
peur, bleu, et ainsi de suite.

Il y avait deux affectimètres à Sanctaphrax : le premier ici, dans l'Observatoire céleste, le second dans le
Département d'études psycho-climatiques délabré. En
temps normal, l'appareil affichait un blanc neutre. Lors
de pluies particulièrement déprimantes, il pouvait virer
au gris pâle ; une longue période de ciel ensoleillé et de
brise clémente pouvait lui donner une teinte rosée déli-
cate. Mais toujours des tons pastel. Jamais rien d'extrême. Juste de quoi provoquer une légère déception ou
une forte envie de sourire. Car si le climat influait sans
conteste sur les habitants de la Falaise, ses effets étaient
toujours modérés.

Jusqu'à présent, du moins !

Le professeur regarda l'affectimètre, bouche bée, le
cœur battant. Une intensité multicolore faisait palpiter
l'appareil. Il brillait, étincelait, pétillait. Tantôt rouge
écarlate, tantôt bleu outremer, tantôt vert émeraude. Et
violet – un violet sombre, profond, extravagant.

– Une tempête psychique, souffla-t-il.

Il avait lu des passages sur ce phénomène dans les
volumes poussiéreux du *Traité des éléments*.

– Pas étonnant que mon propre esprit soit si agité.

À cet instant, un éclair zébra le ciel tourbillonnant au nord. Pendant une seconde, la nuit devint jour. L'aiguille du photomètre dépassa la graduation maximale et se bloqua ; dans le coup de tonnerre qui retentit aussitôt après, le sonomètre se brisa en mille morceaux.

Le professeur observa les instruments cassés.

– Quels imposteurs nous sommes, à prétendre que nous comprenons le climat, murmura-t-il.

Puis il vérifia discrètement par-dessus son épaule qu'il n'y avait pas de témoin. À Sanctaphrax, une foule d'ambitieux seraient prêts à exploiter les pires doutes du Dignitaire suprême. Par chance, personne n'était là pour entendre ses paroles sacrilèges.

Le professeur d'Obscurité poussa un soupir, retroussa sa toge noire et gravit l'échelle qui conduisait au dôme vitré. Il colla son œil contre le viseur du grand télescope au milieu de la pièce.

Tout en réglant la netteté, il se mit à scruter les profondeurs du vide obscur au-delà de la Falaise. S'il pouvait voir juste un peu plus loin…

– Quels mystères se cachent là-bas ? demanda-t-il tout haut. Mais… qu'est-ce que c'est, au nom du ciel ?

Une petite tache sombre venait de traverser son champ visuel.

Les doigts tremblants, il modifia le réglage. L'objet se précisa. On aurait dit un navire du ciel. Mais que faisait donc un navire dans cet endroit, sans attache, si loin des terres ? En croyant à peine ses yeux, le professeur recula, sortit son mouchoir de sa poche et se frotta les paupières.

– Pas de doute, marmonna-t-il, fébrile. C'est bien un navire du ciel. Je le sais. À moins que…

Il se retourna vers l'affectimètre. La boîte était violet foncé.

– Non, frémit-il. Je n'ai pas pu l'imaginer. Je ne suis pas fou.

Il pivota, saisit le télescope et scruta de nouveau avec anxiété. Il n'y avait rien dans les profondeurs

tournoyantes. D'un geste mal assuré, il refit la mise au point. Toujours rien. Et soudain... Le professeur eut une exclamation étouffée. À l'endroit précis où il avait aperçu le navire (du moins, là où il croyait l'avoir aperçu), il vit plusieurs sphères lumineuses jaillir dans le ciel obscur.

Perplexe, il abandonna le télescope et courut à la fenêtre.

– Des étoiles filantes ! s'écria-t-il.

L'un après l'autre, les points de lumière s'envolèrent et, dessinant de larges courbes flamboyantes, se précipitèrent vers la Falaise. Sept en tout, nota le professeur. Non, huit : il y en avait deux côte à côte. Mis à part ce duo, chacun avait sa propre direction, sa propre vitesse et décrivait sa propre trajectoire.

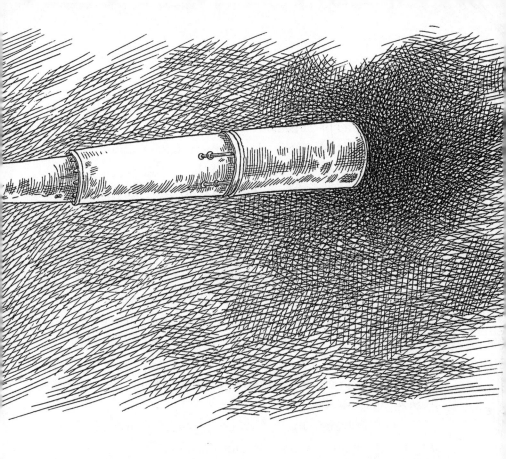

Le professeur soupira. Les caractéristiques de la lumière étaient hors de son domaine ; cependant, il aurait bien aimé récupérer une des étoiles afin d'en examiner la composition, afin de prouver, une fois pour toutes, que l'obscurité résidait au centre de toute lumière. La difficulté serait d'en localiser une.

Déjà les étoiles filantes descendaient ; certaines tombèrent tout près. D'autres survolèrent le Bourbier, atteignirent les Grands Bois. Et une dernière, la plus brillante de toutes, continua si loin que le professeur la perdit de vue.

– Curieux, chuchota-t-il.

Le vent mugit et la tour grinça.

– Très curieux.

Loin au-dessous de Sanctaphrax malmenée, les rues d'Infraville s'étaient transformées en marécage. Ses infortunés habitants pataugeaient dans des torrents de boue et tentaient désespérément de sauver quelque chose du désastre causé par le malstrom.

– Mais qu'allons-nous devenir? s'écria une nabotonne effrayée alors qu'un éclair illuminait le ciel. Pourquoi ne nous a-t-on pas informés de l'arrivée d'une tempête aussi atroce?

Le vent hurla. Le toit trembla. Une étoile filante siffla dans la nuit au-dessus de sa tête. Levant les yeux trop tard pour bien la distinguer, elle repoussa ses cheveux et observa la cité flottante derrière les trombes d'eau. La fureur tordit son visage.

– Pourquoi les universitaires ne nous ont-ils pas prévenus? lança-t-elle.

– Les universitaires? Laisse-moi rire, Liz, rétorqua rageusement son compagnon, qui s'évertuait à empêcher leur toit de s'envoler. Des limaces, tous autant qu'ils sont! Lents, visqueux, pleins de sales…

Crac!

– Pat? appela Liz, alarmée. Ça va?

Pas de réponse. Le cœur battant à tout rompre, Liz releva ses jupes et escalada l'échelle. Le toit était désert. Un trou déchiqueté béait dans les panneaux ondulés.

– Pat! appela-t-elle de nouveau.

– Je suis là en bas, répondit une voix étouffée.

Les mains tremblantes, Liz s'accrocha fermement, s'avança sur le toit et regarda par le trou. Un spectacle insensé s'offrit à ses yeux. Il y avait une énorme plaque de bois au milieu de la pièce. Pat était coincé dessous.

– Aide-moi, chuchota-t-il. Je ne peux pas bouger. Je... je ne peux pas respirer.

– Tiens bon, cria Liz. J'arrive tout de suite.

Chancelante, elle recula sur le toit et chercha du pied le dernier barreau de l'échelle. Le vent lui tiraillait les doigts. La pluie lui cinglait le visage. Avec une lenteur prudente, elle descendit l'échelle puis s'engouffra dans la maison.

– Oh, mille tonnerres ! s'exclama-t-elle, et ses doigts saisirent les amulettes autour de son cou.

De près, la plaque de bois semblait encore plus énorme. Elle était cintrée, vernie, et, à sa surface, des lettres d'or brillaient sous la lampe. LE VOL... Le mot se terminait brusquement dans une multitude de pointes.

– On dirait un morceau de navire du ciel, dit Liz. Mais pourquoi quelqu'un voudrait-il naviguer par un temps pareil ?...

– On s'en fiche, siffla Pat. Déplace-la, c'est tout !

Liz tressaillit, penaude.

– Oui, Pat. Pardon, Pat.

Les sourcils froncés tant elle se concentrait, Liz tira la plaque de toutes ses forces. Elle était lourde, bien plus lourde qu'il n'y paraissait. Malgré tous les efforts de la nabotonne, elle bougea à peine. Mais elle bougea un peu... juste assez pour que Pat puisse dégager ses jambes et s'écarter en vitesse.

– Oui ! s'écria-t-il.

– Ouf ! haleta Liz, et la plaque tomba sur le plancher dans un grand fracas. Oh, Pat, tu vas bien ?

Le naboton s'inspecta soigneusement de la tête aux pieds.

– Je crois, finit-il par dire. Du moins, rien de cassé.

Il montra le fragment de navire.

– L'équipage de ce bateau ne peut pas en dire autant, à mon avis.

– Selon toi, c'étaient des ligueurs ou des pirates ? demanda Liz.

Pat caressa le bois magnifique et les lettres d'or.

– Difficile de se prononcer, vraiment, répondit-il enfin. Mais je sais une chose. Ce navire devait être une splendeur quand il était encore entier.

Liz frissonna.

– Oh, Pat, dit-elle, peux-tu imaginer pire cauchemar qu'être là-haut dans le ciel lorsqu'une tempête aussi terrible se déchaîne ? Nulle part où aller. Nulle part où se cacher...

Elle leva les yeux vers la toiture.

– Voilà qui ramène nos ennuis à leurs justes proportions, tu ne crois pas ? fit-elle remarquer.

– C'est certain, dit Pat, pensif. Je ferais mieux de réparer ce trou avant que nous ne soyons inondés.

Les nabotons n'étaient pas les seuls touchés. D'autres habitants, dans divers quartiers d'Infraville, perdirent leur maison, leurs biens, voire la vie, lorsque les débris tombèrent.

Dans la principale zone commerçante, un large pan de la coque abattit un côté de la volière de Lard suant, le vendeur d'animaux, tuant net la moitié des oiseaux, laissant les autres étourdis mais libres de s'échapper. Le beaupré fendit l'air comme une lance et transperça un hammel à cornes qui attendait, paisible, dans son enclos, la vente du lendemain. Le grand mât écrasa une rangée de boutiques dans sa chute.

La partie occidentale de la ville ne connut pas un meilleur sort. Une volée de poids flottants endommagea considérablement les riches demeures de plusieurs ligueurs en vue. Et le gouvernail, ce gros disque rocheux qui assure l'équilibre des navires du ciel, enfonça le toit de la Chambre des ligues elle-même. Il cassa en deux la table de cérémonie circulaire et tua trois ligueurs au passage.

Par la suite, on identifia les trois malheureux : Simenon Xintax, le président d'alors, Abélard Beaubras, personnage frêle et nerveux qui représentait la ligue des Cordiers et Cardeurs, Ulbus Pentephraxis, brute plus connue pour sa férocité dans les combats contre les pirates que pour un quelconque sens des affaires. Aucun d'eux n'avait eu la moindre chance d'en réchapper.

Même Sanctaphrax eut des dégâts à déplorer. Tout d'abord, un gros morceau de la dunette détruisit la totalité de l'appareillage compliqué installé sur le balcon supérieur du Collège des scrute-nuages. Une minute après, un lourd harpon creva le flanc de la tour délabrée (heureusement abandonnée) des goûte-pluie ; il resta à se balancer, instable, à mi-hauteur du mur écroulé.

Le fracas fut retentissant. Il résonna dans toute la cité et se répercuta jusqu'aux entrailles du rocher.

– Eh voilà, grogna le professeur des palpe-vents. Cette fois, nous sommes tous fichus.

Il se tourna vers le professeur des scrute-nuages, tapi près de lui sous sa table de travail.

– Ce fut un honneur et un plaisir de vous connaître, mon ami, dit-il.

– Tout le plaisir a été pour moi, répondit le professeur des scrute-nuages avec un sourire radieux.

Le professeur des palpe-vents fronça les sourcils.

– Tout le plaisir… dit-il. Si tout le plaisir avait été pour vous, je n'en aurais éprouvé aucun. Or j'en ai eu.

Le professeur des scrute-nuages hocha la tête, solennel.

– Mais j'en ai tiré plus de plaisir.

– Dites donc, cabochard obstiné…

– Qui traitez-vous de cabochard ?

Un deuxième fracas, plus violent, secoua l'air ; tandis que la cité oscillait, le contenu des moindres étagères et placards du bureau se répandit sur le sol.

– Eh voilà, grogna le professeur des palpe-vents. Cette fois-ci, nous sommes vraiment fichus.

Le troisième fracas fut le pire de tous. Il tonna et retentit avec une telle force que les deux professeurs tom-

bèrent à plat ventre sur le sol. Partout ailleurs, universitaires et apprentis, serviteurs et gardes firent de même.

Seul le professeur d'Obscurité, Dignitaire suprême de Sanctaphrax, sut ce qui s'était passé. Lors du premier choc, il avait regardé par la fenêtre de l'Observatoire céleste : il avait vu une tour voisine se balancer, instable, d'avant en arrière.

– La tour des goûte-pluie, murmura-t-il, et il avala sa salive avec nervosité. Par bonheur, je n'y étais pas.

Quelques jours plus tôt, son propre bureau se trouvait encore au sommet de cette tour. Mais pourquoi était-elle ainsi déséquilibrée ? Il baissa les yeux. Et, à mi-hauteur, il aperçut la pointe étincelante de métal et de bois fichée dans la paroi trouée.

Il se gratta la tête.

–On dirait un harpon de navire du ciel, mais... aaah !

Il regarda, horrifié, le grand harpon vibrer, glisser, puis, dans une cascade de pierres et de mortier, dégringoler et atterrir, dans un vacarme assourdissant, sur le toit des cloîtres couverts en contrebas. Le premier pilier s'affaissa ; les autres s'effondrèrent successivement, tels des dominos, jusqu'au dernier.

Puis, alors que l'air s'éclaircissait tout juste, le mur affaibli de la tour céda finalement et tout s'écroula dans une explosion de pierres, de gravats et de poussière.

Le professeur resta bouche bée. Des rides profondes creusèrent son front. Il se rappelait le navire du ciel disparu si mystérieusement. Les curieux débris. Les étoiles filantes...

De petits coups insistants interrompirent sa méditation. Il fit volte-face et découvrit, perché sur le large rebord de l'autre côté de la fenêtre, un oiseau blanc aux yeux jaunes et au bec féroce qui tambourinait contre la vitre.

–Krahan ! dit le professeur d'Obscurité.

Des années auparavant, il l'avait trouvé, oisillon trempé, à moitié mort sous une tempête de neige. Il l'avait ramené dans son bureau chauffé, où il lui avait à la fois prodigué des soins et enseigné les rudiments du langage. Aujourd'hui, Krahan était un vigoureux adulte et, en dépit (ou peut-être en raison) de son mauvais départ dans la vie, il était devenu le chef de la colonie de corbeaux blancs qui nichaient dans le Jardin de pierres, tout au bout de la Falaise.

Le professeur se précipita vers la fenêtre et l'ouvrit. La bourrasque lui ébouriffa la barbe et souleva les plis de sa toge noire.

– Krahan, mon fidèle ami, dit-il. Quelle joie de te voir ! Mais qu'est-ce qui t'amène par cette terrible tempête ?

Le corbeau blanc pencha la tête et fixa sur lui un œil jaune qui ne cillait pas.

– Lumières étranges dans ciel, cria-t-il d'une voix rauque et âpre pour couvrir le vacarme.

– Des étoiles filantes, précisa le professeur. Je les ai vues aussi. Je...

– Étoiles filantes, répéta le corbeau blanc, qui tourna la tête et riva sur lui son autre œil. Une dans Jardin de pierres.

Le professeur sursauta, étonné.

– Comment ?... Tu me dis ?...

Un large sourire s'épanouit sur son visage.

– L'une des étoiles filantes est tombée dans le Jardin de pierres, c'est ça ?

– Jardin de pierres, répéta Krahan.

– Mais tu m'apportes une excellente nouvelle ! s'écria le professeur.

– Jardin de pierres, dit Krahan pour la troisième fois.

Il battit de ses lourdes ailes, s'élança du rebord et piqua dans la nuit.

– Très bien, dit le professeur, et il se hâta vers l'escalier. Il faut que j'aille voir moi-même sans plus tarder.

CHAPITRE 4

Le Jardin de pierres

LE JARDIN DE PIERRES SE TROUVAIT TOUT AU BOUT DU promontoire en surplomb de la Falaise. Il n'y avait là aucune plante. Ni arbre ni arbuste. Aucune fleur. Rien ne poussait dans ce lieu fantomatique hormis les rochers eux-mêmes.

Semés à l'aube des temps, ils grandissaient dans le Jardin de pierres d'aussi loin qu'on s'en souvienne. *Le Traité des éléments* parlait à plusieurs reprises de «ces prodigieuses sphères rocheuses qui croissent et, à maturité, s'élèvent dans le ciel». Le gros rocher flottant sur lequel était bâtie Sanctaphrax venait de là.

De nouveaux blocs apparaissaient sous les anciens et les faisaient monter, au fur et à mesure de leur développement. Au fil des saisons, des colonnes s'étaient formées, empilements de rochers qui allaient en s'élargissant. Des grondements étranges, inquiétants, et de profonds roulements sonores accompagnaient leur croissance; ces bruits, ajoutés aux silhouettes imposantes des colonnes, faisaient du Jardin de pierres un lieu de terreur pour les Infravillois.

Laissés à l'abandon, les rochers supérieurs devenaient si gros et si légers qu'ils se détachaient dans un
soupir crépitant et planaient dans le ciel infini. Mais le
Jardin de pierres n'était pas à l'abandon. La colonie de
grands corbeaux blancs dirigée par Krahan, prospères
descendants de leurs cousins du Bourbier plus petits, plus
décharnés, nichaient sur les colonnes depuis des siècles.
C'étaient eux qui surveillaient la croissance des rochers.

Leurs serres sensibles détectaient les frémissements
d'une roche arrivée à maturité. Leur ouïe fine percevait le
chuchotement d'un bloc prêt à se libérer. Une ou deux
fois par saison, la nombreuse colonie prenait son envol et
venait tournoyer près de la tour des goûte-pluie. Alors, tel
un tourbillon de neige, elle se posait sur le toit pentu de
l'Observatoire céleste : les universitaires savaient que la
récolte des rochers devait commencer.

Sous l'œil vigilant du Dignitaire suprême, les universitaires, bénis et purifiés au cours d'une cérémonie rituelle, quittaient Sanctaphrax et se mettaient à l'ouvrage. Armés de filets à pierres et d'étriers pour rochers, ils fixaient une à une les roches qui se détachaient dans des mugissements épouvantables.

Les Infravillois avaient une peur superstitieuse de la volée d'oiseaux blancs, car elle leur évoquait une visite de spectres venus de plus loin que la Falaise. Le mugissement des rochers et les croassements des corbeaux, surnommés «le chœur des morts», leur étaient presque insupportables. Les animaux s'affolaient, les petits se ruaient dans les maisons en se bouchant les oreilles; même les cœurs les plus braves palpitaient de terreur. Les Infravillois saisissaient leurs amulettes et talismans préférés et suppliaient avec ferveur que la mort les épargne encore un peu.

Cependant, malgré leur effroi et leurs superstitions, ils auraient été encore plus alarmés de ne pas entendre les bruits. Car, quoique terrifiante, la clameur macabre annonçait l'arrivée des roches de vol, dont ils dépendaient tous jusqu'au dernier. Si l'approvisionnement en roches flottantes cessait un jour, aucun navire du ciel ne pourrait plus décoller.

Abondamment récompensés par Infraville pour les roches de vol, les universitaires n'étaient que trop conscients de l'importance de cette besogne. Elle leur apportait une grande influence et une énorme richesse, leur assurait une existence princière dans la magnifique cité flottante et leur permettait de poursuivre leurs nobles études.

Les rochers avaient beau être précieux, les universitaires n'éprouvaient pas le besoin de défendre l'accès au Jardin de pierres. Ils pouvaient sans crainte confier cette tâche aux corbeaux blancs. Leur travail achevé, ils repartaient. Les grands oiseaux s'élançaient alors bruyamment de l'Observatoire céleste et venaient se repaître des carcasses de hammels et de tildes déposées à leur intention – ou, lorsque la mort avait visité Sanctaphrax, des corps des universitaires étendus là, selon la coutume, après la toilette funèbre.

C'était dans ce lieu de mort et de croissance, le Jardin de pierres, que l'étoile filante était tombée. Au-dessus du vent qui sifflait dans les colonnes, les corbeaux blancs avaient perçu un léger chuintement : ils avaient levé la tête et distingué une minuscule sphère lumineuse venue des profondeurs du ciel.

À mesure qu'elle s'approchait, le chuintement grésillant augmentait, la sphère grossissait et son éclat s'intensifiait. Des nuages noirs avaient soudain caché la lune, mais le Jardin de pierres, au lieu de s'assombrir, était devenu plus clair alors que la sphère flamboyante se précipitait vers lui. Dans les creux et les trous, l'eau s'était transformée en miroirs sombres, et les rochers ronds empilés en globes d'argent poli.

Les corbeaux blancs avaient agité leurs ailes découpées et lancé des cris terrorisés. C'était une étoile filante, et elle fondait droit sur leur abri rocheux.

Elle descendit, descendit, descendit et... plouf! Elle atterrit dans une projection de boue près de la plus haute colonne. Et elle demeura là. Éblouissante mais immobile.

Les corbeaux blancs avaient sautillé, curieux, et encerclé l'objet brillant. Était-il dangereux? Était-il comestible? Cris, battements d'ailes, coups de bec nerveux s'étaient déchaînés avant que Krahan les arrête d'un hurlement furieux.

– Kouarrrk!

Toute intrusion inhabituelle dans le Jardin de pierres devait être signalée sans délai au professeur d'Obscurité. Et Krahan, chef de la colonie, avait le rôle de messager.

– Kouarrrk! avait-il crié une seconde fois en s'éloignant.

Les corbeaux blancs avaient l'ordre de garder l'étoile jusqu'à son retour.

– Plus vite, écervelé! cria le professeur d'Obscurité. Ma parole, tu dois être le pousse-brouette le plus lent de tout Infraville!

Il se pencha et frappa de son bâton l'épaule du tractitroll.

–Plus vite ! rugit-il. Plus vite !

Au lieu d'accélérer, le tractitroll s'arrêta complètement et posa les brancards sur le sol. Le professeur glissa
en arrière, s'arc-bouta contre le rebord latéral et, furieux,
s'en prit au troll.

–Qu'est-ce que ça signifie ? tonna-t-il.

–Je ne vais pas plus loin, répondit l'autre.

Le professeur regarda autour de lui et fut surpris de
constater qu'ils étaient à la limite du Jardin de pierres.

–Ce n'est pas trop tôt, grommela-t-il. Mais j'ai encore
besoin de toi. Il faut que tu me conduises à l'intérieur du
jardin.

Le tractitroll secoua la tête.

–Tu es sourd ? lança le professeur.

Le tractitroll traîna ses pieds nus dans la poussière et
détourna les yeux.

–Je n'avancerai pas d'un pouce, dit-il fermement. Je
vous ai déjà transporté plus loin que je ne l'aurais voulu.
Je déteste cet endroit, frémit-il. Il me glace le sang.

–Je vois, rétorqua le professeur.

Il descendit de la brouette et défroissa sa toge.

–Tu m'attendras ici, ordonna-t-il.

–Oh, mais... gémit le tractitroll.

–Autrement, il t'en cuira, le prévint le professeur. Si
tu n'es pas là lorsque je reviens, je veillerai à ce que tu ne
pousses plus jamais une brouette de ta vie.

Le tractitroll jeta un coup d'œil angoissé par-dessus
son épaule.

–Très bien, finit-il par dire. Mais... essayez de ne pas
rester longtemps.

Le professeur considéra le paysage rocheux lugubre et eut un frisson d'appréhension.

– Crois-moi, murmura-t-il. Je ferai aussi vite que possible.

Il s'emmitoufla dans sa toge, rabattit sa capuche et se mit en route. Ses pieds butaient et s'enlisaient ; son bâton tapotait à son côté. Il se sentait las et de plus en plus mal à l'aise. Le Jardin de pierres, qui grondait et craquait tout autour de lui, semblait soudain démesuré – et les chances de trouver l'étoile filante pitoyablement minces.

Où devait-il commencer ? Que devait-il chercher ?

Jetant un regard circulaire alors que la lune basse s'éclaircissait puis s'obscurcissait selon le défilé des nuages, le professeur entraperçut un battement d'ailes au loin. Il eut un coup au cœur. Les oiseaux féroces qui nichaient dans le Jardin de pierres étaient à la fois imprévisibles et dangereux ; lorsqu'il entendit leurs croassements rauques emplir l'air, le professeur fut sur le point de faire demi-tour... mais une pensée horrible lui vint.

– Puisque c'est Krahan qui m'a apporté la nouvelle, il est très probable qu'ils tournent tous autour de l'étoile filante à l'heure qu'il est. Ah ! soupira-t-il. Sois donc courageux. Dissimule ta peur, sinon ils passeront aussitôt à l'attaque.

La lune descendit sous la ligne d'horizon et la température chuta brusquement. Des volutes de brume montèrent du sol, entourèrent les pieds traînants du professeur et son bâton.

– Que le ciel me protège, murmura-t-il d'une voix tremblante, alors que les cris des corbeaux blancs enflaient.

Guidé par leur seul vacarme incessant, il avança d'un pas incertain sur le sol inégal, à demi aveuglé par la brume épaisse.

Soudain, une haute colonne rocheuse se dessina devant lui dans les ombres. Il s'arrêta. Une demi-douzaine de corbeaux blancs, perchés au sommet, se disputaient la place. D'autres s'accrochaient aux flancs. Une autre douzaine – tous des individus massifs – sautillaient sur le sol, les ailes déployées, dans une étrange danse aérienne. Ils gardaient quelque chose, c'était évident.

Le professeur fit un pas en avant. Son cœur battit – pas seulement de peur, mais aussi d'exaltation. Le mystérieux objet près duquel se massaient les corbeaux rayonnait toujours. Le professeur fit un nouveau pas. Puis un autre…

– Kouarrrk ! croassèrent les corbeaux, indignés, lorsqu'ils remarquèrent l'intrus.

Ceux qui étaient sur la colonne battirent des ailes et s'élevèrent dans le ciel en criant. Ceux qui étaient sur le sol bondirent et le harcelèrent à coups de bec et de serres acérées. Ils étaient furieux… et affamés.

– N… ne me reconnaissez-vous pas ? cria le professeur.

Il tendit le gros sceau doré du grand office suspendu à la chaîne autour de son cou.

– C'est moi, le Dignitaire suprême qui vérifie que vous êtes bien nourris, qui…

Il se tut. Les oiseaux ne l'écoutaient pas. Ils formaient à présent un cercle d'ailes battantes autour de lui et commençaient à tester sa résistance. Les tenir en respect était une tâche impossible. Pendant qu'il chassait de son bâton ceux qui l'assaillaient par-devant, d'autres l'attaquaient par-derrière.

– Krahan ! appela-t-il.

Son vieil ami ne le laisserait sûrement pas sans secours.

– Krahan !

Au-dessus de sa tête, l'air s'agita et le plus gros et le plus puissant des corbeaux descendit en vrille. Ses serres luisaient. Son bec brillait. C'était Krahan. Alors qu'il chancelait, le professeur le vit s'abattre sur le dos d'un assaillant et lui enfoncer son bec dans le cou. Un cri strident retentit dans le Jardin de pierres. Du sang ruissela sur les plumes blanches.

– Kouarrrk ! hurla Krahan, menaçant.

Les autres corbeaux reculèrent.

– Dangereux ici, croassa Krahan, et il virevolta pour châtier un oiseau qui s'était aventuré trop près.

– L'étoile filante ? bredouilla le professeur.

– Étoile filante, confirma Krahan d'une voix rauque.

Puis il se tourna et s'ouvrit un chemin parmi la foule de corbeaux mécontents. Le professeur le suivit, toujours nerveux. Si elle s'unissait, la colonie était capable de vaincre son chef en un instant.

Lorsqu'ils arrivèrent près de l'objet brillant, le professeur scruta la brume épaisse. Il trembla, osant à peine croire ce qu'il voyait. C'était sans doute son imagination. Ou un mirage. Il s'approcha encore, s'accroupit et tendit le bras. Ses doigts confirmèrent ce que ses yeux lui avaient dit. Ce n'était pas une étoile filante. Ni une boule incandescente. Ni une roche en fusion.

C'était le corps d'un pirate du ciel, couché à plat ventre, visage contre terre ; et il rayonnait de la tête aux pieds, plus flamboyant qu'une torche.

– Je savais bien que je n'avais pas imaginé ce navire du ciel, marmotta le professeur. Il a dû exploser. Et les

étoiles filantes que j'ai vues, ces huit sphères lumineuses...

Il regarda de nouveau le pirate.

– Était-ce vraiment l'équipage ?

Les croassements des corbeaux redoublèrent. À présent, le professeur comprenait pourquoi ils avaient si
jalousement gardé leur trouvaille et pourquoi son arrivée
avait soulevé une telle fureur. Le pirate tombé du ciel au
milieu d'eux était un repas en prime – repas dont Krahan
et lui, l'intrus en toge, les empêchaient de se délecter.

Il tendit la main et saisit le pirate par l'épaule. Ses
doigts frôlèrent une surface aussi piquante que des
aiguilles. Il ôta sa main et regarda de plus près.

– Une toison de hammel, dit-il, pensif.

Il examina la carrure du pirate, sa jeunesse... et sa
chevelure épaisse, emmêlée. Cette fois, il lui prit l'épaule
avec davantage de précaution. Il le roula sur le dos et le
dévisagea.

– Toi ! s'exclama-t-il.

Le corps palpitait sous l'effet du rayonnement
étrange.

– Oh, Spic, que t'est-il arrivé ? Qu'as-tu fait ?

Tout autour d'eux, les corbeaux blancs poussaient
des cris rauques et stridents ; les plus hardis sautillaient
pour planter leurs becs féroces dans les jambes du pirate.

– Spic ! appela le professeur, désespéré.

Le jeune capitaine intrépide était encore en vie, mais
il dépérissait à vue d'œil.

– Spic, réveille-toi. Je te ramènerai à Sanctaphrax.
Spic ! Tu n'as pas voulu m'écouter. Oh non ! « Je suis un
pirate du ciel, m'as-tu dit. Comme mon père et son père
avant lui. C'est dans le sang. » Regarde où cela t'a

conduit ! Oh, si ton père, Quintinius Verginix, te voyait ainsi…

En entendant le nom de son père, Spic remua. Le professeur sourit. Les corbeaux blancs reculèrent dans des cris hargneux.

Les paupières de Spic battirent. Le professeur les observa, plein d'attente.

– Peut-être que je devrais l'appeler par son autre nom. Le nom du capitaine pirate le plus craint et le plus respecté qui ait jamais navigué dans le ciel. Le Loup des nues…

Les yeux de Spic s'ouvrirent brusquement.

– Père, dit-il.

– Non, Spic, démentit le professeur d'une voix douce, pas ton père. C'est moi, le professeur d'Obscurité.

Mais les yeux écarquillés, farouches, aveugles, ne semblèrent pas le reconnaître. Et Spic ne prononça pas un autre mot. Le professeur frémit d'inquiétude. Excepté ce rayonnement étrange, le corps du jeune pirate semblait indemne, mais son esprit avait souffert, c'était évident.

Les corbeaux revinrent à la charge. Krahan frappa les plus curieux et se tourna vers le professeur.

– Partez, dit-il. Emmenez étoile filante, tout de suite !

Au ton pressant de sa voix rauque, le professeur comprit que Krahan ne serait bientôt plus capable de tenir la colonie à distance. S'efforçant d'oublier la confusion troublante de ce regard fixe et aveugle, le professeur souleva Spic et le hissa sur ses pieds.

– Maintenant, marche, murmura-t-il. Allons. Tu peux y arriver.

Le ciel s'éclairait à l'est lorsque le professeur retraversa, en clopinant, le Jardin de pierres, un bras autour des épaules du jeune garçon, l'autre appuyé sur son bâton.

– C'est bien, Spic, encourageait-il. Encore un petit peu.

CHAPITRE 5

Séraphin

UNE ÉTOILE FILANTE !
La silhouette solitaire d'un novice auxiliaire, garçon mal fagoté aux cheveux en bataille, scrutait la nuit.

– Comme c'est curieux, murmura-t-il.

La tempête étant passée, les universitaires sortaient de leurs diverses cachettes.

– Qu'avons-nous donc là ? lança une voix railleuse derrière lui. Un avorton de fils de ligueur. Pourquoi n'es-tu pas dans la bibliothèque, le nez collé à un manuscrit, Séraphin ?

La voix appartenait à un grand apprenti qui portait la toge bordée de fourrure des scrute-nuages. Dans son dos, plusieurs de ses camarades époussetaient leurs vêtements et ricanaient.

– Je croyais… marmotta le garçon, je croyais avoir vu quelque chose, Vox.

– Laisse l'observation du ciel aux gens qualifiés, dit méchamment Vox. N'as-tu pas un pot de chambre ou autre à vider ?

– Je… j'y allais, répondit Séraphin.

Il rassembla d'une main maladroite son tas de manuscrits et s'éloigna en hâte dans l'allée jonchée de gravats.

– Rebut d'Infraville ! lui parvint la voix de Vox.

Séraphin avait à peine quinze ans et il était petit pour son âge. Dans la hiérarchie de Sanctaphrax, il occupait l'échelon le plus bas : vider les pots de chambre n'était que l'une de ses tâches. Il était à l'entière disposition de tous pour les basses besognes : il faisait les commissions des différents professeurs adjoints, il tamisait la brume et classait les vents, il contribuait à préserver l'aspect reluisant de la cité flottante.

Séraphin rêvait néanmoins d'un avenir meilleur. Chaque fois qu'il le pouvait, il se réfugiait dans la Grande Bibliothèque de Sanctaphrax, tristement délaissée, pour se plonger dans les innombrables manuscrits anciens et poussiéreux conservés là.

La bibliothèque n'était pas en grande estime. Elle n'avait pas l'éclat du Collège des nuages ou de l'Académie du vent, ni le pouvoir et l'influence de l'École de la Lumière et de l'Obscurité. Mais Séraphin lui-même n'était pas tenu en estime. Son père, un colosse de ligueur brutal et autoritaire nommé Ulbus Pentephraxis, lui avait ouvert les portes de Sanctaphrax par sa fortune.

– Tu ne réussiras jamais dans les ligues, toi le rat de bibliothèque effarouché, avait-il déclaré. Peut-être que ces scientifiques vaniteux, là-haut, pourront tirer quelque chose de toi. C'est au-delà de mes possibilités, en tout cas.

Et il avait obtenu pour son fils une place de novice auxiliaire. Au début, Séraphin avait été enchanté. Mais il s'était bien vite rendu compte que la cité flottante pouvait être aussi impitoyable que les rues d'Infraville. Car, en dépit de leur indéniable richesse, les ligueurs étaient l'objet du mépris général des universitaires ; les novices et les apprentis entrés dans la cité flottante grâce à l'argent étaient d'autant plus méprisés.

Tandis qu'il parcourait les avenues désertées de la majestueuse cité flottante, Séraphin s'arrêta pour admirer dans ses moindres détails la splendeur environnante : les tours magnifiques, avec leurs minarets, leurs dômes et leurs flèches, qui rosissaient dans les lueurs de l'aube, les colonnes sculptées, les statues et les fontaines, les larges escaliers et les passages voûtés. Il savait qu'il serait toujours, toujours émerveillé. Tout était si élégant. Si opulent. Si grandiose.

Séraphin poussa un soupir. À contempler l'ensemble, il se sentait encore plus petit que d'habitude. La raillerie de Vox lui revint. « Rebut d'Infraville ! »

Serait-il un jour accepté dans cette cité splendide, se demanda-t-il, ou resterait-il à jamais un petit rat de bibliothèque effarouché ?

Une chose était certaine : il ne retournerait pas à Infraville. Le bruit, la crasse, les volées de coups paternels... et la déception dans les yeux de sa mère avant qu'elle meure. Son existence à Infraville avait failli

l'anéantir. Non, quoi qu'il advienne, il était chez lui à Sanctaphrax. Son père payait un bon prix pour que le Collège des nuages le garde. Et lui, Séraphin, gagnerait le respect de ces professeurs prétentieux !

– Courage, se dit-il tout bas. Aie confiance.

Alors qu'il tournait au coin de l'Institut de la glace et de la neige, il entendit une voix venant du débarcadère un peu plus loin.

– Écrasés par des débris tombés du ciel, expliquait-elle.

Séraphin sursauta, puis il se tapit dans l'ombre. Un gobelinet trapu parlait à un autre chauffeur de panier sur la plate-forme en surplomb.

– Et puis quoi encore ? rétorqua son compagnon.

– Je n'invente rien, dit le gobelinet. Je remonte d'Infraville à l'instant. Bien content de m'en tirer indemne, je te le promets. J'étais à la taverne du Carnasse quand la mère Plumedecheval, la vieille oiselle propriétaire de l'endroit, est arrivée toute frémissante et nous a annoncé que la tempête déchaînée avait frappé un navire du ciel. Brisé en mille morceaux, et les débris mortels s'abattaient partout sur Infraville. Il paraît que le gouvernail géant aurait fracassé le plafond de la Chambre des ligues, et aplati trois ligueurs au passage.

– Non ! s'exclama l'autre, les yeux écarquillés dans une délectation morbide.

– Je le jure sur la vie de ma mère, déclara le gobelinet.

Il leva les mains et détailla les victimes.

– D'abord, le président de la Ligue, dit-il. Simon ou Siméon Machinchose. Ensuite, Truc Bidule Beaubras, le gars des cordes et des cardes. Enfin…

Il fronça les sourcils, pensif.

–Ah oui. Un capitaine de patrouilleur. Pentephraxis. Ulbus Pentephraxis.

Séraphin eut l'impression que le gouvernail s'abattait sur lui de tout son poids. Son père, mort ! Jamais il ne pourrait pleurer la perte d'un père aussi détestable, pourtant sa respiration se fit courte et angoissée alors qu'il mesurait les conséquences terribles de cette nouvelle.

Quand un ligueur mourait, la Ligue prenait tout. Peut-être qu'à cette minute même, les anciens collègues de son père dépouillaient la demeure familiale du moindre objet dont ils pouvaient s'emparer, tels des corbeaux blancs voraces. Et qui les en empêcherait ? Certainement pas son gringalet de fils unique là-haut à Sanctaphrax.

–Sanctaphrax ! gémit Séraphin, et il se prit la tête à deux mains.

Qui allait payer ses frais de scolarité ? Le Collège des nuages le renverrait dans les rues d'Infraville dès que l'argent cesserait d'arriver. Il était condamné, perdu, tout juste bon à nourrir les corbeaux.

Rentrer du Jardin de pierres s'était révélé plus long que prévu, et le soleil brillait déjà depuis longtemps lorsque le tractitroll regagna enfin Infraville. D'abord, même s'il n'avait rien de cassé, Spic était affaibli et ralenti par ses épreuves dans la tempête. Il dut se reposer à plusieurs reprises au cours du trajet jusqu'à la brouette. Ensuite, le tractitroll exigea de renégocier les termes du marché, puisqu'il avait désormais deux passagers, contre un seul à l'aller.

–Vous pesez plus, vous payez plus ! avait-il insisté.

Il avait refusé de bouger jusqu'à ce que le professeur cède.

La somme enfin décidée, ils s'étaient mis en route, mais il était vite apparu que le tractitroll avait présumé de ses forces. Sur le plat, il soufflait et haletait en se traînant à une allure d'escargot ; dans les montées, il peinait au point que le professeur se demandait par moments s'ils arriveraient un jour à destination.

Spic, pour sa part, était demeuré aveugle à ce qui se passait autour de lui. Il n'avait pas articulé un autre mot. Renfermé, passif, il avait laissé le professeur d'Obscurité le hisser dans la brouette. Et lorsqu'ils avaient démarré, le rayonnement qui avait conduit le professeur jusqu'au capitaine s'était éteint.

– Bientôt de retour, dit le professeur d'Obscurité, encourageant.

Spic ne réagit pas.

– Te souviens-tu de notre rencontre ? demanda le professeur, essayant de stimuler la mémoire du pirate. Lorsque tu es venu dans mon vieux bureau au sommet de la tour des goûte-pluie…

Il eut un petit rire.

– Par le ciel, Spic, ajouta-t-il. Tu as aidé Sanctaphrax dans ses heures difficiles. Maintenant, Sanctaphrax va t'aider. J'en fais le serment.

Il considéra le visage tourmenté de Spic et trembla, envahi par une compassion impuissante.

– Oh, Spic, continua-t-il. Mais pourquoi donc t'es-tu aventuré dans le ciel infini, sans rien qui te relie à la terre ? N'as-tu pas évalué les périls auxquels tu t'exposais ?

Il lui saisit les épaules.

– Que s'est-il passé là-bas ?

Mais Spic ne répondit pas. L'esprit du jeune capitaine était de toute évidence bouleversé. Si on ne le soignait pas rapidement, il risquait sans doute de devenir fou. Le professeur regarda autour de lui et fut soulagé de voir qu'ils atteignaient la périphérie d'Infraville. Cinq minutes plus tard, le tractitroll posa les brancards de la brouette.

– Nous y sommes, dit-il à bout de souffle, et il se plia en deux pour reprendre haleine.

Le professeur descendit de la brouette et jeta un coup d'œil vers la cité flottante. L'un des paniers était juste au-dessus de sa tête. Il leva les bras et mit ses mains en porte-voix.

– Il y a quelqu'un là-haut ? cria-t-il.

Toujours caché dans l'ombre venteuse, Séraphin contemplait le sommet de la grande avenue pavée, le cœur lourd et les yeux embrumés de larmes. Son regard passa d'une construction magnifique à l'autre, chacune conçue spécialement pour l'école ou le collège qu'elle abritait.

– Et dire que je ne reverrai plus jamais ces splendeurs, murmura-t-il, des sanglots dans la voix. Je serai bientôt réduit à mendier dans les rues d'Infraville.

Un bruit retentit alors à l'extrémité de la plate-forme. Un professeur quitta le panier arrivant à hauteur du débarcadère. Il avait un compagnon – pieds nus, maigre, cheveux emmêlés, vêtements loqueteux. Séraphin oublia ses soucis un instant. Qui était-ce ? se demanda-t-il. Et le premier personnage n'était-il pas le professeur d'Obscurité ?

Tandis que le gobelinet faisait redescendre son panier et disparaissait, laissant seuls le professeur et l'inconnu, Séraphin sortit de la pénombre.

– Hé, toi, mon garçon !

– Qui, moi, monsieur ? bredouilla Séraphin, et il lâcha son tas de manuscrits.

Le professeur d'Obscurité le regarda de la tête aux pieds.

– Oui, toi, dit-il. Aide-moi à emmener Sp... euh, mon ami jusqu'à l'École de la Lumière et de l'Obscurité...

– Bien sûr, monsieur. Tout de suite, monsieur, répondit Séraphin, et il hissa l'inconnu sur son dos.

– Je suppose que tu sais tenir ta langue, dit le professeur qui ouvrait la voie. Je ne veux pas qu'une foule d'universitaires cancaniers dérangent mon ami.

– Ou... oui, approuva doucement Séraphin.

Le professeur lui lança un coup d'œil circonspect.

– Comment t'appelles-tu, mon garçon ? demanda-t-il.

– Séraphin, pour vous servir. Novice auxiliaire de Sanctaphrax.

– Novice auxiliaire de Sanctaphrax, répéta le professeur d'Obscurité, plissant les yeux. Un Infravillois, d'après ton allure. Riche père ligueur, je parie.

Ils avaient presque atteint l'entrée de l'école.

– Oui, monsieur, confirma Séraphin. Mon père est...

Il se reprit.

– Mon père était ligueur, monsieur.

– Très bien, très bien, dit le professeur, distrait.

Ils arrivèrent devant la porte cloutée... beaucoup trop vite au goût de Séraphin.

– Merci, mon garçon, dit le professeur.

Il poussa l'inconnu vacillant à l'intérieur de l'école. La grande porte cloutée claqua.

Séraphin resta seul sur l'avenue, désorienté. Et à présent ? Il fit demi-tour et repartit lentement dans l'autre sens. Combien de temps lui restait-il ? Un jour ? Une semaine ? Sans doute pas plus, avant qu'il se retrouve dehors, ses quelques affaires empaquetées sous le bras, prêt à monter dans le panier pour son retour définitif à Infraville.

– Bon, Séraphin, dit-il. En attendant, tu vas dégoter le coin le plus sombre et le plus poussiéreux de la Grande Bibliothèque, et qui sait ? sourit-il bravement, comme tous ces vieux manuscrits, ils t'oublieront peut-être toi aussi !

CHAPITRE 6

Renaissance

L'ÉNORME GONG DU REPAS RÉSONNA, MÉCANIQUE, DANS la tour du réfectoire. Les portes des écoles et des collèges de Sanctaphrax s'ouvrirent toutes à la fois et une cohue bavarde de professeurs, d'apprentis et de novices se dirigea, le ventre creux, dans sa direction. Tête baissée, cœur battant, Séraphin rejoignit le flot. Il se glissa dans le réfectoire fourmillant, prit un bol et une écuelle en cuivre sur l'égouttoir et se mêla à la file d'attente agitée.

Dix jours s'étaient écoulés depuis que le professeur d'Obscurité lui avait demandé son aide. Séraphin avait passé tout ce temps caché, pelotonné dans un coin poussiéreux de la Grande Bibliothèque avec ses manuscrits adorés, perdu dans les contes et légendes fantastiques qu'ils contenaient. Personne ne l'avait dérangé. Il ne s'était hasardé dehors que pour chercher à manger – la tourte lâchée par un nettoyeur, la saucisse de tilde qu'un apprenti avait étourdiment laissé tomber.

Mais il y avait plus de vingt-quatre heures qu'il n'avait rien avalé. Lorsque le gong du déjeuner s'était fait entendre, sa faim avait pris le dessus. Il avait un si grand appétit qu'il était prêt à côtoyer les membres du Collège des nuages et à risquer un renvoi irrévocable de Sanctaphrax pour un bol fumant de savoureux ragoût de tilde épicé.

Les professeurs principaux étaient servis à de longues tables hautes. Dans les galeries le long des murs, les autres enseignants et les apprentis les plus âgés se pressaient, tapageurs, autour de grosses marmites communes. Et dans la fosse en contrebas, c'était l'immense vacarme des novices qui se bousculaient autour des tuyaux descendant de l'énorme chaudron central. Alors qu'il se faufilait dans la foule tumultueuse, Séraphin ne pouvait s'empêcher de saisir des bribes de conversation.

– Le Département d'études psycho-climatiques l'a confirmé, c'était bien une tempête psychique l'autre nuit, disait un apprenti. Et les séquelles sont encore perceptibles.

Son camarade hocha la tête.

– Je sais, dit-il. Je commence à me demander si le ciel s'éclaircira un jour.

Dans la pénombre continuelle qui avait suivi cette nuit fatale, de nouvelles perturbations étaient arrivées au-dessus de la Falaise. Une pluie, à laquelle les deux affectimètres (et dans l'Observatoire céleste et dans le grenier du Département d'études psycho-climatiques) avaient réagi par une couleur indigo foncé, avait provoqué une vague de chagrin général dans la région. Une brume épaisse, huileuse, avait rendu provisoirement sourds et muets les habitants de certains quartiers nord d'Infraville. Et, la veille, une averse torrentielle avait suscité des explosions d'une violence terrible chez les troglos ploucs sur les docks flottants.

Ce changement abrupt dans le climat mettait en vedette le Département d'études psycho-climatiques, jusque-là insignifiant. Son doyen, un gratte-papier rondelet nommé Lud Délicatix, était maintenant assis, la mine orgueilleuse, à la plus haute des longues tables ; il se goinfrait de ragoût et ne s'arrêtait que pour lancer des éructations sonores.

– Je songe à demander une place dans le département, disait un troisième apprenti. C'est là que tout se passe, ces jours-ci.

Il jeta un regard discret alentour.

– J'ai entendu dire que les palpe-vents et les scrute-nuages mijotent une alliance.

– Pfff ! Ils seront bien avancés ! rétorqua son compagnon. Ils ont fait leur temps, les uns comme les autres.

Dans le réfectoire entier, c'étaient les mêmes conversations fiévreuses. Les complots et contre-complots foisonnaient. Et, par-dessus le marché, il courait certains bruits que même les plus raisonnables des universitaires ne pouvaient négliger.

Là-haut dans la galerie du Collège de la pluie, un apprenti se tourna vers son voisin.

– On raconte qu'il manigance quelque chose, dit-il. Quelque chose de louche !

Séraphin dressa l'oreille.

– Quelque chose de louche ? demanda son compagnon. Quoi, le Dignitaire suprême ?

– En personne, confirma le premier goûte-pluie. Selon mes sources à l'École de la Lumière et de l'Obscurité, il a quelqu'un enfermé là-bas. Il l'aurait trouvé dans le Jardin de pierres. Je n'ai aucune peine à le croire : cet individu ressemble à un vagabond, il ne décroche pas un mot, mais il vous fige le sang par un seul regard.

– Fou à lier, à l'entendre, cria un apprenti scrute-nuage dans une galerie supérieure. Il hurle !

– Il hurle ? répétèrent en chœur les deux apprentis goûte-pluie.

– Comme un loup des bois, continua le scrute-nuage. Toutes les nuits. Bien sûr, vous ne l'entendez pas depuis votre faculté, mais ses cris résonnent dans tout le Collège des nuages. C'est à flanquer le frisson.

Séraphin fronça les sourcils. Il avait, lui aussi, entendu les curieux hurlements nocturnes depuis sa cachette dans la bibliothèque, mais il n'avait pas fait le rapport avec le personnage au regard fixe qu'il avait rencontré avec le professeur d'Obscurité en cette matinée venteuse.

Tandis qu'il se faufilait vers les tuyaux de ragoût, il continua de penser à l'inconnu.

Selon la rumeur, le mystérieux personnage n'était autre que Spic, le jeune capitaine pirate revenu en héros à Sanctaphrax quelques semaines plus tôt seulement. Il aurait fait ce que nul n'avait jamais osé : il se serait lancé dans le ciel infini, sans rien pour le relier à la terre. Un accident avait dû lui arriver là-bas. Un accident surnaturel, inexplicable, qui l'avait rendu muet et lui avait égaré l'esprit. Il était étrange, dans ces conditions, que le Dignitaire suprême lui ait conféré le titre de professeur de Lumière adjoint.

La foule progressa vers les tuyaux. Derrière Séraphin, deux sous-apprentis palpe-vents se lamentaient sur leur sort.

– Classer, classer et reclasser les vents, se plaignit l'un. Et le professeur est un tel tyran !

– Le pire qui soit, répondit l'autre.

Séraphin soupira. Au moins, votre avenir est assuré, songea-t-il, amer. Ce n'est pas mon cas. Il frissonna ; l'écuelle en cuivre lui échappa et résonna sur les dalles de pierre.

Les goûte-pluie et les scrute-nuages voisins regardèrent, amusés, le garçon frêle aux cheveux en bataille.

– Mais bon, nous ne sommes pas des novices, nous, commenta l'un des palpe-vents, dédaigneux.

– Un Infravillois ! dit son camarade avec mépris.

– Par le ciel ! tonna une voix à la plus haute table, et toutes les têtes se tournèrent.

C'était Lud Délicatix, qui s'étranglait presque avec son ragoût.

– Qui l'eût cru ? postillonna-t-il.

Sous le coup de la surprise, quelqu'un fit tomber une cruche.

– Ma parole, s'exclama quelqu'un d'autre, c'est lui !

Les yeux se rivèrent sur la table supérieure. Là où les universitaires les plus importants déjeunaient, le professeur d'Obscurité poussait vers un siège libre le mystérieux individu aux yeux écarquillés.

Les apprentis oublièrent complètement le novice au milieu d'eux.

– Je n'arrive pas à croire que c'est Spic, dit l'un. Franchement, regarde-le !

– Une mine de désaxé, confirma un autre.

– Et il est soi-disant le nouveau professeur de Lumière adjoint ! dit un troisième. Je ne voudrais pas être son apprenti.

– Ouais, ricana le premier apprenti goûte-pluie. Chez lui, la goutte d'eau a fait déborder le vase !

Ils éclatèrent tous de rire.

Tous, sauf Séraphin. Les apprentis étaient trop stupides pour aller au-delà de l'aspect extérieur ; mais Séraphin, lui, s'attarda. Quelque chose émanait du jeune professeur adjoint : une intelligence féroce illuminait ses yeux brillants et fixes. Peut-être que Spic n'avait pas du tout perdu l'esprit, se dit Séraphin très ému. Peut-être qu'il avait simplement tourné son regard vers l'intérieur de lui-même.

Enfin arrivé sous le tuyau, Séraphin tira sur le levier et prit garde à ne pas répandre de ragoût de tilde fumant à côté du bol. Il attrapa dans le panier un gros morceau de pain de chêne, tout imbibé du ragoût que les autres avaient renversé, puis il s'avança vers la multitude de tabourets bas qui pullulaient comme des champignons sous les galeries. En levant les yeux, il avait une bonne vue sur Spic.

Le professeur adjoint nouvellement nommé regardait dans le vide, aveugle à la scène autour de lui. De temps en temps, le professeur d'Obscurité lui donnait un petit coup de coude, et il se mettait alors à picorer comme un oiseau. Mais seulement un instant… et jamais assez longtemps pour avaler quoi que ce soit.

Tout en continuant à observer le garçon aux gestes saccadés, à peine plus âgé que lui, Séraphin se demanda quelles horreurs il avait dû endurer lorsque *Le Voltigeur de la Falaise* avait subi de plein fouet l'assaut de la tempête psychique. Si une simple pluie passagère pouvait conduire les troglos ploucs à s'attaquer mutuellement, qu'avait-elle provoqué chez le capitaine pirate qui avait vu la destruction de son navire ?

À cet instant, une masse de nuages noirs comme de l'encre couvrit le ciel et assombrit le réfectoire. Le professeur d'Obscurité, pour qui la pénombre soudaine était particulièrement intéressante, tira un photomètre des plis de sa toge. Il s'absorba tant qu'il ne remarqua pas le jeune professeur adjoint quitter son siège et descendre l'escalier en bois.

– Curieux, murmura Séraphin.

Une main pesante s'abattit sur son épaule et faillit le renverser de son tabouret.

– Alors, alors, fit une voix moqueuse bien connue. Voici notre petit Infravillois préféré !

– Vox ! souffla Séraphin, le regard posé sur le visage arrogant du grand scrute-nuage.

– J'ai appris que quelqu'un n'avait pas payé ses frais de scolarité, commença-t-il. Hum, hum. Ça ne va pas du tout.

Séraphin frémit.

– Par pitié ! implora-t-il. C'est juste que mon père…

– Garde ta salive pour le professeur de Scrutation nuageuse, rat de bibliothèque !

Le ton de Vox était dur, sa poigne un étau qui enserrait l'épaule de Séraphin.

– Spic ! appela Séraphin.

Il ne savait pas si c'était sa propre confusion inté-
rieure ou la seule fureur de l'air qui l'avait poussé à crier
le nom du professeur. Ce dernier se préparait-il vraiment
à sauter ?

– Arrêtez ! Arrêtez !

Ses appels pressants se noyèrent dans un deuxième
roulement de tonnerre. Spic chancela au bord de la balustrade et agita les bras.

– Non ! hurla Séraphin.

Affolé, il accourut et attrapa Spic par l'ourlet de son
gilet.

– Aïe ! s'exclama-t-il.

La fourrure de hammel s'était aussitôt hérissée de
piquants acérés qui lui avaient percé la peau. Des goutte-
lettes de sang perlèrent au bout de ses doigts.

Il y eut encore un éclair. Le tonnerre gronda. Et, tandis que le vent enflait, une petite pluie scintillante apparut. Dans Sanctaphrax tout entière, l'allégresse se
répandit. Des acclamations résonnèrent dans le réfectoire. Séraphin, envahi par une subite impression de
force enivrante, saisit le bras de Spic et le fit descendre
de la balustrade. Spic tomba sur le sol.

– Pardonnez-moi, professeur, chuchota Séraphin. J'ai
cru que vous alliez sauter.

Spic se redressa tant bien que mal.

– Tu as parlé ? demanda-t-il.

Séraphin resta bouche bée.

– Vous avez parlé, vous ! Ils prétendaient que vous
étiez muet...

Spic fronça les sourcils et toucha ses lèvres.

– J'ai parlé, chuchota-t-il, songeur.

Il regarda autour de lui comme s'il se rendait compte pour la première fois de l'endroit où il était.

–Mais… qu'est-ce que je fais ici ? dit-il. Et qui es-tu ?

La réponse fusa :

–Séraphin, professeur. Novice auxiliaire, ne vous déplaise.

–Oh, voilà qui ne me déplaît en rien, dit Spic, amusé par les cérémonies du jeune garçon.

Puis il plissa le front.

–As-tu dit… professeur ?

–Oui, confirma Séraphin, mais professeur adjoint aurait été plus précis. Vous êtes le nouveau professeur de Lumière adjoint ; du moins, à en croire les rumeurs.

La stupéfaction se peignit sur le visage de Spic.

–Une décision du professeur d'Obscurité, sans doute, dit-il.

–C'est lui qui vous a ramené à Sanctaphrax, expliqua Séraphin. Ils disent que vous étiez dans le Jardin de pierres. Il…

–Le Jardin de pierres… dit doucement Spic. Alors ce n'était pas mon imagination.

Il se tourna vers Séraphin, l'air perdu, déconcerté.

–Et pourtant…

Il se concentra, les sourcils froncés.

–Oh, pourquoi suis-je incapable de me souvenir… ?

Il se gratta la tête d'un geste lent.

–C'est comme si j'avais rêvé. Je me souviens de mon équipage, du trajet, de l'entrée dans le tourbillon atmosphérique et puis… plus rien !

Il se tut quelques secondes.

–Jusqu'à maintenant, où tu m'as, de toute évidence, empêché de me jeter dans le vide.

Il sourit.

−Merci. Comment t'appelles-tu, déjà ?

−Séraphin, répondit celui-ci. Je ne sais pas ce qui m'a pris. Je n'aurais pas dû vous sauver. J'aurais mieux fait de sauter avec vous, dit-il, le regard rivé sur le sol, inconsolable. Je n'ai plus aucune raison de vivre !

−Allons, allons, dit gentiment le jeune professeur, et il posa la main sur l'épaule de Séraphin. Ce n'est pas possible.

−Mais si, répliqua Séraphin, baissant la tête. Je suis d'Infraville. Mon père est mort et je n'ai pas de quoi payer mon apprentissage. Quand ils me découvriront, ils me chasseront de Sanctaphrax. Quelle raison ai-je de vivre ?

Spic regarda le jeune novice dévoreur de livres.

−Tu m'as sauvé, dit-il simplement. Il me semble que j'ai une dette de reconnaissance envers toi. Tu m'assures que je suis professeur de Lumière adjoint ?

Séraphin confirma.

−Dans ce cas, je t'engage donc comme mon apprenti, Sépharin.

−Séraphin, rectifia ce dernier, enthousiaste. Mais… vous parlez sérieusement ?

−Bien sûr, répondit Spic en souriant. J'aurai besoin d'un jeune apprenti dégourdi pour m'aider, à présent que j'ai fini par me réveiller. J'ai beaucoup à faire.

−Je vous aiderai, professeur, dit Séraphin. Vous allez voir ça !

La carte des étoiles filantes

SÉRAPHIN SORTIT DE LA GRANDE BIBLIOTHÈQUE À LONGUES enjambées, tout en époussetant sa belle toge neuve. Le moindre grain se voyait sur le luxueux tissu noir et la fourrure décorative semblait un peu extravagante, mais le vêtement avait une coupe splendide. Le jeune garçon serra les vieux manuscrits d'écorce contre sa poitrine et se hâta vers l'École de la Lumière et de l'Obscurité.

Il s'engagea dans une allée étroite près de la tour des palpe-vents… et s'arrêta net. Là, en travers de sa route, se tenait Vox le scrute-nuage, le visage collant de pommade des bois.

– Enfin seul, ricana le grand apprenti.

Deux de ses camarades apparurent derrière Séraphin. Il était coincé.

– Je crois que nous avons des comptes à régler, rat de bibliothèque, dit Vox, et il tira des plis de son habit un gourdin redoutable.

Il le fit tournoyer, lança un coup à Séraphin sur le côté du crâne et l'envoya rouler sur les dalles.

–Vox ! souffla sa victime. Espèce de grosse brute...
Aaaïe !

–Où est donc ton prétendu professeur, Infravillois ?
railla Vox. Où est le brave capitaine Spic, sauveur de
Sanctaphrax ?

–Ici même, répondit Spic, qui saisit le bras levé de
Vox et le lui tordit habilement dans le dos.

–Aaargh ! hurla Vox,
qui lâcha son gourdin.

Spic le repoussa.

–Je crois que mon pré-
cieux apprenti Séraphin a
besoin d'un coup de main,
dit-il.

–Ou... oui monsieur,
bredouilla Vox, tremblant
devant le jeune professeur.

–Et dépoussière-lui sa
toge, pendant que tu y es.

Vox aida gauche-
ment Séraphin à se
relever puis le brossa.

–Maintenant, file, ordonna Spic. Et que je ne
te reprenne plus jamais à l'importuner, ou tu te retrouve-
ras avec un aller simple pour Infraville. Me suis-je bien
fait comprendre ?

Vox hocha la tête, l'air morose, et décampa. Ses amis
s'étaient éclipsés depuis longtemps.

–Merci, professeur, souffla Séraphin.

Spic sourit.

–Combien de fois faudra-t-il te le répéter ? demanda-
t-il. Appelle-moi Spic.

– Oui, prof… Spic.

– Séraphin.

– Oui, Spic ?

– Tu as fait tomber ça.

Le jeune professeur tendit les manuscrits froissés à son apprenti.

– Et ne couvre pas de poussière d'écorce ta jolie toge neuve.

– Non, Spic, répondit joyeusement Séraphin, et il suivit le professeur vers l'École de la Lumière et de l'Obscurité.

Le bureau de Spic se trouvait en haut de la tour ouest de l'école. La pièce était petite mais douillette avec ses fauteuils moelleux suspendus et son poêle rugissant. Contre le mur s'étageaient des rayons débordants de livres aux reliures de cuir, de feuilles empilées et ficelées, d'appareils scientifiques compliqués liés à l'étude de la lumière. Un manteau de poussière enveloppait le tout.

Spic regarda Séraphin, assis, le nez dans un manuscrit, plongé dans une lecture avide devant la porte ouverte du poêle où rougeoyaient des flammes violacées. Il doit brûler du ricanier, songea Spic, ce qui le ramena une fois encore à son enfance chez les trolls des bois : installé sur le tapis en poil de tilde devant le feu, il écoutait alors Spelda, sa mère adoptive, lui raconter les histoires des Grands Bois sombres.

Les bûches de ricanier chauffaient bien, mais elles devenaient légères en brûlant : elles avaient donc tendance à s'envoler quand la porte du poêle était ouverte. De temps à autre, Séraphin levait les yeux et repoussait une bûche enflammée qui menaçait de s'échapper.

– Qu'est-ce que tu lis ?

Spic n'essayait pas de cacher son ennui. Son jeune apprenti voyait bien que Sanctaphrax, et tout particulièrement l'atmosphère confinée de l'école, étouffaient le jeune capitaine pirate.

– Un manuscrit ancien, professeur, répondit Séraphin. Je l'ai trouvé dans la Grande Bibliothèque. C'est fascinant...

– Appelle-moi Spic, coupa celui-ci, impatient.

Il continua d'une voix radoucie :

– Je t'envie, Séraphin.

– Moi, Spic ? Mais pourquoi ?

– Tu peux prendre un manuscrit d'écorce et être transporté le ciel sait où. Je t'ai regardé, assis là pendant des heures, absorbé par un bout d'écorce que les mites des bois et les vers ont à moitié rongé, comme en état d'hypnose. Tu es un universitaire né, Séraphin. Tandis que moi...

Il marqua un silence.

– Je suis un pirate du ciel !

Spic se mit debout, traversa le bureau mal ventilé et ouvrit grand la fenêtre. Une pluie glacée aspergea son visage levé, ruissela le long de sa nuque.

– Voilà où je devrais être, dit-il en montrant l'espace. Là-bas. En train de parcourir les cieux à la barre d'un navire. Comme mon père et son père avant lui. C'est dans le sang, Séraphin. Voler me manque tellement.

Séraphin posa le manuscrit et rattrapa avec les pincettes une bûche de ricanier qui se sauvait.

– Oh, Séraphin, continua Spic, le regard toujours rivé sur l'immensité du ciel au-dehors. Tu n'as jamais entendu le vent chanter dans le gréement, ni vu le monde former

110

une carte au-dessous de toi, ni senti le souffle de l'air dans tes cheveux quand tu files en plein ciel. Autrement, tu saurais quelle torture c'est de croupir dans ce bureau exigu. J'ai l'impression d'être un oiseau aux ailes coupées.

– J'adore Sanctaphrax, dit Séraphin. J'adore ses tours, ses allées ; la Grande Bibliothèque... et ce bureau exigu. Mais sans vous, je ne serais pas ici.

Il baissa les yeux, soudain gêné.

– Et je vous suivrais partout, même...

Il indiqua la fenêtre ouverte.

– Même là-bas, dans le ciel infini.

Spic tressaillit.

– D'autres m'ont suivi là-bas, répondit-il doucement.

– Votre équipage ? demanda Séraphin.

– Mon équipage, chuchota Spic avec tristesse.

Il les voyait tous en cet instant, les membres du groupe bigarré mais loyal qu'il avait rassemblé : le gobelin à tête plate, l'égorgeur, l'elfe des chênes, l'aquatinal, le pilote de pierres, l'ours bandar et le quartier-maître à lunettes. Ils avaient cru en lui, ils l'avaient suivi dans le ciel infini... où ils avaient péri.

– Je ne sais pas comment, mais j'ai causé leur perte, Séraphin. Tu vois comme il peut être dangereux de me faire confiance.

– Êtes-vous certain qu'ils sont morts ? demanda Séraphin.

– Bien sûr qu'ils sont morts, rétorqua Spic, irrité. Par quel miracle auraient-ils pu survivre ?

– Vous en avez réchappé, vous, dit Séraphin.

Spic resta silencieux.

– Avez-vous réellement vu ce qui leur arrivait ?

– Vu ? répéta Spic. Mais je ne me souviens de rien !

– Vous n'avez aucun souvenir de ce périple fatal dans le ciel infini ? aiguillonna Séraphin.

Spic courba la tête.

– Non, reconnut-il, mélancolique.

– Alors comment savez-vous qu'ils sont morts ? persista Séraphin. Combien étiez-vous sur *Le Voltigeur de la Falaise* au moment du départ ?

– Huit, moi compris, dit Spic. Mais...

– Le professeur d'Obscurité a déclaré que huit étoiles filantes avaient traversé le ciel, révéla étourdiment Séraphin.

Spic fronça les sourcils.

– Que dis-tu, Séraphin ?

– J'ai trop parlé, bredouilla celui-ci. Le professeur m'a défendu de vous parler de votre ancienne existence. Il a dit que je ne réussirais qu'à vous bouleverser...

– Me bouleverser ? Évidemment que ça me bouleverse ! tempêta Spic. Si je pensais une seconde que l'un d'eux était encore en vie, je partirais aussitôt à sa recherche, quoi que cette décision implique.

Séraphin hocha la tête.

– C'est ce que craint le professeur, je suppose. Oubliez ce que j'ai dit, Spic.

– Oublier ! rétorqua Spic. Je ne peux pas oublier ! Huit étoiles filantes, dis-tu. Une pour chacun des pirates du *Voltigeur*. Séraphin, réfléchis, le professeur a-t-il dit où étaient tombées ces étoiles ?

– Eh bien, je... Euh, je crois...

– Je peux répondre, affirma une voix.

Le professeur d'Obscurité se tenait sur le seuil.

– J'aurais dû savoir que je ne ferais jamais de toi un professeur, Spic, s'affligea-t-il. Tu es comme ton père, un aventurier né. Et comme lui, tu es sans doute destiné à te perdre à jamais dans le ciel infini.

Spic saisit la main du professeur.

–Mon père ? dit-il. Vous savez ce qui est arrivé à mon père ?

Le professeur secoua la tête.

–Je sais seulement que la Grande Tempête l'a entraîné dans son sillage il y a de nombreuses semaines et qu'on ne l'a pas revu depuis.

Il plongea les yeux dans le regard inquiet de Spic.

–As-tu ?... Là-bas ?...

–Je ne sais pas, se désola Spic. Impossible de me rappeler.

Il serra fortement la main du vieil homme.

–Professeur, vous devez m'aider à retrouver mes hommes d'équipage. Lorsque j'étais encore leur capitaine, j'ai fait le serment de ne jamais les abandonner, quoi qu'il advienne. S'il y a la moindre chance que l'un d'eux ait survécu, je dois tenir ma promesse.

– Mais Spic, dit le professeur. Même si…

– Et peut-être, continua Spic, coupant court aux objections, peut-être que mon équipage contribuerait à raviver mes souvenirs.

Il s'écarta du professeur et le regarda droit dans les yeux.

– En effet, qui sait ce que j'ai pu oublier, là-bas, dans le ciel infini ? Peut-être des informations précieuses. Pour vous, professeur. Pour Sanctaphrax.

Le professeur parut embarrassé. Spic avait raison. Il s'était aventuré si loin dans le ciel infini qu'il avait connu ce que personne n'avait jamais connu ; accompli ce dont le vieux savant lui-même avait seulement rêvé : pénétrer dans la source du climat. Qui plus est, Spic avait survécu et il était revenu pour témoigner. Jusque-là, bien sûr, ses souvenirs restaient inaccessibles, mais si on découvrait le moyen de les libérer…

– Très bien, dit le professeur. Je vois que tu es résolu. Pars en quête de ton équipage, Spic, et avec ma bénédiction.

Il tira des plis de sa toge une bourse de cuir remplie d'or et la posa dans la main de Spic.

– Pour ton voyage, dit-il. Fais-en bon usage. Maintenant, suis-moi dans mon bureau : je te montrerai la carte que j'ai dessinée la nuit où tu es retombé sur terre. Elle représente la position approximative des autres étoiles, si mes calculs sont exacts. Plusieurs ont atterri tout près, quelque part dans Infraville. Deux sont tombées plus loin, dans les Grands Bois ; le ciel les secoure ! Et l'une, la dernière, est tombée si loin que je n'ai pas pu la localiser avec certitude.

– Montrez-moi cette carte, professeur ! s'enflamma Spic.

Il se tourna vers son apprenti.

– Nous allons retrouver mon équipage, Séraphin. Nous serons réunis...

Après un silence, il ajouta :

– Peut-être même que j'apprendrai quelque chose sur mon père...

– Spic, dit sévèrement le professeur. Lance-toi dans cette chasse aux étoiles filantes, si tel est ton devoir. Et je vois en effet que c'est le cas. Mais, au nom du ciel, laisse ce garçon en sécurité chez lui à Sanctaphrax.

Séraphin s'avança, prit le bras de Spic et fit face au professeur.

– Je regrette, professeur, dit-il. Mais j'ai promis moi aussi !

CHAPITRE 8

L'Arbre aux berceuses

SÉRAPHIN, APPELA DOUCEMENT SPIC. LE PANIER VA bientôt arriver.

Séraphin leva les yeux du manuscrit ancien qu'il examinait.

– Quel incorrigible tu fais! dit Spic avec bienveillance. Nous sommes sur le point d'entreprendre une quête ardue, peut-être vaine, et tu as le nez dans un manuscrit.

– Pardon, Spic, dit Séraphin. Mais celui-ci est particulièrement intéressant.

Spic sourit.

– Tu meurs d'envie de m'en parler, alors vas-y.

– C'est le mythe de la Fontaline, prof... euh, Spic, expliqua Séraphin, enthousiaste.

– Quoi, cette vieille légende? dit Spic. Spelda, ma mère adoptive troll des bois, me la racontait quand j'étais petit.

Un sourire lui vint aux lèvres et ses yeux brillèrent.

– *Dans l'obscurité de velours surgit une étincelle...* murmura Spic. Oh, mon cœur battait si fort quand elle prononçait cette phrase ! Parmi la foule de récits qu'elle connaissait, le mythe de la Fontaline a toujours été mon préféré.

– *L'étincelle tourna. Le vent souffla. La pluie pleura...* lut Séraphin.

Spic hocha la tête.

– *Le soleil sourit. Et la première minute de toutes les minutes s'écoula,* dirent-ils ensemble.

– Vous savez le texte par cœur ! s'écria Séraphin, ravi.

– On raconte le mythe de la Fontaline dans tous les coins de la Falaise, répondit Spic. Je l'ai entendu dans les grottes des harpies troglos, je l'ai entendu sur *Le Chasseur de tempête* ; avec des variantes, mais le fond reste le même. Tu as ici la version classique.

– Cette histoire donne un sens aux choses, dit Séraphin.

Spic tira sur le foulard qu'il avait autour du cou.

– Parfois, la vérité est enfouie dans les vieilles légendes, dit-il d'un ton grave.

– Croyez-vous alors, demanda Séraphin, qu'il existe un endroit lointain où tout a commencé ?

– Que *la Mère Tempête a frappé le point culminant de cette corniche rocheuse stérile et l'a fécondé* ? dit Spic. Pourquoi pas ? J'ai vu beaucoup de phénomènes étranges dans les Grands Bois, dans la forêt du Clair-Obscur...

Il se tut.

– Qu'y a-t-il, Spic ? demanda Séraphin, inquiet.

Spic regardait fixement le ciel vide au-delà de la Falaise.

– Il y a quelque chose, chuchota-t-il. J'en suis sûr. Quelque chose dont je n'arrive pas à me souvenir.

Sa voix devint plus pressante.

–Quelque chose dont il faut que je me souvienne...

–Spic, dit Séraphin, avec un mouvement de tête. Le chauffeur de panier est là.

Sans autre commentaire, ils grimpèrent dans la nacelle. Séraphin trembla, pris de vertige. Le chauffeur de panier, un gobelinet, décoinça la corde et ils s'éloignèrent lentement de la cité flottante.

–Le temps n'arrête pas de changer en ce moment, dit-il, et il leur jeta un regard de biais. Mais vous le savez sûrement mieux que moi.

Il tentait de les faire parler. Comme tous les Infravillois, le gobelinet voulait à tout prix une explication sur le climat perfide que leur envoyaient les profondeurs du ciel. Mais Spic ne répondit rien, et Séraphin l'imita.

Tandis que le panier descendait, tous deux enlevèrent leurs toges et les roulèrent, de façon à voyager incognito. Les odeurs d'Infraville s'accentuaient au fur et à mesure du trajet. Des odeurs âcres.

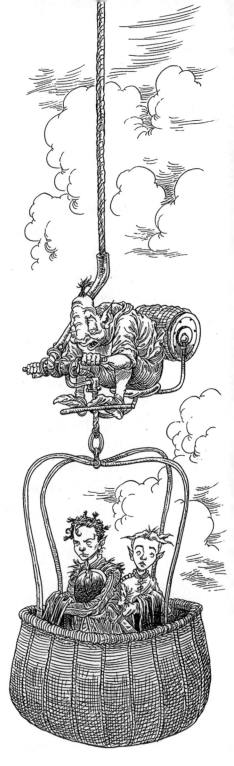

Familières. Les pignons grillés, l'huile de tilde brûlée, le parfum douceâtre, écœurant, qu'ils étaient si nombreux à utiliser pour masquer la puanteur des égouts. Et les bruits. Le fracas des roues en bois de fer sur les pavés, le bavardage et le badinage, le brouhaha sans fin de l'activité fiévreuse.

Le gobelinet atterrit dans le quartier des artisans, fatras tentaculaire de quincailleries, de maroquineries et d'ateliers de souffleurs de verre.

Spic sortit du panier et indiqua une ruelle tortueuse sur sa gauche.

—Par là, Séraphin, dit-il. Nous devons être méthodiques, alors commençons par explorer toutes les tavernes de l'est d'Infraville.

—Mais je n'ai pas soif, répliqua Séraphin, nerveux.

—Moi non plus, Séraphin. Mais beaucoup ont le gosier sec : les négociants, les marchands d'esclaves, les navigateurs du ciel. Et quand ils boivent, Séraphin, ils parlent. Pendant qu'ils parleront, nous les écouterons. Et avec un peu de chance, peut-être que nous apprendrons quelque chose. Ne t'éloigne pas, recommanda Spic, et ouvre bien les yeux et les oreilles.

—Je sais écouter, sourit l'apprenti en le suivant au cœur de la foule.

Très vite, Séraphin ne sut plus combien d'auberges, de tavernes et cafés ils avaient explorés. Le Tilde cavaleur, l'Ancre rouillée, le Crochet et l'Œil... tous les noms se mélangeaient. Pourtant, à la fin de cette première journée, ils n'avaient rien appris. Fatigué, courbatu, Séraphin quitta le Chêne rouge sur les talons de Spic. Il faisait nuit depuis longtemps et les réverbères à huile étaient tous éclairés. Les yeux troubles, Séraphin regarda les alentours.

– Où essayons…

Il étouffa un bâillement.

– … essayons-nous maintenant ?

Spic sourit.

– Nulle part, répondit-il. Nous allons trouver un logement pour la nuit et nous continuerons nos recherches demain.

Séraphin lança un regard hésitant autour de lui.

– Vous voulez passer la nuit ici, à Infraville ?

– Nous sommes en quête de mon équipage perdu, Séraphin, lui rappela Spic. Nous ne pouvons pas rentrer à Sanctaphrax chaque fois que nous avons froid, que nous sommes mouillés ou fatigués, si ?

Séraphin secoua la tête.

– Non, dit-il, un peu à regret. Je suppose que non.

Ils prirent une petite chambre sombre au-dessus du Chêne rouge. La pièce était simple, mais convenable. Il y avait deux paillasses contre le mur, et une grande cruche d'eau fraîche dans le coin leur permit de se rincer la bouche et de chasser l'odeur de tabac froid.

– Bonne nuit, Séraphin, souhaita Spic.

– *Cherchez vos racines, capitaine,* chuchota une voix.

– Comment ? Séraphin ? demanda Spic.

Mais personne ne répondit. Séraphin avait sombré dans un profond sommeil sans rêve.

Ils se réveillèrent tard le lendemain matin et, après un petit déjeuner copieux, se remirent en route. Et le scénario se répéta. Durant trois jours, de midi à minuit, ils parcoururent le quartier est d'Infraville, dormant dans l'auberge où ils se trouvaient lorsque les douze coups sonnaient. Le quatrième jour, ils arrivèrent devant une taverne, l'Arbre aux berceuses, dans un secteur particulièrement mal famé près des docks.

–*L'arbre aux berceuses partage vos racines*, dit une voix douce, sifflante, à l'oreille de Spic.

Celui-ci se tourna vers Séraphin.

–Que sais-tu des arbres aux berceuses ?

–Moi ? demanda Séraphin, perplexe. Rien, Spic.

Spic fronça les sourcils.

–Bon, autant essayer ici, déclara-t-il.

Séraphin regarda l'enseigne de la taverne : c'était un arbre des Grands Bois au large tronc noueux et

aux branches en éventail. L'artiste avait même peint un cocon d'oisoveille suspendu au feuillage.

–Allons, active-toi, dit Spic, qui fit un pas en avant. Nous...

Crac !

Un rondin massif traversa la fenêtre à droite de la porte. Spic et Séraphin se baissèrent précipitamment. Juste à temps : une seconde plus tard, un énorme tonneau défonçait la vitre de la porte elle-même. Il leur frôla la tête, s'écrasa sur le sol dans un craquement retentissant et son contenu se répandit.

–Comme je l'ai dit, Arlequin, des accidents peuvent se produire, cria une voix furieuse à l'intérieur.

–Ouais, ajouta une deuxième voix, menaçante. Parfois c'est un abreuvoir abîmé. Parfois c'est un tonneau fracassé.

Un bruit de bois fendu accompagnait chaque phrase.

– Et parfois, c'est un portrait esquinté, siffla une troisième voix. Si tu suis mon idée...

– Oui, oui, répondit une petite voix angoissée.

Spic et Séraphin se relevèrent et jetèrent un regard prudent par la porte brisée. Trois gobelins-marteaux robustes entouraient le malheureux propriétaire, un personnage frêle aux cheveux en épis et à la peau tachetée. Il tremblait de tous ses membres.

– Les temps sont durs, bredouilla-t-il. Les recettes sont en baisse. Je... je n'ai pas l'argent, c'est tout.

Les yeux brillants d'indignation, Spic regarda Séraphin.

– Comme je déteste voir les forts s'acharner sur les faibles ! dit-il.

Séraphin lui posa la main sur le bras.

– Ils sont trop nombreux, chuchota-t-il. Il vous arrivera malheur...

Mais Spic écarta la main de Séraphin.

– Et j'aurais dû laisser cet apprenti scrute-nuage te rosser, peut-être ?

Séraphin rougit, honteux.

– C'est bon, Séraphin, dit Spic. Attends dehors si tu préfères. Mais moi, j'entre.

Et il poussa la porte cassée. Les gonds grincèrent. Les gobelins-marteaux firent volte-face.

– Bonsoir, dit calmement Spic. Bonsoir, Arlequin. Un gobelet de votre meilleur vin de sève, s'il vous plaît.

Il se retourna et un sourire flotta sur ses lèvres : Séraphin était entré derrière lui, en fin de compte.

– Et un autre pour mon ami que voici.

– Je... nous nous apprêtons à fermer, dit Arlequin.

Spic jeta un coup d'œil aux groupes de clients tapis dans l'ombre, trop lâches ou trop ivres pour venir en aide au propriétaire. Aucun ne semblait sur le point de partir.

–Pas étonnant que les affaires marchent mal, grommela un gobelin-marteau. Refuser des clients comme ça !

Il toisa Spic et Séraphin de la tête aux pieds puis sourit, narquois. Le bois de fer anthracite de son dentier brilla dans les lueurs turquoise du feu.

–Installez-vous, dit-il, et il montra de son couteau l'un des bancs restés debout.

Séraphin allait obéir lorsque Spic lui posa une main rassurante sur l'épaule.

–Asseyez-vous ! rugit le gobelin.

–Faites ce qu'ils demandent, dit Arlequin d'une voix faible. Je serai à vous tout de suite.

Spic et Séraphin ne bougèrent pas d'un pouce.

–N'ai-je pas été clair ? gronda le gobelin-marteau entre ses dents.

Ses deux compagnons se tournèrent et s'approchèrent, poings serrés, regards noirs.

–Clair comme l'eau de la Fontaline ! répondit Spic d'un ton ferme, à la suite de quoi il tira son épée à grande lame : l'épée que son père lui avait confiée juste avant d'être entraîné par la Grande Tempête.

L'arme étincela dans la lumière turquoise. Durant un instant, les gobelins hargneux demeurèrent interdits. Puis ils se regardèrent et, incrédules, éclatèrent de rire.

–Petit foutriquet ! tonna le plus proche à l'adresse du jeune capitaine, et il dégaina sa propre arme, une faucille à l'air redoutable. Viens donc voir, grogna-t-il, sarcastique, en lui faisant signe et en se balançant d'un pied sur l'autre.

– Vas-y, Tambour, encouragea le gobelin au couteau.

Arlequin en profita pour s'esquiver.

– C'est ça !

Le propriétaire resurgit vivement de l'ombre et brandit son gourdin.

Bong !

Il atteignit le gobelin à la tête, l'abattit comme un arbre et envoya le couteau glisser sur le plancher. L'objet s'arrêta aux pieds de Séraphin. Celui-ci hésita, puis se baissa pour le ramasser.

Le lourd couteau lui parut étrange dans sa main. Malgré les efforts de son père, Séraphin n'avait jamais réussi à maîtriser l'art de l'autodéfense. Nerveux, il se tourna vers le deuxième gobelin-marteau.

– Tu ferais bien de te méfier, dit-il d'un ton aussi menaçant qu'il le put. Ne m'oblige pas à m'en servir.

Mais sa voix était grêle, peu convaincante.

Derrière lui, la faucille du troisième gobelin fendit l'air. Spic bondit aux côtés de son jeune apprenti, épée levée. La faucille la heurta violemment : le choc se répercuta dans tout le bras de Spic – qui tint bon.

– Plus ils sont laids, plus la victoire est belle, marmonna-t-il.

Il lança un, puis deux coups féroces en direction des gobelins. La faucille fendit de nouveau l'air, bas, de biais cette fois. Spic recula en hâte. Le bout cruel de la lame manqua son ventre, mais déchira la ceinture de son gilet en peau de hammel. Séraphin virevolta et frappa furieusement l'agresseur de Spic.

– Aaaïe ! couina le gobelin lorsque la lame tranchante pénétra dans le pouce de sa main armée.

– Bravo ! félicita Spic.

Il leva le bras et attaqua. Il atteignit sa cible : la faucille du gobelin tomba sur le sol dans un fracas.

D'un coup de pied, Séraphin la projeta vers le mur. Spic pressa son épée contre le cou du gobelin.

– Partez immédiatement, dit-il avec froideur, sinon je vais finir le travail.

Les deux gobelins-marteaux échangèrent un regard.

– Filons d'ici ! brailla l'un.

Tous deux pivotèrent et battirent précipitamment en retraite, sans se préoccuper une seconde de leur camarade terrassé.

– Grâce au ciel, murmura Séraphin.

Il tendit à Spic le couteau du gobelin. Le capitaine sourit.

– Garde-le, dit-il. Tu l'as bien mérité. Tu as fait merveille, Séraphin. Je ne te savais pas si courageux.

Séraphin baissa la tête, modeste, et glissa le couteau dans sa ceinture. Lui non plus ne le savait pas.

– Pas vraiment réputés pour se serrer les coudes, les gobelins-marteaux, gloussa Arlequin.

Il raccrocha le gourdin au mur et se tourna vers Spic et Séraphin.

– Mais d'autant plus dangereux, ajouta-t-il. Merci pour votre aide, messieurs.

Il remit d'aplomb l'un des bancs.

– Installez-vous. Vous allez goûter à mon meilleur tonneau ; c'est aux frais de la maison, bien sûr.

Spic et Séraphin s'assirent. Séraphin ruisselait de sueur, ses mains tremblaient. Il scruta les lieux pour la première fois.

Les autres clients, qui se désaltéraient et sirotaient dans les recoins sombres, ne semblaient pas avoir remarqué le combat. Certains étaient assis près des rangées de tonneaux hexagonaux encastrés comme des nids d'abeilles dans le mur opposé ; d'autres étaient courbés sur les longs rondins vers les abreuvoirs à alcool. Dans l'angle, le feu émettait une lueur turquoise et les bûches chantonnaient, mélancoliques, en brûlant.

– On dirait de l'arbre aux berceuses, fit remarquer Séraphin d'une voix mal assurée.

Il se sentait toujours ébranlé.

– Nous sommes à l'Arbre aux berceuses, sourit Spic. Voilà qui me rappelle mon enfance dans les Grands Bois. Spelda, ma mère adoptive, dont je t'ai parlé, plaçait une bûche dans la cheminée au moment du coucher. Les chants tristes me berçaient et je m'endormais.

– Ils me paraissent étranges, frémit Séraphin.

Arlequin rapporta trois gobelets débordant d'un liquide doré. Il s'assit entre eux.

– À votre santé ! dit-il, et tous portèrent à leurs lèvres le vin de sève pétillant. Mmm ! apprécia Arlequin. Un vrai nectar.

– Délicieux, confirma Spic. Hein, Séraphin ?

Ce dernier tressaillit alors que la boisson âcre lui cuisait la gorge et lui envoyait des vapeurs piquantes dans le nez. Il reposa le gobelet et s'essuya les yeux.

– Très bon, grinça-t-il.

Il fronça les sourcils et s'adressa à Arlequin.

– Mais ne craignez-vous pas que ces racketteurs ne reviennent ?

Arlequin eut un petit rire.

– Au fond, les gobelins-marteaux sont des lâches. Chat échaudé et compagnie. Quand on saura que l'Arbre aux berceuses n'est pas une proie facile, ils me laisseront en paix. Du moins pour l'instant. Et c'est grâce à vous deux !

– Hé, Arlequin ! lança une voix bourrue dans un coin éloigné. Un autre verre de grog des bois !

– J'arrive ! répondit Arlequin.

Il quitta le banc et essuya ses mains sur son tablier.

– Pas de répit pour les méchants, dit-il. Appelez-moi quand vous aurez fini.

Arlequin s'éloigna d'un pas pressé. Alors que Séraphin tentait une nouvelle gorgée de vin de sève, Spic lui dit :

– Prends ton temps. Je vais en profiter pour jeter un coup d'œil dans la salle. Discuter avec les habitués. Voir si quelqu'un sait quelque chose.

Séraphin reposa définitivement le verre, hocha la tête avec ardeur et bondit sur ses pieds.

–Bonne idée, approuva-t-il. Je viens avec vous.

Il s'affolait de se retrouver seul dans ce lieu brutal, rempli d'ombres, où résonnait cette musique sinistre.

Il y avait une douzaine d'individus en tout dans la taverne. Des troglos, des trolls et des gobelins : de gros buveurs aux figures ridées, tannées, aux regards fixes et vides.

–Salutations, mon ami. Puis-je vous offrir quelque chose ? demanda Spic en tapotant l'épaule d'un petit personnage courbé sur l'abreuvoir. Le climat est intéressant ces jours-ci.

La créature se tourna : c'était un tractitroll. Il dévisagea Spic.

–Qu'est-ce que vous voulez ? fit-il avec hargne.

Spic leva les mains.

–Juste vous offrir un verre et discuter un peu. Arlequin ! Remplissez l'abreuvoir de mon ami, il a l'air assoiffé.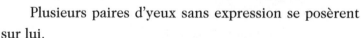

Plusieurs paires d'yeux sans expression se posèrent sur lui.

–Merci, monsieur, dit le tractitroll.

Spic avait réussi à capter son attention.

–Je disais que le climat est intéressant : des pluies étranges, des grêlons gros comme des poings de gobelins, toutes sortes d'objets qui tombent du ciel. J'ai même entendu parler d'étoiles filantes qui auraient atterri ici, à Infraville.

Le tractitroll haussa les épaules.

–Je n'ai rien vu, dit-il. Je viens de débarquer d'un navire qui rentrait du Grand Marché des pies-grièches. Avec une cargaison d'esclaves. Plus jamais ça! grogna-t-il. Le vacarme était horrible. Ils n'ont pas arrêté de hurler et de gémir. Impossible de me sortir ces cris de la tête. Je suis venu directement ici pour oublier.

Il piqua du nez dans son abreuvoir débordant et Spic s'éloigna.

– Capitaine? interrogea une grosse voix à sa droite.

Spic virevolta. Séraphin scruta les ombres opaques pour essayer de voir qui avait parlé.

– Capitaine, est-ce vous?

Un siège lourd racla le plancher, un individu trapu se mit debout et se frotta les yeux comme s'il sortait du sommeil. Spic le regarda s'approcher. C'était un égorgeur des Grands Bois, les cheveux en bataille, la peau rouge sang, pourpre foncé dans la pénombre. Un sourire éclaira ses traits renfrognés.

– Capitaine, c'est bien vous, non? dit-il. Je ne me trompe pas?

– Tarp? demanda Spic. C'est toi, Tarp? Tarp Hammelier, pirate sur *Le Voltigeur de la Falaise*? s'écria Spic. Oui, c'est moi! C'est moi, ton capitaine!

Et ils tombèrent dans les bras l'un de l'autre.

– Oh, capitaine, dit Tarp, les larmes aux yeux. Je craignais de ne jamais vivre ce jour.

Spic se dégagea de l'étreinte étouffante de Tarp et lui prit les bras.

– Mais tu as survécu, Tarp! Tu es vivant! Vivant! répéta-t-il, la voix vibrante d'émotion. Et je t'ai retrouvé!

Il se tourna vers Séraphin.

– Regarde, Séraphin, dit-il. Nous avons retrouvé un membre de mon…

130

Il s'interrompit. Son jeune apprenti semblait avoir vu un fantôme. Il était là, immobile, bouche bée, les yeux exorbités. Près de lui, Arlequin avait l'air effaré.

– Séraphin, au nom du ciel, qu'est-ce qui ne va pas ? demanda Spic.

– V... vous r... rayonnez tous les deux, bredouilla le jeune garçon.

– Comme des lanternes à huile de tilde, ajouta Arlequin, le regard plein d'effroi.

Spic regarda Tarp. C'était vrai. De la pointe de ses cheveux rouge sang au bout de ses bottes en cuir repoussé, l'égorgeur émettait une lumière éclatante. Spic baissa les yeux sur son propre corps. Torse, jambes,  bras, mains, doigts remuants : tous rayonnaient.

Autour d'eux, les habitués échangeaient des murmures. Ils agitaient les doigts, secouaient la tête. Le tractitroll à côté de Spic tripota les amulettes pendues à son cou.

– Des esprits, siffla-t-il. Des esprits sur les docks flottants. Et maintenant, dans cette auberge. Ce n'est pas normal, je vous le dis.

Deux nabotons se levèrent.

– Je ne reste pas ici, dit nerveusement le premier, et il se hâta vers la porte.

– Moi non plus, dit son camarade.

Au passage, il se tourna vers Arlequin.

– Infraville est assez bizarre ces jours-ci sans que des esprits apparaissent à l'Arbre aux berceuses !

– Oui, marmonna le tractitroll, qui leur emboîta le pas. Les esprits, c'est trop pour moi.

– Mais... mais ils s'apprêtaient à partir, intervint Arlequin. N'est-ce pas ? insista-t-il, et il les pressa tous les trois vers la sortie. Je n'ai rien contre vous, chuchota-t-il à Spic, mais vous perturbez la clientèle. Et les affaires sont les affaires, vous comprenez.

D'une main douce mais ferme, il les poussa dehors. Lorsque la porte claqua dans leur dos, Spic se tourna vers ses compagnons.

– Jolie récompense ! rit-il. Mais qu'importe ! Tu es vivant, Tarp ! C'est tout ce qui compte.

– Je suis enchanté aussi de vous revoir, capitaine, mais...

Tarp fronça les sourcils.

– Nous avions l'air curieux en effet, à rayonner de cette manière. Il y a de quoi prendre peur.

Il plissa le front.

– Je rayonnais au moment où j'ai atterri à Infraville, dit-il, mais la lumière a vite disparu. Jusqu'à nos retrouvailles, ajouta-t-il incertain, voilà quelques minutes.

– Pareil pour moi, dit Spic. Une fois réunis, nous avons recommencé à briller... Quelque chose a dû se produire là-bas, murmura-t-il d'une voix haletante. Quelque chose qui nous lie encore maintenant.

Il saisit le bras de Tarp.

– Te souviens-tu de ce qui est arrivé ? Au reste de l'équipage ? Au navire ? Et mon père ! Sais-tu si nous avons retrouvé mon père ?...

Mais l'égorgeur secouait sa grosse tête rouge hirsute, la mine désolée.

– Si seulement je réussissais à me souvenir, capitaine ! dit-il. Mais je ne me rappelle plus rien après notre entrée dans le tourbillon atmosphérique.

Spic sourit et lui serra chaleureusement le bras.

– Ce n'est pas grave, assura-t-il. Je t'ai retrouvé, Tarp, c'est un début. Un excellent début ! Il ne nous reste plus qu'à retrouver les autres.

Il se rembrunit.

– Mais où ?

– Les esprits, chuchota Séraphin.

– Que dis-tu, Séraphin ? demanda Spic. Parle plus fort.

Séraphin se tourna vers lui.

– J'ai entendu le tractitroll dire que vous deviez être un esprit.

Après une pause, il ajouta :

– Comme ceux des docks flottants !

– Les docks ? dit Spic. Des esprits sur les docks flottants ? Comme nous ?

Séraphin confirma.

– C'est ce que je l'ai entendu dire.

– Oh, bravo, Séraphin ! s'exclama Spic, ravi, et il lui donna une tape sur l'épaule. C'est là que nous irons. Sur les docks !

Séraphin baissa le menton.

– J'avais dit que je savais écouter, murmura-t-il, heureux.

CHAPITRE 9

Les troglos ploucs

À PEINE SORTIS DE LA TAVERNE, SPIC ET TARP HAMMELIER avaient cessé de rayonner. Quoique rasant et doré en cette fin d'après-midi, le soleil était assez puissant pour neutraliser la curieuse lumière qu'ils émettaient. Le ciel en soit remercié ! songea Séraphin alors qu'ils s'éloignaient.

Ils se dirigèrent vers l'est, empruntant des rues qu'ils commençaient à bien connaître, et descendirent vers les docks flottants marécageux, au bord de l'Orée stagnante. Spic était d'humeur pensive.

– C'est bien, Séraphin, nous avons retrouvé Tarp vivant, dit-il, mais les autres…

Il se tut un instant.

– Osons-nous espérer que ces fantômes, ces esprits, pourraient être… qui sait ? Goumy ? Cabestan ? Théo Slit, ou Barbillon ?

– Selon le tractitroll, il y avait « des » esprits, fit remarquer Séraphin, ils sont donc au minimum deux.

Spic tira de son sac le rouleau que lui avait donné le professeur d'Obscurité et l'étala. Une carte de la Falaise apparut, garnie de lignes et de croix qui représentaient la trajectoire et le lieu d'atterrissage approximatif des huit étoiles filantes. La croix du Jardin de pierres était marquée d'un cercle. C'était l'endroit où Spic lui-même avait atterri. Il prit une craie de charbon et entoura une des quatre croix dessinées autour d'Infraville.

– Un de moins, dit-il en se tournant vers Séraphin. Encore trois à dénicher.

Il sourit avec espoir.

– Peut-être qu'ils sont tous sur les docks.

– Peut-être, dit Tarp Hammelier. Mais honnêtement, capitaine, je crois que je ne donne pas cher de leur peau s'ils ont échoué là-bas. C'est le territoire des troglos ploucs, et ils n'accueillent jamais les étrangers à bras ouverts.

– Sans parler de toutes les histoires de bagarres que nous avons entendues, ajouta Séraphin avec un frisson.

– Courage, Séraphin, dit Spic. Ce sont de simples histoires, sans doute. Si nous restons groupés, il ne nous arrivera rien. Fais-moi confiance.

Séraphin sourit bravement. Depuis leur arrivée à Infraville, la détermination de Spic l'impressionnait. Ils avaient beau avoir entrepris une quête démesurée, le jeune capitaine n'avait pas envisagé une seconde de renoncer. Du fait qu'ils avaient retrouvé Tarp Hammelier, cette fermeté s'était révélée payante. Toutefois, l'avenir proche (les troglos ploucs sanguinaires) allait la mettre à rude épreuve. Séraphin frissonna de nouveau.

Alentour, le fourmillement cosmopolite du quartier est disparaissait à mesure qu'ils pénétraient dans la zone reculée des docks flottants. Les rangées de boutiques et de maisons cédaient la place à un labyrinthe de ruelles étroites, dont les masures et les huttes branlantes débordaient toutes d'immenses familles de troglos ploucs.

–Faites bien attention, avertit Tarp Hammelier, et il jeta un coup d'œil furtif par-dessus son épaule. Restez au milieu des ruelles : les troglos ploucs se méfient de quiconque s'approche trop de leur propriété. Évitez à tout prix de croiser un regard.

Au début, Séraphin obéit aux recommandations de Tarp, mais alors qu'ils continuaient leur chemin dans les rues bruyantes, affairées, il se détendit. Les tavernes bondées résonnaient de voix rauques mais sereines. Des plaisanteries amicales bourdonnaient dans les marchés tandis que des maisons surpeuplées s'échappaient bribes de chansons, jeux d'enfants, pleurs de bébés et cascades de rires contagieux. C'était un quartier pauvre, certes, mais rien dans l'atmosphère ne semblait menaçant.

–Je ne vois pas pourquoi je m'inquiétais, dit Séraphin en renvoyant à un groupe d'enfants tapageurs un ballon égaré.

–Hum, grogna Tarp Hammelier, lugubre. Les premières impressions sont parfois trompeuses. La situation peut s'envenimer très vite…

–Pouah ! s'écria Séraphin.

–Qu'y a-t-il ? demanda Spic.

Séraphin se détourna et montra une entrée obscure et vide derrière lui. Spic scruta la pénombre. La puanteur âcre de la pourriture lui coupa le souffle.

–Des os, murmura Spic.

Séraphin eut un petit hoquet.

–Vous voyez ! dit Tarp Hammelier d'un air morose. Alors soyez vigilants.

Séraphin regarda autour de lui, considérant d'un autre œil les troglos rustres. Il remarqua leurs grosses dents jaunes, leurs yeux injectés de sang, les gourdins cloutés qu'ils portaient sur l'épaule et les couteaux à leur ceinture.

Formant un groupe plus compact que jamais, lui, Tarp et Spic prirent une ruelle sombre, jonchée de détritus, qui menait au bord de la rivière. Les odeurs familières de bière des bois éventée et de chou bouilli du bourbier disparurent dans les effluves de poisson pourri. Au-dessus de leurs têtes, de gros nuages tournoyants s'amoncelaient et assombrissaient le ciel crépusculaire.

La ruelle débouchait sur la crasse tentaculaire des docks flottants. L'Orée amoindrie léchait avec mollesse les bancs de vase laissés à découvert. Une bruine grasse se mit à tomber. La nuit arrivait, mais les lampes à huile éclairées contre les entrepôts moisis le long des rives jetaient une lueur diffuse, et ils distinguaient toujours les squelettes éparpillés dans la boue. Il y en avait beaucoup, des gros et des petits, tous nettoyés. Les corbeaux blancs s'en étaient chargés, tout comme les rats tachetés qui pataugeaient et couinaient en se disputant les restes déversés dans l'eau stagnante par les tuyaux d'égout.

– Je n'aime pas cet endroit, dit Séraphin, mal à l'aise.

– Moi non plus, avoua Spic en secouant la tête. Dommage que le tractitroll n'ait pas précisé le lieu exact où on avait vu les esprits.

Séraphin hocha la tête.

– Je...

Il avala sa salive.

– Vous recommencez à rayonner, observa-t-il. Tous les deux.

Spic examina son bras tendu et vit la lumière de ses propres yeux, faible mais discernable.

– C'est sûrement parce que la nuit vient, dit-il.

– Alors, nous... nous ferions mieux de nous séparer, pressa Tarp, nerveux.

– Nous séparer? dit Spic.

– Plus nous sommes près l'un de l'autre, plus le rayonnement est fort. Je l'ai constaté à l'intérieur de la taverne...

– Non, Tarp, refusa Spic. Nous restons groupés. De plus, comme je l'ai noté devant la taverne, s'il fait assez clair, le rayonnement cesse.

– Mais Spic... commença Séraphin.

– Séraphin! rétorqua Spic. Nous allons continuer un peu. Ensemble!

En silence, ils passèrent devant des empilements de caisses et de tonneaux vides, entre d'énormes monceaux de chaînes rouillées et de poisson pourrissant, sous les jetées surélevées qui grinçaient alors que les haussières des remorqueurs pesants tiraient sur leurs anneaux.

La bruine devint cinglante lorsque le vent se leva. Séraphin tressaillit : à chaque pas, ses bottes s'enfonçaient profondément dans la boue visqueuse.

– C'est sans espoir. Nous ne les trouverons jamais ici, dit-il. Et vous rayonnez encore plus.

– Essayons par là, dit Spic d'un ton égal.

Ils quittèrent les berges et remontèrent par les ruelles étroites. Sous les réverbères, la luminosité curieuse était à peine visible. Pourtant, Séraphin eut peu à peu l'impression que les réactions des troglos ploucs changeaient. Au début, les habitants ne leur avaient pas attaché la moindre importance. Maintenant (mais peut-être que son imagination lui jouait des tours), ils les évitaient avec soin : ils détournaient les yeux, ceux qui venaient à leur rencontre s'écartaient ou se cachaient dans les embrasures de portes en attendant qu'ils s'éloignent.

– Je crois qu'ils s'en sont aperçus, siffla Séraphin.

– Venez, dit Tarp Hammelier. Partons d'ici. Nous ne voulons pas attirer l'attention.

– Il est trop tard pour s'en soucier, dit Spic du coin des lèvres. Regardez.

Ils avaient atteint le bord d'une place qui rappelait le moyeu d'une grande roue à rayons : des douzaines de ruelles étroites s'y rejoignaient. En son centre trônait une immense cuve en bois autour de laquelle une foule grouillante de troglos ploucs noceurs se bousculait. La scène tapageuse baignait dans la clarté violacée des torches de ricanier, qui projetaient des ombres grotesques sur les visages mauvais des troglos ploucs… et masquaient totalement le rayonnement de Tarp et de Spic.

Poussés par les nouveaux arrivants, Spic, Séraphin et Tarp Hammelier furent entraînés de force au cœur de la cohue en direction de la cuve. L'atmosphère du lieu les gifla en plein visage : un souffle chaud, humide, fétide. Séraphin s'efforça de réprimer un haut-le-cœur.

– L'odeur du poisson, dit Spic. Du poisson pourri et...

Il plissa le nez.

– Des tigelles.

Quand il était petit, Spic avait toujours détesté l'haleine des trolls des bois chargée de tigelles au vinaigre. Ici, la puanteur était accablante. Piquante. Âcre. Fermentée. Elle semblait venir de la cuve mousseuse.

– De la bière de tigelles, grogna-t-il.

– Trois chopes, ça ira ? lança une voix près de la cuve.

Un torchon crasseux sur le bras, un troglo plouc courtaud leur fit signe d'approcher. Ils se faufilèrent entre les corps des ivrognes qui ronflaient, assoupis dans la boue.

– Je... euh... Vous n'avez pas de grog des bois, j'imagine ? demanda Spic.

– Ah non ! se renfrogna le troglo plouc. Ici, c'est la soûlerie. Nous ne fournissons pas les prétentieux.

Spic hocha la tête.

– Alors ce sera trois chopes de bière de tigelles, dit-il, aimable.

Le troglo plouc gravit une échelle en bois et plongea trois chopes sales dans la cuve.

–Il vaut mieux le contenter, dit Spic à Séraphin. Mais si j'étais toi, je ne boirais pas. Ce sont des tigelles pourries et des entrailles de limonards fermentées.

Séraphin frémit de dégoût. Le troglo plouc réapparut.

–Et voilà! annonça-t-il en leur fourrant les chopes débordantes dans les mains.

–Merci, répondit Spic, et il glissa une pièce dans la grosse patte ouverte du troglo plouc. Dites-moi…

Mais il s'occupait déjà d'une cohue de clients assoiffés qui juraient et pestaient sur le côté, exigeant d'être servis. Spic poussa Séraphin du coude et désigna les chopes.

–Voyons si cette bière nous permet de recueillir des informations.

Prenant garde à ne cogner personne («une bière renversée, le sang va couler», disait la maxime), ils se frayèrent un chemin dans la foule mouvante. La puanteur de la bière de tigelles augmenta. Elle émanait des chopes, flottait dans l'air, suintait des pores des troglos ploucs alentour.

L'un d'eux, un vrai colosse, se retourna et examina les étrangers avec intérêt. Son regard vague se posa sur les chopes qu'ils tenaient.

–C'est pour moi? s'exclama-t-il d'une voix tonitruante, la langue pâteuse. Vous êtes trop bons!

Il saisit les chopes, but à longs traits et afficha un immense sourire.

–Le nectar des ploucs, tonna-t-il, et il s'esclaffa.

Il écarta les deux chopes vides et attaqua la troisième. Derrière lui, un groupe d'individus rougeauds entonna une chanson. Un éclat de rire retentit.

– Alors, que faites-vous dans la vie ? demanda Spic.

– Comme la plupart ici, répondit le troglo plouc. Je travaille sur les docks. Je charge. Je décharge…

Il sourit.

– Je n'échangerais ma place pour rien au monde.

Un second troglo plouc, à côté de lui, envoya une gentille bourrade dans son bras potelé.

– C'est parce que tu as le cerveau ramolli, Gus, dit-il.

Puis il s'adressa à Spic.

– Je vais vous dire, moi, ça ne me déplairait pas d'échanger avec un de ces universitaires de Sanctaphrax. Ils baignent dans le luxe.

– Pfff ! fit le premier, et il cracha par terre. Tu sais très bien, Haleur, que j'aime mieux être ici avec une chope dans la main et mes copains autour de moi.

– Vous voyez ? dit Haleur et, de son index épais, il se tapota la tempe en regardant Spic et Séraphin. Cerveau ramolli. Ils boivent le meilleur vin de sève, là-haut dans la cité flottante, dans des verres en cristal taillé. Du moins, c'est ce qu'on m'a raconté.

– Pas de doute là-dessus, confirma Spic. Nous y étions pas plus tard que l'autre jour, pour affaires, ajouta-t-il (mieux valait cacher aux troglos ploucs leur véritable lien avec Sanctaphrax). Quelle richesse incroyable !

– J'imagine bien, dit Haleur.

– Remarquez, tout le monde ici paraît beaucoup plus heureux, dit Spic en jetant un coup d'œil à la ronde.

– Qu'est-ce que je disais ! triompha Gus.

Il vida sa chope et croisa les bras.

– En fait, poursuivit Spic, ils semblaient tous affolés. La rumeur courait qu'on avait vu des esprits à Infraville. En particulier sur les docks flottants… Enfin, ce sont sûrement des divagations. Vous les connaissez, ils planent ; voilà ce qui arrive quand on a constamment la tête dans les nuages...

Les deux troglos ploucs se regardèrent.

– Les histoires pourraient avoir un fond de vérité, dans le cas présent.

Spic plissa les yeux.

– Vous ne...

– Je les ai vus, dit Gus.

– Moi aussi, dit Haleur, avec un hochement de tête convaincu. Ils étaient deux.

Il se pencha d'un air de conspirateur.

– Ils rayonnent !

Le cœur de Séraphin battit la chamade. Il considéra Spic et Tarp de la tête aux pieds. Par bonheur, les torches de ricanier jetaient un éclat si vif qu'elles neutralisaient toute trace de leur propre lumière révélatrice.

– Ils rayonnent ? s'étonna Spic. Comme c'est étrange. Mais dites-moi, où les a-t-on vus exactement ?

– Une fois, près de la rivière, ils brillaient dans l'obscurité, répondit Haleur. Une autre fois, au marché, tard le soir, alors que toutes les lampes étaient éteintes.

Gus hocha la tête.

– Et une fois, à minuit, je les ai aperçus dans une ruelle. Une seconde après, ils avaient disparu.

Il haussa les épaules.

– Seul le ciel sait d'où ils viennent et où ils vont. En tout cas, ils me fichent la trouille.

Haleur rit de bon cœur et donna une tape dans le dos de Spic.

– Assez parlé d'esprits, dit-il. J'ai une soif intarissable ce soir. Une autre chope ?

Spic sourit.

–Non merci, dit-il.

Il se tourna vers ses compagnons.

–Allons, Tarp et Séraphin. Si nous voulons terminer avant minuit, nous ferions mieux de repartir.

–À votre guise.

Le troglo plouc se détourna.

–Tellement sympathique d'avoir bu avec nous, dit Gus en poussant Haleur du coude.

Spic, Tarp et Séraphin s'éloignèrent. La bruine légère se transforma en grosses gouttes de pluie. Spic sentit une colère irraisonnée enfler en lui. Il tenta de la combattre. À ses côtés, Tarp et Séraphin avaient le visage crispé, tendu.

–Aaah ! Stupide malotru ! brailla une voix furieuse.

–Moi, stupide ? rugit une deuxième voix. Ridicule imbécile !

Un poing serré cogna une mâchoire.

–C'est... c'est la faute du climat, murmura Spic entre ses dents, et il saisit le bras de Séraphin.

Un instant plus tard, ce fut un déchaînement de violence général : tous les troglos ploucs s'en prirent à leurs voisins. Ils jouaient des poings, montraient les dents, sortaient leurs gourdins, lançaient des jurons.

–Vite, Séraphin, pressa Spic en l'entraînant. Filons d'ici.

Mais partout les troglos ploucs, envahis par la fureur de la pluie, bloquaient le passage et frappaient à l'aveuglette quiconque s'approchait de trop près. Coups de poing. Coups de pied. Grondements et morsures.

La grande cuve, fendue, fuyait. Une demi-douzaine de créatures rageuses tombèrent sur le sol en hurlant et se tortillèrent dans un flot de bière de tigelles, sans cesser de griffer, de gifler, de balafrer.

«Je vais t'arracher la tête!» «Je vais te disloquer membre après membre!» «Je vais t'extirper le foie et l'avaler tout rond!»

Pendant ce temps, la terrible pluie redoublait. Elle s'abattait, torrentielle, inondait les rues étroites et noyait une à une les torches de ricanier flamboyantes.

– Viens, Tarp, appela Spic, tandis que lui et Séraphin essayaient de se frayer un passage dans la cohue des combattants. Je… arrrgh! grogna-t-il au moment où un troglo plouc particulièrement robuste l'attrapait par-derrière et lui plaquait une main charnue sur la bouche.

Un deuxième troglo plouc s'était emparé de Séraphin. Un troisième immobilisa Tarp contre un mur.

Une autre demi-douzaine de torches crépitèrent, asphyxiées. Puis la dernière torche de ricanier s'éteignit

soudain et tout le quartier se retrouva plongé dans les ténèbres.

– Aaah ! hurla le troglo plouc dans les tympans de Spic.

Il le repoussa avec violence. Spic vint heurter Tarp, et leur rayonnement lumineux s'accentua encore.

– Des esprits ! clamèrent les troglos ploucs en reculant, toujours furieux, mais trop terrifiés pour attaquer.

– Vite, chuchota Spic. Partons avant qu'ils se rendent compte que nous pourrions ne pas être des esprits, finalement.

Il empoigna le bras de Séraphin et tous trois prirent leurs jambes à leur cou. Dans leur dos, les troglos ploucs lancèrent des cris ; néanmoins, ils n'engagèrent pas la poursuite. Mais il y en avait une foule d'autres dans les rues, tous écumant d'une violence sanguinaire causée par la folie du climat.

– Que faire ? dit Tarp, qui s'était précipité dans une direction, puis ravisé. Nous sommes coincés ! Nous sommes fichus !

– *Par là*, siffla une voix au creux de l'oreille de Spic.

– Très bien, par là ! indiqua-t-il, et il remonta la ruelle étroite, les autres sur ses talons. Restons groupés ! recommanda-t-il. Et prions le ciel que…

– Aaaaaargh ! s'écrièrent-ils en chœur, horrifiés, lorsque le sol sembla se dérober sous leurs pieds.

Ils tombèrent. Encore, encore et encore. Ils fendirent l'air sombre, fétide, battant frénétiquement des bras et des jambes. Ils entendirent un claquement sonore au-dessus de leur tête : une trappe venait de se refermer.

CHAPITRE 10

La citerne

—**O**UF ! SOUPIRA SÉRAPHIN LORSQUE LA DESCENTE précipitée s'arrêta soudain.

Une matière douce, soyeuse et curieusement souple avait stoppé sa chute. Dans un cri de surprise, il rebondit et gémit de douleur lorsque Tarp Hammelier le percuta lourdement. Tous deux retombèrent sur un réseau de mailles élastiques. Spic s'écrasa sur eux.

Tout à coup, il y eut un cliquetis. Puis un bruit sourd. Enfin, dans un bruissement sifflant, une corde se raidit. Les mailles se resserrèrent : les trois malheureux se retrouvèrent prisonniers de leur réseau, tassés les uns contre les autres.

Séraphin fut d'abord frappé par la puanteur indescriptible, si puissante qu'il eut l'impression que les doigts d'une main invisible lui appuyaient au fond de la gorge et lui donnaient la nausée. L'épais filet atténuait le rayonnement de Spic et de Tarp, mais dans la faible lumière qui filtrait malgré tout, Séraphin distingua peu à peu les lieux.

Ils étaient suspendus loin au-dessus d'un large canal souterrain embrumé. Tout autour d'eux, des tuyaux sortaient des parois de l'immense tunnel. Ils vomissaient un flot continuel d'eau souillée qui se déversait dans le torrent écumeux en contrebas.

– Les égouts, se lamenta Séraphin. Je… Aïe ! Ça fait mal ! glapit-il lorsque le coude pointu de Spic s'enfonça dans son dos. Qu'est-ce que vous faites ?

– J'essaie de sortir mon couteau, grommela Spic. Mais il semble… impossible… de bouger…

– Aaaïe ! hurla Séraphin encore plus fort.

Spic renonça.

– C'est peine perdue, marmonna-t-il. Je ne peux pas l'atteindre.

– De toute façon, nous en serions au même

point, dit la voix étouffée de Tarp Hammelier au-dessous d'eux (il avait le visage pressé contre le fond du filet). C'est de la soie d'araignée des bois.

Spic gémit. La soie d'araignée des bois servait à confectionner les voiles des navires du ciel : légère comme de la gaze, mais assez robuste pour résister aux rafales tempétueuses qui venaient des profondeurs du ciel. Son couteau ne pourrait quasi rien contre les fibres tissées qui formaient le filet.

– C'est terrible, capitaine, se plaignit Tarp Hammelier. J'aurais préféré tenter ma chance contre ces troglos ploucs enragés au lieu de finir ficelé comme une grosse saucisse de tilde.

Il tressaillit, pitoyable, alors que les vapeurs fumantes du flot souillé lui envahissaient les narines. Des rats tachetés humaient l'air et couinaient, frustrés, sous le paquet rayonnant qui se balançait, hors d'atteinte.

– Quelqu'un ou quelque chose a conçu ce piège, dit Tarp, et nous sommes tombés dedans.

– Comment, « quelque chose » ? demanda Séraphin, alarmé.

– J'ai entendu dire que les paludicroques vivent dans les égouts, souffla l'égorgeur. Ce sont des bêtes redoutables. Tout en griffes et en crocs. Mais intelligentes, sournoises : peut-être que l'une d'elles a…

– Chut ! siffla Spic.

Un son rude, métallique, résonnait au loin.

– Qu'est-ce que c'est ? chuchota Séraphin, et les poils de sa nuque se dressèrent sous l'effet de la terreur.

– Je ne sais pas, répondit Spic à voix basse.

Le son métallique enflait. Il s'approchait. Bloqué contre son apprenti, Spic ne pouvait pas tourner la tête. Tarp, coincé sous eux, ne voyait rien. Seul Séraphin, dont le visage était orienté vers le tunnel, regardait dans la bonne direction. Il avala sa salive.

– Distingues-tu quelque chose, Séraphin ? demanda Spic, inquiet.

Il savait que les rats tachetés et les paludicroques n'étaient pas les uniques habitants des égouts. Les trolls et les troglos qui délaissaient leurs grottes souterraines des Grands Bois dans l'espoir d'une vie meilleure à Infraville découvraient parfois, à leur arrivée, que l'agitation frénétique de la surface était insupportable. Certains mouraient de faim. D'autres élisaient domicile sous terre, dans le réseau des égouts, où ils menaient une existence brutale de pilleurs.

Le bruit était plus proche que jamais, rude et clair au-dessus du bouillonnement de l'eau. Bong ! Métal contre métal. Bong ! Les tuyaux semblaient vibrer.

C'est alors que Séraphin l'aperçut: le grand crochet métallique, qui tournoyait dans l'air, résonnait contre un tuyau dépassant du tunnel et trouvait prise. Le crochet terminait une perche de bois noueux que deux mains décharnées cramponnaient et tiraient.

Une silhouette indistincte, debout sur un radeau bizarre, émergea de la pénombre. La créature mania de nouveau le crochet. Bong! Elle atteignit le tuyau suivant et fit progresser sa barge contre le courant écumeux, s'approchant de plus en plus.

Séraphin retint une exclamation.

– Je vois quelque chose, chuchota-t-il.

Bong!

Le bateau était presque au-dessous d'eux maintenant. Un énorme gobelin à tête plate lui jeta un regard mauvais.

– Spic, cria Séraphin, c'est...

Le crochet dessina un arc dans l'air puis redescendit, libérant le filet au passage. Comme une roche de vol chaude, lui et ses trois malheureux captifs tombèrent dans un bruit sourd au fond de la barge du gobelin, juste au moment où le courant l'entraînait.

Ils filèrent à la surface du canal nauséabond, giflés par des vagues crasseuses alors que la houle secouait le radeau et le faisait tanguer. Le gobelin, en équilibre expert à la poupe, les dominait de toute sa hauteur. Il tenait toujours dans ses mains maigres le long crochet, qui lui servait désormais de gouvernail pour guider le bateau de fortune. De plus en plus vite et...

Bong!

Le radeau s'immobilisa dans un cahot abrupt lorsque le crochet se fixa solidement à un tuyau en surplomb.

– Qu'avons-nous attrapé aujourd'hui, Marek ? demanda une voix en contre-haut.

– Marek ? souffla Spic.

Armé d'un couteau, le gobelin tendit le bras et ôta le nœud coulant qui fermait le filet. Celui-ci s'ouvrit. Spic bondit sur ses pieds : tout son corps rayonnait. Le gobelin à tête plate, stupéfait, lâcha son couteau.

– Slit ! hurla-t-il. Il rayonne ! Il rayonne comme nous !

– Ne me reconnais-tu pas, Marek ? demanda Spic en s'efforçant de paraître calme tandis que la barge oscillait dangereusement sous ses pieds. C'est moi, Spic.

– Moi, je vous reconnais, capitaine Spic, déclara la voix. Même si je n'aurais jamais pensé vous revoir vivant, encore moins dans les égouts d'Infraville.

Spic leva les yeux. Dans l'entrée d'un large tuyau se dressait un personnage émacié qui portait le long manteau et le tricorne des pirates du ciel. Lui aussi émettait le rayonnement lumineux.

– Slit ! s'écria Spic, et il faillit perdre l'équilibre. Théo Slit !

Mais l'ancien quartier-maître du *Voltigeur de la Falaise* avait déjà disparu à l'intérieur du tuyau.

– Ne t'occupe pas de lui, capitaine, dit Marek.

Il se hissa tant bien que mal hors du bateau, en traînant derrière lui sa jambe droite.

– Je suis sûr qu'il est plus heureux de te revoir qu'il ne le montre. Quant à moi, je suis enchanté.

– Moi aussi, répondit Spic. J'ai peine à croire ce qui arrive.

Il suivit Marek sur les appuis d'acier qui menaient, tout là-haut, vers l'entrée du conduit. Contrairement aux autres, celui-ci ne crachait pas d'eau souillée. Séraphin et Tarp les rejoignirent bientôt. Puis Marek écarta un gros rideau en cuir à l'extrémité du tuyau et ils se retrouvèrent dans une grande pièce.

Théo Slit se tenait sur le côté, le visage à moitié tourné.

– Bienvenue, dit-il doucement.

Séraphin regarda autour de lui, étonné. C'était un vrai repaire de contrebandiers, où s'empilaient jusqu'au plafond des caisses et des cageots remplis d'objets précieux. Il y avait des tapis sur le sol et contre les murs. Il y avait des meubles : deux fauteuils, une table, des placards, et même un petit secrétaire finement sculpté. Il y avait des plats et des poêles, des bouteilles et des bocaux, des assiettes, des couverts, salière et poivrière… et le fumet appétissant des saucisses de tilde.

– C'est une citerne d'eau désaffectée, expliqua Slit. Nous sommes contraints de vivre ici.

Spic hocha la tête.

– Je craignais que vous ne soyez plus vivants du tout, dit-il.

– Oui, vous savez, peut-être qu'il vaudrait mieux pour moi, marmonna tout bas Slit, et il s'éloigna en direction d'une cuisinière où grésillait un poêlon.

−Mais Slit… commença Spic.

−Oh, lui et moi nous débrouillons bien dans ce réseau, intervint Marek. Nous habitons ici depuis des semaines. Nous pillons et nous dépouillons : vous seriez surpris de voir ce que nous trouvons dans les filets certains jours… mais nous ramenons toujours les créatures à la surface après leur avoir dérobé les objets de valeur qu'elles transportaient. Et nous n'avons pas de problème d'éclairage…

Il désigna Théo Slit penché, de dos, sur la cuisinière.

– Tant que nous restons ensemble.

– C'est pareil pour nous deux depuis que le capitaine m'a retrouvé, dit Tarp. Et à présent nous rayonnons tous les quatre.

– Il a dû se produire quelque chose là-bas pour déclencher ce phénomène, dit Spic. Mais je ne me souviens de rien. Et toi, Marek ? Te rappelles-tu ce qui nous est arrivé dans le ciel infini ?

Le gobelin secoua la tête.

– Non, dit-il. Nous avons suivi l'oisoveille en quête de ton père, nous sommes entrés dans le tourbillon atmosphérique... et puis plus rien.

Il grimaça en indiquant sa jambe droite.

– Je sais que j'ai été blessé, c'est tout.

– Et vous, Slit ? demanda Spic.

Le personnage courbé resta silencieux. Spic fronça les sourcils. L'humeur maussade du quartier-maître commençait à l'irriter.

– Slit ! appela-t-il d'un ton sec.

Slit se raidit.

– Pas le moindre souvenir, répondit-il, lugubre.

Sur ce, il posa sa spatule et se tourna lentement.

– Je connais seulement le résultat.

Il enleva son tricorne.

Séraphin étouffa une exclamation. Tarp Hammelier regarda ailleurs. Spic, les yeux écarquillés d'horreur, recula.

– V... votre visage ! souffla-t-il.

Les cheveux avaient disparu, tout comme l'oreille gauche, et la peau semblait avoir fondu à la manière de la cire. Un œil blanc, aveugle, était enfoncé dans les replis. La main du quartier-maître se leva vers la cicatrice hideuse.

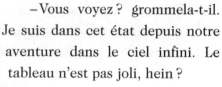

– Vous voyez ? grommela-t-il.
Je suis dans cet état depuis notre
aventure dans le ciel infini. Le
tableau n'est pas joli, hein ?

– Je… je ne me doutais de
rien, dit Spic.

Slit haussa les épaules.

– Forcément, dit-il.

– Mais vous me reprochez
de vous avoir entraîné dans le
tourbillon atmosphérique ?

– Non, capitaine, répondit
Slit. J'étais d'accord pour vous accompagner. C'était mon
choix.

Il se tut un instant.

– Je suis tout de même déçu que vous ne sachiez pas
non plus comment nous sommes revenus jusqu'à la Falaise.

– Je sais uniquement ce qu'on m'a raconté, regretta
Spic. Nous ressemblions à huit étoiles filantes lorsque
nous avons traversé le ciel nocturne. Selon le professeur
d'Obscurité, en tout cas.

Slit plissa son œil intact. La chair abîmée trembla.

– Le professeur d'Obscurité ?

Spic confirma.

– Il en a vu plusieurs atterrir à Infraville : vous,
Marek, Tarp Hammelier, et peut-être un quatrième. Les
autres sont allés plus loin. Ils sont tombés quelque part
dans les Grands Bois. J'ai juré de tous vous retrouver.
C'est déjà fait pour trois d'entre vous. Je n'aurais jamais
osé en espérer autant.

– L'espoir… dit Slit, amer. J'ai appris à vivre sans lui.
Après tout, il ne guérira pas ma brûlure.

Il passa les doigts sur les terribles cicatrices. Séraphin se détourna.

–Je ne supporte ni les regards fixes...

Slit jeta un coup d'œil sur Séraphin et Tarp Hammelier.

–... ni les regards fuyants de ceux que mon apparence répugne. Alors je suis descendu dans les égouts, pour me cacher. Et Marek, à son grand honneur, m'a suivi.

–Où qu'il aille, j'y vais, grogna le fidèle Marek.

–Nous prenons soin l'un de l'autre, dit Slit. C'est nécessaire dans ce monde souterrain, ajouta-t-il, l'air sombre.

–Comme le professeur... euh, comme Spic prend soin de moi, dit Séraphin, qui ramena son regard. Même à Sanctaphrax, c'est parfois nécessaire.

–Sanctaphrax, répéta Slit d'un ton plus doux.

Ses yeux s'embuèrent.

–Moi aussi, jadis, je rêvais de trouver une place chez les universitaires. Mais dans la cité flottante, ce qui importe, ce n'est pas ce que vous connaissez, mais qui vous connaissez.

Il renifla avec amertume.

–Et je ne connaissais personne.

Du fond de la pièce s'éleva une odeur de brûlé. Marek claudiqua jusqu'à la cuisinière et retira le poêlon.

–Le repas est prêt, annonça-t-il.

–Des saucisses de tilde, précisa Slit.

–Mon plat préféré, dit Spic, et il se rendit compte soudain qu'il était affamé.

Marek répartit les saucisses, trancha le pain et revint avec cinq assiettes en équilibre sur les bras. Il les servit.

– Voilà une bouteille d'excellent vin de sève que je réservais pour une occasion exceptionnelle, dit Slit. Marek, nos plus beaux verres, s'il te plaît.

– À l'équipage du *Voltigeur*, déclara Spic lorsqu'ils eurent tous un verre plein à ras bord. Aux retrouvailles passées et futures.

Les autres se joignirent au toast dans une unanimité chaleureuse, et ils goûtèrent le suave liquide doré.

– Ah ! soupira Tarp Hammelier, et il s'essuya les moustaches du revers de la main. Exquis !

Même Séraphin apprécia les saveurs épicées du vin de sève. Peu après, alors que tous attaquaient les succulentes saucisses de tilde, lui aussi s'aperçut qu'il avait le ventre creux.

– Délicieux, crachota-t-il en croquant une énorme bouchée de saucisse et de pain. Absolument délicieux !

Spic se tourna vers son quartier-maître défiguré.

– Je dois dire, Slit, que vous avez fait merveille, vu l'horreur de votre situation. Et toi aussi, Marek. Bravo. Mais vous ne pouvez pas rester dans cet endroit atroce, d'autant que vous avez été blessés à mon service. Un jour, j'aurai un navire neuf et vous serez de nouveau parmi l'équipage. Mais pour l'instant, je dois découvrir ce que les autres sont devenus.

– Nous vous accompagnerons, dit Slit.

Marek approuva, enthousiaste.

– Où que tu ailles, nous irons avec toi, capitaine Spic.

– Pas cette fois, Marek, répondit Spic avec douceur. Et ta jambe a besoin de temps pour guérir.

– Alors nous resterons ici, affirma Slit d'un ton maussade. Puisqu'il n'y a rien pour nous là-haut, ajouta-t-il en indiquant le plafond voûté.

– Mais pas du tout, dit Spic. Là-haut, il y a Sanctaphrax.

– S... Sanctaphrax ? bredouilla Théo Slit. Mais...

– Comme vous l'avez si bien dit, l'important, ce sont les gens que vous connaissez. Or je connais le professeur d'Obscurité, et vous me connaissez.

Théo Slit demeura bouche bée.

– Je vais vous écrire une lettre à remettre au professeur en personne, expliqua Spic.

Il jeta un coup d'œil sur la pièce.

– Je suppose que vous avez le matériel adéquat.

– Oh, oui, dit Théo Slit. Du papier et de l'encre de qualité, et les meilleures plumes d'oiseau des neiges. Rapportées d'un de nos pillages.

Spic sourit.

– Vous attendrez mon retour dans mon bureau à l'École de la Lumière et de l'Obscurité, dit-il. Je suppose que le professeur voudra se livrer à quelques expériences relatives à votre rayonnement ; par ailleurs, vous serez tranquilles. Qu'en pensez-vous ?

– Voilà qui paraît bien, capitaine, dit Théo Slit. Très bien en effet.

– En effet, répéta Marek.

– Oui, Marek, reprit Spic. Tu as été garde dans la cité : tu la connais sans doute comme le fond de ta poche. Empruntez les ruelles dissimulées et les passages secrets pour aller jusqu'au professeur d'Obscurité. Essayez de ne pas provoquer les bavardages de ces universitaires cancaniers.

Il se tourna vers l'égorgeur.

– Tarp, dit-il, tu iras avec eux.

– Moi ? s'écria Tarp. Aller avec eux à Sanctaphrax ?

Il secoua la tête, incrédule.

– Mais je veux vous suivre, capitaine. Je suis en bonne santé. J'ai de la force. Vous avez besoin d'un compagnon comme moi dans une quête aussi périlleuse.

– Je regrette, Tarp, mais seul Séraphin peut voyager avec moi.

– Mais pourquoi, capitaine ?

– Réfléchis, Tarp, dit Spic avec délicatesse. Crois-tu que nous irons loin, à rayonner comme des flambeaux d'huile de tilde ? Chaque fois qu'il fera sombre, nous nous mettrons à luire si nous sommes ensemble. Et la peur que nous susciterons sera un obstacle dans notre quête.

– Mais nous pourrions nous couvrir, insista Tarp. Nous pourrions porter de grands manteaux à capuchon pour dissimuler la lumière et…

– Et nous serions encore plus voyants ! dit Spic. Non, je dois me passer de toi. Ensemble, nous échouerons à coup sûr ; et je ne peux pas me le permettre.

L'égorgeur hocha la tête, compréhensif.

– Vous avez raison, capitaine Spic, admit-il. J'aurais dû y penser.

– Merci Tarp, dit Spic, reconnaissant.

Il se tourna vers Marek et Slit.

– Alors c'est entendu. Vous attendrez tous les trois mon retour à Sanctaphrax, pendant que Séraphin et moi continuerons de chercher le reste de l'équipage.

Il fronça les sourcils avec une impatience feinte.

– Alors, cette plume et ce papier, ils arrivent ?

CHAPITRE 11

Les quais ouest

DEUX SEMAINES PLUS TARD, SÉRAPHIN ET SPIC GAGNÈRENT les docks des quais ouest. Ils avaient passé la nuit dans une chambre infestée de puces agressives : piqués de partout, ils s'étaient décidés à quitter avant l'aurore cette auberge dégoûtante. Ici, à l'extérieur, les premières plumes rouge vif du soleil levant chatouillaient l'horizon. Spic bâilla, s'étira et se frotta les yeux.

– Souhaitons que cette nouvelle journée nous apporte les indices dont nous avons besoin, dit-il, et il soupira. Oh, pourquoi le quatrième membre de l'équipage reste-t-il introuvable ? se demanda-t-il tout haut.

– Hum, marmonna Séraphin.

Il était assis sur la jetée aux pieds de Spic, les jambes ballant dans le vide. Comme toujours, il avait le nez dans l'un des précieux manuscrits qu'il conservait dans la sacoche à son épaule.

Spic regarda autour de lui. Contrairement aux docks est miteux, où seuls les plus médiocres remorqueurs jetaient l'ancre, les quais ouest étaient riches. Ils accueillaient les navires des ligues, dont les maisons s'alignaient le long des débarcadères : des bâtiments solides aux façades luxueuses. Chacun portait le blason de la ligue concernée : le tuyau et le rouleau des Plombiers et Plâtriers, le rat tacheté et l'écheveau des Cordiers et Cardeurs, les formes et les modèles des Mouleurs et Modeleurs...

À l'arrière-plan se dressait la haute Chambre des ligues, où siégeait le conseil supérieur de la Ligue des marchands d'Infraville. C'était la construction la plus impressionnante des docks flottants, et plus encore ces jours-ci, avec tous les échafaudages qui l'enveloppaient. Spic la désigna du menton.

– Ils doivent réparer le toit, dit-il.

– Hum, marmonna Séraphin une deuxième fois.

Il se lécha le doigt et, sans lever les yeux, passa au manuscrit suivant.

Spic se retourna et posa son regard sur la rivière qui coulait mollement. Des bulles limoneuses, rouges dans la lumière de l'aube, bondissaient à sa surface ridée.

Le problème, c'était que leurs recherches dans le quartier des ligueurs s'étaient révélées aussi infructueuses qu'ailleurs. Les rues agitées, le quartier industriel, les collines nord : Spic et Séraphin les avaient tous parcourus. Mais ils avaient eu beau entrer dans une foule de tavernes, parler à une foule de gens, poser une foule de questions, ils n'avaient rien découvert à propos de la chute d'une étoile filante ou de l'apparition soudaine d'un individu au comportement bizarre.

– Peut-être que le moment est venu d'abandonner purement et simplement notre quête à Infraville et de partir pour les Grands Bois, médita Spic.

– Hum, marmonna Séraphin, les sourcils froncés.

– Séraphin ! appela Spic. As-tu entendu un mot de ce que je t'ai dit ?

Séraphin leva le museau, l'air perplexe, les yeux pétillants d'enthousiasme.

– Toujours l'étudiant appliqué, hein ? dit Spic. Tu es perdu dans ces manuscrits depuis notre arrivée.

– Oh, mais... ils sont... laissez-moi juste vous lire ce passage, dit-il. C'est passionnant, je vous assure.

– S'il le faut, répondit Spic, résigné.

– Des indications supplémentaires sur le mythe de la Fontaline, dit Séraphin avec ardeur. Sur la Mère Tempête...

Spic sursauta : durant une seconde, un souvenir du voyage fatal dans le ciel infini lui revint.

– La Mère Tempête, murmura-t-il, mais à peine eut-il prononcé ces mots que le souvenir lui échappa, insaisissable.

Il regarda Séraphin.

– Eh bien, vas-y. Dis-moi ce que tu as appris.

Séraphin hocha la tête et, du doigt, retrouva la ligne.

– *Car à l'heure où j'écris, la conviction générale est que la Mère Tempête a frappé la Falaise non pas une, mais de nombreuses fois, et que lors de chaque retour, elle a détruit et recréé...*

– « Je » ? demanda Spic. Qui a écrit ce texte ?

Séraphin le regarda un instant.

– C'est une transcription de documents qui remontent à l'époque des Lumières dans les Grands Bois antiques, expliqua-t-il. Cette version, ajouta-t-il en caressant le manuscrit avec affection, a été rédigée par un humble scribe il y a plusieurs siècles. Mais les originaux étaient beaucoup, beaucoup plus anciens.

Spic sourit. L'enthousiasme du garçon était contagieux.

– L'époque des Lumières ! s'exclama Séraphin. Oh, vivre à une telle période, quelle chance ! Une ère merveilleuse de liberté et de savoir, bien avant que quiconque ait rêvé de Sanctaphrax, notre magnifique cité flottante. Les Grands Bois sortaient des ténèbres sous la conduite visionnaire de Kobold le Sage. Comme j'aurais aimé le rencontrer ! Il a aboli l'esclavage. Il a uni les mille tribus sous les nobles armoiries du Trident et du Serpent. Il a même contrôlé l'invention de l'écriture…

– Oui, oui, Séraphin, coupa Spic. Très intéressant. Mais quel est le rapport ?

– Patience, Spic, demanda Séraphin. La révélation approche. L'époque des Lumières s'est éteinte aussi brusquement qu'une chandelle, l'Union des mille tribus mise en place par Kobold le Sage a volé en éclats, toute la contrée a sombré dans la barbarie et le chaos, qui règnent depuis lors dans les Grands Bois.

Il baissa les yeux sur le manuscrit.

– Écoutez, dit-il, ce sont les mots du scribe.

Malgré lui, Spic demeura silencieux et attentif pendant que Séraphin lisait le manuscrit jauni, racorni.

– *Kobold le Sage vieillit, usé. La folie envahit les clairières et les prairies profondes. Les tribus s'en prirent aux tribus, les frères aux frères, les pères aux fils, car le ciel, dans une vague de fureur, avait privé de raison ceux qui habitaient sous sa voûte.*

166

«*Alors les représentants des mille tribus se réuni-rent à la Fontaline et dirent: "Kobold, vous qui voyez plus loin que nous tous dans le ciel infini, indiquez-nous ce que nous devons faire car, dans notre folie, nous dévorons nos semblables et le ciel rend nos cœurs noirs."*

«*Kobold le Sage se dressa sur son lit de malade et déclara: "Oyez, la Mère Tempête revient. Sa folie sera notre folie. Préparez-vous, car le temps est compté..."*

Séraphin s'interrompit.

– Il manque quelques mots à cet endroit, dit-il. Les charançons ont rongé l'écorce du manuscrit. Mais voici la suite:

«*... "La Mère Tempête, elle qui a fécondé la Falaise, reviendra pour récolter le fruit de sa moisson, et le monde retombera dans les Ténèbres"*, dit-il, soulignant chaque mot. Vous voyez, Spic? Kobold le Sage décrivait le mythe de la Fontaline et prédisait le retour de la Mère Tempête. La prophétie ne s'est que trop accomplie: les Grands Bois sont bel et bien retombés dans les ténèbres. Et à présent, toute l'histoire recommence.

Spic se détourna et contempla le ciel infini où la Mère Tempête l'avait pris dans son étau effroyable.

– Cette folie nous assaille de nouveau, dit Séraphin d'un ton grave, apportée par le climat. Les brumes démentes et les pluies attristantes, la violence terrible. Quels sont les termes exacts?

Il retrouva la ligne.

– "*...dans notre folie, nous dévorons nos sem-blables*". Spic, ce n'est pas du tout un mythe. La Mère Tempête revient.

– La Mère Tempête revient, répéta doucement Spic.

La phrase ne lui semblait pas inconnue. Mais comment ? Pourquoi ? Il secoua la tête, frustré. Quelque chose d'important avait dû se produire là-bas, dans le ciel infini, au cœur du tourbillon atmosphérique. Pourquoi ne s'en souvenait-il pas ? S'en souviendrait-il un jour ?

Il regarda son jeune apprenti inquiet.

–Écoute, Séraphin. Je crois que nous pouvons sans crainte laisser ces questions aux universitaires de Sanctaphrax. Il est temps d'abandonner, du moins dans l'immédiat, notre recherche du quatrième pirate et de partir pour les Grands Bois. Allons jusqu'au poteau d'affichage et trouvons une place à bord d'un navire du ciel.

Un peu à regret, Séraphin roula ses précieux manuscrits, les rangea dans la sacoche et se hissa sur ses pieds. Lui et Spic suivirent le quai jusqu'à la jetée principale. C'était là que se dressait le poteau d'affichage.

Il s'agissait d'un grand tronc solide sur lequel les capitaines de navire ayant des couchettes libres clouaient leurs annonces, rédigées sur des carrés de tissu chatoyant. C'était le moyen de transport le plus facile pour les piétons qui souhaitaient se rendre d'une zone à l'autre de la Falaise.

Lorsque Spic et Séraphin atteignirent la jetée, le soleil apparut à l'horizon, cramoisi et majestueux. Devant eux, le poteau d'affichage se découpait sur le ciel. Avec les innombrables tissus voletants teintés de rose cloués sur toute sa hauteur, il ressemblait à un curieux arbre piqueté de fleurs.

– J'espère seulement que l'une des annonces nous conviendra, marmonna Spic tandis qu'ils s'avançaient.

Séraphin lut aussi.

– Que pensez-vous de celle-ci? demanda-t-il au bout d'un moment. "Navire de la ligue des Chiffonniers et des Chineurs. Départ pour les Grands Bois cet après-midi." Ils ont une couchette double libre. Et le prix a l'air raisonnable.

Mais Spic secoua la tête.

– Non, dit-il. Non, ce n'est pas tout à fait...

Sa voix se perdit alors qu'il se haussait pour continuer sa lecture.

– Celle-là, peut-être, dit Séraphin. Un remorqueur en route pour les taillis de bois de fer des cascaratrolls lève l'ancre en fin de matinée; il lui faut deux hommes supplémentaires.

Mais Spic épluchait la liste des vaisseaux et de leur destination sans lui prêter attention. *Le Dénicheur de tempête*, destination: le camp des égorgeurs.

Une voix dans sa tête dit:

– *Non.*

Le Dévoreur de nuages, destination: la Grande Foire aux hammels.

– *Non.*

Le Turbot volant, destination: les clairières des gobelins.

– *Non.*

Il descendit la liste. *Non, non, non,* jusqu'au moment où:

– *Oui, c'est le navire sur lequel vous devez embarquer*, dit la voix, basse mais distincte.

169

– Bien sûr ! s'écria Spic. Séraphin, le voilà. C'est le bon. Écoute :

Deux places honorables sur Le Flibustier du ciel, cinq pièces d'or par personne. Destination : le Grand Marché aux esclaves des pies-grièches.

Spic leva les yeux.

– Quel meilleur endroit pour reprendre nos recherches ?

Séraphin hocha la tête, hésitant. Son père, Ulbus Pentephraxis, lui avait raconté des histoires atroces sur le marché aux esclaves des pies-grièches.

– Ce sera dangereux, non ? dit-il, méfiant.

Spic haussa les épaules.

– Infraville aussi peut être dangereuse, répliqua-t-il. Nous devons choisir un lieu où toutes les créatures des Grands Bois se rassemblent.

– Oui, mais… objecta Séraphin. Pourquoi ne pas aller à la Grande Foire aux hammels dont vous parliez ? Ou bien, regardez, un navire s'apprête à rejoindre les futaies des trolls des bois. Ne vous plairait-il pas ?

– Séraphin, dit Spic, le Grand Marché aux esclaves des pies-grièches est unique. Ses participants viennent de tous les coins de la région. Nous devons commencer par là, c'est évident.

Il jeta un nouveau coup d'œil sur l'annonce et sourit.

– Éclair Cisailleur, lut-il. Un nom éblouissant !

Séraphin frissonna.

– Horrible, oui, dit-il. Le cisailleur n'est-il pas un de ces oiseaux cruels au bec acéré ?

– Si, confirma Spic.

– Éclair ! dit Séraphin. Quel monstre choisirait le nom d'un oiseau sanguinaire et, pour couronner le tout, le phénomène atmosphérique le plus affreux et le plus imprévisible ?

– Un prétentieux idiot, grogna Spic. « À nom barbare, capitaine froussard », disait mon père. Ceux qui optent pour les noms les plus féroces sont, sans exception, les moins braves.

Ses yeux s'embuèrent.

– Les plus vaillants, eux, prennent des noms moins ostentatoires.

– Comme le Loup des nues, dit doucement Séraphin.

– Oui, dit Spic, comme mon père, le Loup des nues, le plus vaillant de tous les capitaines.

Il consulta une nouvelle fois l'annonce.

– Par le ciel ! s'exclama-t-il.

– Quoi ? demanda Séraphin, affolé.

– L'horaire de départ ! dit Spic. *Le Flibustier du ciel* va lever l'ancre dans un quart d'heure à peine.

– C'est désespérant ! s'écria Spic. Mais où est-il ?

Dix minutes s'étaient écoulées depuis qu'il avait fourré le bout de tissu dans sa poche arrière : dix minutes passées à courir le long du quai, à descendre et à remonter les jetées, à vérifier les noms des vaisseaux. Un vieux tractitroll venait de leur garantir que le navire qu'ils cherchaient était sur la deuxième jetée, mais ils l'avaient déjà inspectée dans un sens et dans l'autre : en vain.

– Il n'est pas parti plus tôt, tout de même ? dit Spic à bout de souffle.

– Peut-être, si les deux places ont déjà trouvé preneurs, dit Séraphin avec le secret espoir que ce fût le cas.

–Mais ce n'est pas possible, dit Spic.

Il s'arrêta et promena son regard sur les docks.

Il y avait une foule de bateaux (d'élégants vaisseaux ligueurs, de robustes remorqueurs marchands, des patrouilleurs aérodynamiques, de rares navires pirates) mais *Le Flibustier du ciel* demeurait invisible.

–Nous devrions peut-être retourner vers le poteau d'affichage et...

–Non, dit Spic. Nous n'avons pas le temps.

Il héla un groupe de dockers qui, de dos, discutaient avec animation.

–Excusez-moi ! s'époumona-t-il. Connaîtriez-vous l'emplacement d'un navire appelé *Le Flibustier du ciel* ?

Sans même daigner se retourner, l'un d'eux répondit :

–Dix-neuvième jetée. Au fond à droite.

Séraphin regarda Spic.

–Mais nous revenons tout juste de ce côté-là.

–Je m'en moque, rétorqua Spic. C'est peut-être notre dernière chance.

Il saisit Séraphin par le bras et l'entraîna.

–Allez, Séraphin, cria-t-il. Cours !

Et ils remontèrent le quai au grand galop. Séraphin sur ses talons, Spic déboula, sans rien voir, parmi des groupes de marchands occupés à débattre et renversa les caisses de poissons et les brouettes de fruits. Séraphin jeta un coup d'œil par-dessus son épaule.

–Pardon ! lança-t-il.

Toujours à toutes jambes, ils dépassèrent une succession de jetées qui surplombaient l'Orée. La huitième, la neuvième, la dixième jetée défilèrent.

–Plus vite, Séraphin ! cria Spic, hors d'haleine, tandis que la voix dans sa tête le pressait.

Douzième... treizième... Le cœur de Séraphin martelait, ses poumons le brûlaient, et pourtant il continuait. Dix-septième... dix-huitième...

–La dix-neuvième jetée ! s'exclama Spic.

Il vira sec, dévala d'un bond les cinq marches et fila sur la plate-forme en bois.

–Regarde ! s'écria-t-il. Comment avons-nous pu le manquer, au nom du ciel ?

Séraphin dressa la tête et suivit le doigt de Spic pointé vers un magnifique navire pirate amarré à l'extrémité de la haute jetée, sur la gauche.

–*Le Flibustier du ciel* ! dit Spic. Nous l'avons trouvé, mais... Oh non ! souffla-t-il.

La grand-voile était déployée, les grappins levés, un petit personnage penché déroulait les haussières. Le bateau allait s'envoler.

–Arrêtez ! rugit Spic.

Il redoubla de vitesse et courut comme un fou sur la jetée. Il n'aurait pas su l'expliquer, mais une intuition lui disait qu'il fallait absolument embarquer sur *Le Flibustier*. Aucun autre navire ne ferait l'affaire.

–Attendez-nous !

Mais le matelot (un naboton) ne se souciait pas de lui.

–Arrêtez ! cria de nouveau Spic.

Il entendit le naboton marmonner, irrité, alors qu'il tirait sur la corde bloquée, puis pousser un soupir de soulagement lorsqu'elle céda.

Il y était presque...

Le naboton jeta la corde sur le pont et, dans le même mouvement, sauta à bord. Avec une lenteur extrême, le navire pirate décolla et s'écarta de la jetée.

–Non ! hurla Spic.

Le vide grandit entre l'embarcadère et le navire.

– Tu me suis, Séraphin ?

– Je vous suis !

– Alors saute ! s'écria Spic.

À l'instant où ils atteignaient enfin le bout de la jetée, tous deux s'élancèrent en direction du bateau. Ils fendirent l'air, bras tendus, avec l'espoir que leur élan suffirait.

– Arrgh ! grogna Séraphin lorsque ses mains saisirent la rambarde et que son corps percuta la coque.

Une seconde plus tard, Spic arriva près de lui.

Le souffle court, ils s'accrochèrent de toutes leurs forces. Ils pourraient se hisser sur le pont seulement lorsqu'ils auraient repris leur respiration. Mais peu importait. Ils avaient réussi, au tout dernier moment.

– *Bravo*, chuchota une voix à l'oreille de Spic.

– Nous voilà partis, Séraphin, murmura Spic. Pour les Grands Bois et le Grand Marché aux esclaves des pies-grièches.

– Spic, je... je...

– Séraphin ? demanda Spic, et il tourna la tête. Que se passe-t-il ?

– J'ai les mains... qui glissent, bredouilla Séraphin, et Spic regarda, impuissant, son jeune apprenti tenter désespérément de remonter. Je vais... lâcher... aaah !

Et il tomba du *Flibustier* à travers ciel, vers la boue plissée en contrebas...

CHAPITRE 12

Éclair Cisailleur

SPIC GRIMPA, LANÇA LA JAMBE AU-DESSUS DE LA RAMBARDE
et roula sur le pont. Il se redressa aussitôt et
regarda par-dessus bord.

– Séraphin ! hurla-t-il.

Il n'avait pas entendu de plouf, et il avait beau scruter le lit boueux de la rivière, il ne voyait pas la moindre
trace de son jeune apprenti.

– Séraphin ! appela-t-il de nouveau. Où es-tu ?

– Là, en bas, répondit une voix faible.

Spic eut un coup au cœur.

– Où ?

– Sur le gréement de la coque, dit Séraphin. Mais je
ne sais pas si je tiendrai encore longtemps.

– Mais si, tu vas tenir ! l'encouragea Spic. Il le faut,
Séraphin.

Loin au-dessous d'eux à présent, l'Orée fit place au
Bourbier.

– C'est... c'est un désastre, gémit Séraphin. Mes pieds
n'ont pas prise et mes mains... tellement faibles...

Au désespoir, Spic chercha de l'aide autour de lui, mais *Le Flibustier* était étrangement désert. Le naboton avait disparu, et il n'y avait personne d'autre en vue à part une silhouette trapue, assez éclatante, qui tenait la barre.

– Au secours ! hurla-t-il. Au secours ! Quelqu'un est tombé par-dessus bord !

Perdu dans la mécanique de la navigation aérienne, le timonier ne semblait rien soupçonner du drame qui se déroulait sous lui. Le navire du ciel prit de l'altitude.

– Il doit bien y avoir un équipage ! rugit Spic. Aidez-moi !

– Quoi, quoi, quoi ? demanda une voix nerveuse et gazouillante à ses côtés.

Le naboton était revenu. Un très vieux gobelinet aux jambes arquées et aux moustaches blanches l'accompagnait.

Spic gémit. Ni l'un ni l'autre ne paraissait robuste.

– Mon ami est tombé, expliqua-t-il en hâte. Il s'accroche au gréement de la coque. Apportez-moi une corde et un long crochet. Vite !

Les deux membres de l'équipage hochèrent la tête et disparurent. Un instant plus tard, ils étaient de retour. Spic noua une extrémité de la corde au principal taquet arrière et la projeta par-dessus bord. Puis, crochet sous le bras, il s'y cramponna.

– Ouh ! fit-il, haletant, lorsque la gifle du vent lui coupa le souffle. Calme-toi, murmura-t-il. Tout en douceur.

Corde entre les pieds, Spic se laissa prudemment glisser. Une main après l'autre, il descendit : devant les hublots, puis les grappins et leurs treuils. Il continua plus bas, encore plus bas. Tandis que la coque incurvée s'éloignait de lui, il se retrouva suspendu dans le vide.

–Ne regardez pas en bas, surtout, entendit-il.

Il se tourna… et aperçut Séraphin, à mi-hauteur de la coque, agrippé de toutes ses forces au gréement. Il avait réussi à passer une jambe dans le réseau de cordages, mais ses paumes couvertes d'ampoules saignaient sur ses doigts. À chaque seconde, les fibres lui sciaient un peu plus la peau.

–Tiens bon, Séraphin! cria Spic à travers l'espace qui les séparait. Je vais essayer de me rapprocher en me balançant.

À force de remuer, il amorça un mouvement: non pas d'avant en arrière comme il l'avait espéré, mais selon des cercles de plus en plus larges. Le navire du ciel

179

prenait encore de l'altitude. Loin au-dessous, le Bourbier décoloré scintillait comme un océan de lait. À mesure que les cercles s'agrandissaient, Spic passait plus près du gréement... Enfin, crochet tendu, il atteignit un cordage et se tira vers la coque.

– Là, grogna-t-il en saisissant le gréement près de Séraphin. Nous allons te ramener à bord en un clin d'œil.

Il pivota et attacha solidement la corde autour de la taille de Séraphin. Alors qu'il faisait le nœud, il vit combien les mains du garçon avaient souffert : le sang gouttait de ses doigts tremblants.

– Courage, Séraphin, dit-il. Je...

Le crochet lui échappa et tomba vers le sol. Le navire était trop haut désormais pour qu'ils le voient ou l'entendent atterrir. Spic prit l'épaule de Séraphin.

– Je vais retourner sur le pont, dit-il. À mon signal, tu lâcheras. Nous te hisserons.

Séraphin hocha la tête, incapable de décrocher un mot. Son visage était blême de peur.

Spic grimpa aussi vite que possible le long de la coque et bondit sur le pont. Le naboton et le vieux gobelinet étaient toujours là.

– Attrapez la corde et tendez-la, ordonna Spic.

Les deux membres de l'équipage obéirent. Spic se joignit à eux.

– Lâche, Séraphin ! cria-t-il.

La corde dévia et s'alourdit.

– Très bien, dit Spic aux deux autres. À présent, tirez ! Tirez comme si votre vie en dépendait.

Avec lenteur, avec une lenteur consternante, tous trois reculèrent sur le pont dans un terrible effort. Suspendu au-dessous d'eux, Séraphin avait l'impression qu'il ne se passait rien. Mais lorsqu'il se retourna pour regarder la coque, il se rendit compte qu'il montait en effet.

– Nous y sommes presque, encouragea Spic. Encore un tout petit peu et... Oui ! s'exclama-t-il à l'instant où la tête ébouriffée de son jeune apprenti surgissait.

Pendant que le naboton et le gobelinet s'arc-boutaient, Spic noua le bout de la corde à son support, se précipita vers la rambarde et saisit le poignet de Séraphin.

– C'est bon ! grogna-t-il.

Séraphin culbuta sur le pont. Spic s'effondra près de lui, épuisé.

– Eh bien, eh bien, qu'avons-nous là ? demanda une voix sirupeuse. De vilains passagers clandestins, n'est-ce pas ?

Spic leva les yeux. C'était le personnage trapu qu'il avait distingué à la barre. Il se releva.

– Mais non, répliqua-t-il, et il sortit de sa poche l'annonce du poteau d'affichage. Nous désirons voyager avec vous jusqu'au Grand Marché aux esclaves des pies-grièches. Vous êtes Éclair Cisailleur, je suppose.

– Le capitaine Éclair Cisailleur, rectifia le petit personnage tatillon.

Il tira sur les volants de ses manches et recourba la pointe de ses moustaches cirées. Un gros trousseau de clés cliquetait à sa ceinture.

– En effet.

Ses sourcils frisés s'arquaient en forme de S.

– Mais c'est contraire aux lois de la navigation aérienne, dit-il. Vous n'ignorez sûrement pas que personne ne doit embarquer sur un navire sans l'accord de son capitaine. Il ne pourrait pas y avoir de contrôle avant le départ, sinon. Je ne sais même pas comment vous vous appelez.

– Spic, répondit celui-ci et, sans prêter attention à la surprise qui se lisait sur le visage rougeaud du capitaine, il se tourna vers son apprenti. Voici Séraphin.

Le capitaine fit une moue dédaigneuse.

– N'importe quel vaurien peut avoir un nom chic.

Il se tourna.

– Patoche ! rugit-il.

Un rustotroll immense, vêtu de haillons dégoûtants, sortit par une trappe ouverte dans le plancher derrière eux.

– Patoche est là, maître, grommela-t-il.

– Patoche, saisis ces misérables !

Avec une détermination redoutable, l'assistant brutal du capitaine avança, les bras tendus, vers Séraphin et Spic. Celui-ci tint ferme.

–Nous ne sommes pas des vauriens, capitaine Cisailleur, dit-il. Nous nous excusons pour cet embarquement un peu précipité, mais votre navire était le seul en partance pour le marché aux esclaves, et nous ne voulions pas le manquer. Rappelez votre garde du corps.

Patoche se rapprocha, menaçant.

–Nous avons de quoi payer, continua Spic en cherchant dans sa chemise la bourse de cuir que lui avait donnée le professeur d'Obscurité. Cinq pièces d'or par personne, c'est exact ?

Le capitaine hésita. Il les examina de la tête aux pieds.

–Peut-être que je suis allé trop vite en besogne, reconnut-il avec un sourire. Vu votre aspect, vous êtes des universitaires. De Sanctaphrax, c'est certain : je suis sûr que quinze pièces d'or seraient dans vos moyens.

–Mais… commença Spic.

Patoche attrapa Séraphin par les épaules et le souleva.

–Très bien ! cria Spic. Quinze, c'est entendu.

Les pièces tintèrent dans la main boudinée du capitaine Éclair Cisailleur, qui eut un rictus satisfait.

–Repose-le, Patoche, ordonna-t-il.

Séraphin poussa un soupir de soulagement lorsqu'il sentit de nouveau sous ses pieds le plancher solide. Il regarda le capitaine dodu cracher dans sa paume droite et serrer la main de Spic, puis se tourner pour le saluer à son tour…

–Aaaïe ! hurla-t-il en retirant brusquement sa main.

Le capitaine baissa les yeux.

–Oh, regardez-moi ça, dit-il devant les paumes de Séraphin. On jurerait deux steaks de hammel! Il va falloir vous raccommoder.

Ses yeux sombres étincelèrent.

–Un beau spécimen comme vous.

Séraphin se tortilla, gêné.

–Un spécimen? s'interrogea-t-il tout haut.

–Ai-je dit spécimen? Oh, pardon, je voulais dire un beau gaillard.

Séraphin recula tandis que le capitaine le dévisageait.

–L'œil vif, de bonnes dents, de larges épaules…

Il sourit.

–Et en route pour le Grand Marché aux esclaves des pies-grièches.

Spic confirma.

–Une affaire importante nous y attend.

Le sourire d'Éclair Cisailleur s'élargit. Le soleil brilla sur ses dents argentées.

–En effet, dit-il avec douceur. Mais commençons par le commencement. Phylos, dit-il d'un ton sec à l'adresse du vieux gobelinet, et son expression devint dure. Montre leurs quartiers à nos hôtes. Et toi, Chardon, lança-t-il au naboton, préviens Rolf qu'il y aura deux bouches supplémentaires à nourrir, et trouve de quoi soigner les blessures du garçon dans l'armoire à pharmacie.

Phylos et Chardon s'empressèrent, nerveux.

–Et toi, cria-t-il au rustotroll, descends calmer les… la cargaison.

Il indiqua le grand mât, qui vacillait dangereusement.

– Elle s'agite trop.

– Patoche y va, marmonna le rustotroll, et il s'éloigna d'un pas lourd.

Théâtral, Cisailleur leva les yeux au ciel et passa une main molle sur son front poudré.

– Le pire équipage que j'aie jamais eu, bougonna-t-il. Malgré tout, continua-t-il, de nouveau affable et charmant, nous allons veiller à ce que vous voyagiez dans les meilleures conditions.

Le roulis augmenta au point que tous sur le pont (capitaine compris) durent se cramponner sous peine d'être précipités par-dessus bord. Cisailleur eut un sourire piteux.

– Cette cargaison vivante ! grogna-t-il. L'ennui, c'est que tout le navire se détraque quand ils prennent peur.

– Une cargaison vivante ? s'enquit Spic, tandis que le vaisseau penchait brusquement à bâbord, puis faisait une embardée de l'autre côté.

– Des hammels à cornes, répondit Cisailleur, et il embrassa du regard son navire oscillant. Pour les repas du marché aux esclaves.

Spic hocha la tête ; son esprit était déjà ailleurs. À cet instant, un hurlement plaintif s'éleva. Il déchira l'air et Séraphin, mal à l'aise, sentit un frisson lui parcourir l'échine. Le navire du ciel se redressa. Le hurlement s'arrêta net. La grand-voile se gonfla et *Le Flibustier* prit de la vitesse.

– Voilà qui est mieux ! applaudit Éclair Cisailleur, et sa figure grasse se plissa dans un sourire alors qu'il frottait l'une contre l'autre ses mains potelées. Allons, Phylos, au travail.

Il se tourna vers Spic et Séraphin.

– Et si vous avez besoin de quelque chose, n'hésitez pas à demander. Le souper sera servi dans une heure.

Leur cabine était plutôt confortable, mais les journées passaient dans une monotonie frustrante, car les deux compagnons sortaient peu. En outre, Séraphin restait contrarié. Un après-midi, alors qu'il était allongé dans son hamac, incapable de se concentrer sur le manuscrit devant lui, il leva les yeux.

– Je n'ai pas confiance en lui, voilà tout, dit-il.

– Pardon ? dit Spic.

– Éclair Cisailleur, expliqua Séraphin. Je ne lui fais pas confiance. Ni à son mastodonte de garde du corps.

Spic se détourna du hublot de la cabine étroite pour poser un regard sur son compagnon angoissé.

– De plus, poursuivit Séraphin, je ne comprends toujours pas pourquoi il amène une cargaison de hammels au marché. Ça ne peut pas être rentable.

Il fronça les sourcils.

– Je crois deviner la nature réelle de sa cargaison vivante.

– Quoi donc ? demanda Spic.

– Des esclaves, répondit Séraphin d'un air sombre.

– Hors de question, objecta Spic. Les bateaux en provenance d'Infraville ne transportent pas d'esclaves, tu le sais bien.

– Mais…

– Infraville est une cité libre, Séraphin, dit Spic. Quiconque tente d'asservir le moindre de ses habitants encourt la peine de mort. Un tel navire ne trouverait pas d'équipage.

Séraphin haussa les épaules.

– Je continue à penser que les hammels sont une cargaison improbable, persista-t-il, obstiné. De toute façon,
nous verrons bien lorsque nous arriverons au marché.
Mais dans combien de temps ce sera, seul le ciel pourrait
le dire ! Neuf jours déjà que nous volons. Presque dix…

– Les Grands Bois sont vastes, dit Spic.

Il regarda de nouveau par le hublot : le tapis infini de
feuilles vertes s'étendait devant eux.

– Immenses ! Et le Grand Marché aux esclaves ne
cesse de se déplacer.

– Alors comment saurons-nous où il se trouve, s'il
change de lieu ?

Spic sourit.

– Le Grand Marché aux esclaves des pies-grièches
reste au même endroit pendant plusieurs mois, voire plusieurs années, puis soudain, du jour au lendemain, il plie

bagage et part à dos de rôdailleurs, dans une cohue bruyante, pour un nouvel emplacement.

–Mais alors...

–Rien n'est impossible à retrouver, Séraphin, dit Spic. Il s'agit de lire correctement les indices, c'est tout.

Séraphin repoussa les manuscrits et se haussa sur les coudes.

–Les indices ? demanda-t-il.

–Il n'y a donc rien sur le Grand Marché aux esclaves des pies-grièches dans tes manuscrits ? demanda Spic, l'œil malicieux.

Séraphin rougit.

–Je n'ai rien vu à ce sujet jusqu'à présent, dit-il. Mais mon père m'a parlé autrefois des créatures terrifiantes qui le dirigent et lui ont donné son nom. Les pies-grièches. Dépourvues d'ailes. Mauvaises. Au regard fixe...

–La taverne du Carnasse, à Infraville, appartient à une de ces oiselles, dit Spic. Elle s'appelle la mère Plumedecheval.

Ses yeux se perdirent un moment dans le vague, puis il continua :

–Tu dois te représenter le marché aux esclaves des pies-grièches comme un énorme organisme vivant qui parcourt les Grands Bois en quête de nouveaux pâturages à brouter. Le marché finit par tout anéantir autour de lui et la zone qu'il occupait meurt. Il doit alors partir, faute de quoi lui-même périrait. Les villages dévastés qu'il laisse derrière lui offrent des indications précieuses (à qui sait les décrypter) quant à la direction qu'il a prise. Un marchand expérimenté, un capitaine du ciel à l'œil aiguisé savent repérer et suivre comme des empreintes les bosquets morts pour arriver jusqu'au marché lui-même.

Séraphin secoua la tête.

– Heureusement que nous sommes sur un navire du ciel, alors.

Il s'assit et lorgna sous les bandages qui lui enveloppaient les mains. Lors du premier soir à bord, Phylos avait passé une éternité à appliquer du baume de cicatre sur les blessures et à les entourer de gaze ouatée. Depuis, tous les soirs, il revenait pour changer le pansement, mais il adressait à peine la parole aux deux voyageurs. Spic vit le garçon observer ses mains.

– Comment vont-elles ? demanda-t-il.

– Elles me grattent, répondit Séraphin.

– Signe qu'elles guérissent, dit Spic. As-tu envie d'aller te promener ? De te dégourdir les jambes là-haut sur le pont ?

Séraphin refusa.

– Je préférerais me remettre à lire, si ça ne vous dérange pas, et il reprit les manuscrits.

– Comme tu veux, Séraphin, dit Spic. Mais si jamais tu en as assez de l'histoire ancienne, ajouta-t-il avec un sourire, tu sais où me trouver.

Sitôt qu'il entendit la porte de la cabine cliqueter, Séraphin écarta les manuscrits, s'allongea dans le hamac, mains croisées sur la poitrine, et ferma les yeux. Il n'avait aucune intention de lire. Non, ce qu'il voulait, c'était chasser cette terrible sensation de nausée qui l'avait envahi dès l'instant où il était arrivé sur *Le Flibustier*. Au bout de neuf jours et neuf nuits, il n'avait toujours pas le pied aérien.

Les bruits du vol résonnaient dans la cabine alors que le vaisseau poursuivait sa route. Le craquement de la proue. Le claquement des voiles. Le sifflement doux, hypnotique, du vent dans les cordages. Séraphin s'assoupit... et s'endormit.

Il rêva qu'ils avaient atterri dans les Grands Bois. Lui et Spic étaient seuls. La forêt, verte et sombre, ne ressemblait à rien de connu. Les cris stridents et les gazouillis de mystérieux animaux invisibles vibraient dans l'air. Une série de pas avait marqué le sol sous ses pieds.

– Bienvenue, dit une voix.

Séraphin leva les yeux. À l'ombre de douze pins plumeaux massifs se tenait un grand personnage couronné. Un trident et un serpent brodés ornaient sa toge. Sa barbe tressée touchait presque terre. Ses yeux étaient bienveillants, mais d'une tristesse indicible. Tout son corps semblait rayonner. Séraphin, le souffle coupé, tomba à genoux.

– Kobold le Sage, dit-il. Oh, sire, vous n... ne pouvez pas imaginer qu... quel plaisir... qu... quel honneur...

Sa voix tremblante se réduisit à un murmure.

– Tu as l'air frigorifié, dit Kobold, et il s'avança. Prends ma cape.

Et il la drapa sur les épaules de Séraphin.

– Mais... protesta celui-ci.

– Accepte-la, dit Kobold. Elle est à toi désormais.

Il se tourna et disparut dans les ombres.

– Mais sire ! appela Séraphin dans son dos. Je ne peux pas… Je ne pourrais pas… Je n'en suis pas digne.

Ses mots se noyèrent dans le tambourinement insistant d'un pivert, qui frappait du bec l'écorce d'un pin plumeau.

– Sire ! cria de nouveau Séraphin.

Bong ! Bong ! Bong !

Séraphin ouvrit brusquement les yeux. L'obscurité régnait dans la cabine. Il regarda autour de lui sans rien voir.

Bong ! Bong ! Bong ! Bong !

– Oui ! répondit Séraphin.

La porte s'ouvrit : dans la lumière du couloir, la silhouette débraillée de Phylos se découpa.

– Je viens m'occuper de vos pansements, dit-il.

– Oh, oui, dit Séraphin. Je ne m'étais pas rendu compte qu'il était si tard.

Phylos referma la porte derrière lui et s'approcha. Il posa une petite boîte sur le rebord, tira le hublot et alluma la lampe. Séraphin se hissa sur son séant et bascula les jambes sur le côté du hamac. Debout face à lui, Phylos se mit à défaire le premier bandage. L'odeur poivrée du baume de cicatre augmenta.

– Je crois qu'elles sont presque guéries, dit Séraphin.

La croûte s'en alla avec le dernier entortillement de compresse. La peau apparut, tendre et lisse. Phylos examina d'un œil critique la main sous la lampe avant de déclarer :

– Comme neuve.

– Sommes-nous proches du Grand Marché aux esclaves des pies-grièches ? demanda Séraphin, tandis que Phylos s'attaquait au deuxième pansement.

– Proches, non, dit Phylos, bavard pour une fois. Mais pas de doute, nous sommes sur sa piste. Au crépuscule, la vigie a repéré des ruines. Les signes indiquaient que le grand marché voyage vers le nord-nord-ouest. C'est notre direction.

Phylos constata, satisfait, que la main gauche avait aussi bien cicatrisé que la droite. Il passa un doigt calleux sur la peau douce et pâle. Le navire s'inclina soudain à bâbord et un rayon de lune entra par le hublot. Il illumina les paumes de Séraphin.

– C'est censé porter bonheur, dit Phylos. Quand la lune d'argent brille sur votre paume. Là d'où je viens, on dit que c'est la promesse d'une vie longue et prosp...

Il s'interrompit, et Séraphin crut voir du chagrin sur le visage du vieux gobelinet. Brusquement, celui-ci se leva et partit, les yeux affolés, comme s'il avait failli avoir une parole imprudente.

Séraphin regarda, nerveux, la porte close. Pourquoi Phylos avait-il paru aussi alarmé ? Qu'avait-il eu peur de dire ?

La lampe à huile répandait dans la cabine une lumière voilée orange. Séraphin se leva, s'approcha du hublot et le rouvrit. Un délicieux air tiède, chargé de sève et de brume d'arbre aux berceuses, emplit l'intérieur. Séraphin respira à pleins poumons et passa la tête par l'ouverture ronde.

Au-dessous de lui, la voûte des arbres s'étendait comme avant, telle une mer immense étincelant au clair de lune. Séraphin ne savait ni quelle distance ils avaient parcourue, ni s'ils étaient encore loin du but. Mais en admettant que les affirmations de Phylos soient exactes, il se trouverait bientôt là-bas dans l'obscurité suffocante sous le couvercle de feuilles, dans un lieu qu'il n'aurait jamais pensé connaître un jour. Un frisson de peur et d'enthousiasme l'agita. Le rêve était toujours vif dans sa mémoire.

– Je suis si impatient de quitter ce grand navire instable, murmura-t-il pour lui-même, et de poser le pied sur la terre ferme. C'est...

Il se figea et scruta le lointain.

Au-devant, brillant sous la lune comme une large plaie blanchie dans la verdure luxuriante de la forêt, il y avait une trouée déchiquetée où tout était mort. Séraphin frémit. Il n'avait jamais vu pareille désolation.

Alors que *Le Flibustier* se rapprochait, Éclair Cisailleur brailla l'ordre de diminuer l'altitude. L'équipage baissa les voiles, régla les poids de la coque, et le navire avança désormais à l'allure d'une limace des bois.

Séraphin se pencha pour regarder, mal à l'aise. Ils avaient franchi la limite entre la forêt débordante de vie et la clairière inerte.

– Par le ciel ! s'exclama-t-il.

Tous les arbres étaient détruits, jusqu'au dernier. Brûlés pour certains, évidés pour d'autres ; d'autres encore semblaient avoir simplement dépéri, leurs feuilles squelettiques toujours accrochées à leurs branches. Sur de vastes étendues, il ne restait que le sol pelé. Plus rien ne vivait là, plus rien ne poussait.

Le Flibustier effleurait la forêt décolorée, mutilée, et la zone ravagée paraissait sans limite. Alentour, à perte de vue, la terrible désolation continuait.

–Le Grand Marché aux esclaves des pies-grièches a donc anéanti tout ce territoire, chuchota Séraphin, tremblant.

Lorsque les restes d'un hameau apparurent, le capitaine exigea de voler extrêmement bas : c'était dans les villages saccagés comme celui-ci, dans les murs écroulés et le bois calciné, qu'il fallait chercher les indices du nouvel emplacement du marché.

Séraphin tressaillit d'horreur. Le moindre arbre avait été abattu, le moindre puits détruit, le moindre mur rasé. Quant aux habitants (gobelinets, nabotons, trolls des bois), ils avaient tous disparu, capturés par les oiselles et vendus comme esclaves. Désormais, seuls des monceaux de gravats et des tas de bois carbonisé indiquaient qu'un village avait un jour prospéré ici – ces ruines, et le réseau de sentiers en étoile qui partaient de son ancien centre.

C'était là, au point le plus central, sortant du sol pelé comme un énorme insecte noir, que se dressait une potence de bois brûlé, un squelette blanchi ligoté à sa traverse. Un doigt montrait la lune, bas sur l'horizon.

Tout à coup, un cri retentit.

– Est-nord-est !

– Est-nord-est, répéta le capitaine, et *Le Flibustier* vira abruptement à bâbord avant de remonter en flèche dans le ciel.

Tandis qu'il gagnait de la vitesse, la trouée morte s'éloigna et finit par disparaître complètement. Séraphin frissonna, déprimé. Maintenant qu'il avait vu de ses propres yeux les dévastations terrifiantes que provoquait le Grand Marché aux esclaves des pies-grièches, c'était le dernier endroit de la Falaise où il souhaitait se rendre.

– Je crois que je préférerais rester sur *Le Flibustier*, marmonna-t-il.

À cet instant, le navire entra dans une zone venteuse et piqua du nez, tout en roulant d'un bord à l'autre. Séraphin grogna. Son estomac émit des gargouillis de mauvais augure.

–Hum, après réflexion… murmura-t-il, nauséeux.

Bong! Bong!

Les deux coups puissants contre la porte donnaient l'impression que quelqu'un essayait de la défoncer. Séraphin bondit sur ses pieds; se rappelant le regard affolé de Phylos, il tira son couteau.

–Qui… qui est-ce? demanda-t-il.

La porte s'ouvrit à toute volée. Le grand rustotroll en haillons se tenait dans le couloir.

–Oh, vous, dit Séraphin.

–Oui, c'est Patoche, répondit celui-ci.

Il se baissa et entra dans la cabine. Sur un plateau qui paraissait minuscule dans ses mains énormes, il apportait un pichet en terre et deux gobelets. Il parcourut la cabine des yeux.

–Où est l'autre?

–Il est allé se dégourdir les jambes, répondit Séraphin.

Il avait caché son couteau derrière son dos, mais il ne le rangeait pas.

–Il va revenir dans deux minutes.

Patoche hocha la tête.

–Très bien. Le maître a dit que c'est pour vous deux, annonça-t-il en tendant le plateau. Le meilleur grog des bois que l'or puisse acheter. Pour que vous dormiez bien.

–M… merci, dit Séraphin.

Il lorgna le breuvage trouble d'un œil soupçonneux. C'était bien la première fois qu'Éclair Cisailleur se souciait de la qualité de leur sommeil.

196

– Posez-le sur l'étagère là-bas, je préviendrai Spic dès son retour. Comme je l'ai dit, il ne devrait pas...

À cet instant, Spic apparut sur le seuil.

– Séraphin, dit-il essoufflé, nous devons parler...

– Spic ! interrompit Séraphin. J'espérais justement vous voir. Patoche, ici présent, dit-il en indiquant la silhouette debout dans l'ombre, nous offre de la part du capitaine un pichet de son meilleur grog.

Spic salua le rustotroll de la tête et sourit.

– Pour que nous dormions bien cette nuit, ajouta Séraphin d'un air entendu.

– Bien sûr ! dit gaiement Spic.

– Patoche doit-il vous en verser ? demanda la lourde créature, pleine d'espoir.

– Non, répondit Spic. Non, je crois que je vais attendre l'heure du coucher. Merci pour votre offre, Patoche.

Il traversa la pièce et huma le pichet.

– Mmm, je me régale d'avance, dit-il, et il leva les yeux vers le rustotroll. Le capitaine est trop aimable.

Patoche démentit d'un air triste.

– Oh non, le capitaine n'est pas aimable. Pas lui. Il prive Patoche de nourriture. Il ne veut pas que Patoche mange la cargaison, même pas les petiots.

Spic considéra la montagne de muscles face à lui.

– Vous n'avez pas l'air mal nourri, dit-il. Vous auriez peut-être besoin de nouveaux vêtements...

– Patoche a toujours froid, se plaignit le troll. Le maître vend les habits de la cargaison.

Séraphin en resta bouche bée. Il regarda Spic, qui inclina la tête et fronça les sourcils : il fallait garder le silence.

– Ils ne sont jamais pour Patoche, continua le rustotroll. Patoche aime les beaux habits. Les beaux habits qui tiennent bien chaud. Patoche aime vos habits.

De sa grosse patte, il effleura le gilet en peau de hammel, qui se hérissa défensivement.

– Aïe ! gémit Patoche, et il appuya sur la piqûre ensanglantée à son doigt. Pas beau ! s'exclama-t-il.

– Non, dit Spic, lissant la fourrure ébouriffée. Ce gilet ne vous irait pas du tout. Il me semble qu'un joli manteau brodé et un chapeau à plume conviendraient beaucoup mieux.

– Oui, oui ! s'écria le troll, enthousiaste.

– Patoche ! rugit la voix du capitaine au-dessus d'eux. La cargaison s'agite de nouveau. Va régler le problème.

– Patoche a faim, dit le rustotroll. Patoche a froid. Patoche voudrait un chapeau à plume. Un beau chapeau.

– Vous feriez mieux d'y aller, dit Spic. Remerciez le capitaine pour le grog.

Le rustotroll sortit d'un pas traînant. La porte se referma. Séraphin se tourna aussitôt vers Spic.

– Des vêtements ! s'exclama-t-il. Il a parlé des vêtements de la cargaison. Vous connaissez des hammels habillés, vous ?

Sans répondre, Spic prit le lourd pichet en terre et versa son contenu dans les deux gobelets. Puis il les vida par le hublot.

– Plein d'écorce de saule berceur en poudre, marmonna-t-il. Séraphin, nous courons un grand danger…

Il reposa le pichet vide sur l'étagère.

– J'ai surpris une conversation entre Chardon, le naboton, et Rolf, expliqua-t-il. Ce bosquet mort que nous avons survolé, avec sa potence noire et son squelette blanc ligoté à la traverse, ne peut signifier qu'une chose : notre prochain arrêt sera le Grand Marché aux esclaves des pies-grièches.

– M… mais c'est une bonne nouvelle, non ? demanda Séraphin, hésitant.

Spic soupira.

– Ça aurait dû en être une. Oh, Séraphin, je suis si ennuyé de t'avoir entraîné dans cette aventure.

– Comment ? dit Séraphin, inquiet. Quelle était la suite de la conversation ?

– J'ai été stupide. Stupide et aveugle, dit Spic. Je ne pensais qu'à retrouver mon équipage disparu, et à présent…

Il prit son jeune apprenti par l'épaule.

– Tu as raison depuis le début, Séraphin. Nous ne transportons pas une cargaison de hammels, mais un chargement d'esclaves.

Séraphin prit une inspiration brusque.

– Je le savais, dit-il.

Spic soupira.

– C'est bien notre chance d'être tombés sur le plus ignoble des capitaines pirates qui aient jamais volé dans le ciel. Il a une soixantaine de malheureux enchaînés dans la cale de son navire, dit-il. Des nabotons, des gobelins à tête plate, des troglos ploucs… Tous destinés au marché où ils seront vendus au plus offrant.

– Et nous ? demanda Séraphin. Pourquoi le capitaine ne nous a-t-il pas simplement jetés dans la cale et mis aux fers comme les autres ?

Spic regarda ailleurs.

– Nous sommes trop précieux, dit-il calmement. Il nous veut en parfaite santé : il a pris sa décision dès qu'il nous a vus, sans doute. Il est rusé, je dois le reconnaître.

Il fit face à Séraphin.

– Il nous réserve pour la mère coquelle en personne.

– La mère coquelle ? demanda Séraphin.

– La reine des pies-grièches qui dirigent le marché, répondit Spic. Elle s'appelle la mère Griffedemule. Apparemment, elle est prête à payer cher, très cher, pour des spécimens comme nous. Ce n'est pas tous les jours que le marché compte parmi ses esclaves un universitaire de Sanctaphrax !

– Voilà pourquoi il se souciait autant de notre confort, dit Séraphin.

Il regarda d'un air morne la peau neuve de ses mains.

– Et pourquoi il désirait tant que mes blessures guérissent.

Spic hocha la tête.

– Et pourquoi la nourriture était aussi succulente, ajouta-t-il avec un frisson. Il nous a engraissés !

CHAPITRE 13

Mutinerie

S PIC REGARDA PAR LE HUBLOT TANDIS QUE *LE FLIBUSTIER*
poursuivait sa route dans des écarts et des oscilla-
tions, louvoyant contre le vent dans la direction
indiquée par le signe macabre. Une brise se leva. Bas dans
le ciel, la lune étincelait sur les cimes ondoyantes des
arbres. Il n'y avait aucune trace du marché aux esclaves.

Spic entendait tout autour de lui les bruits du navire
en vol. Le chuchotis des voiles. Le tapotement rythmé
des haussières. Le grincement des planches. Le sifflement
du gréement. Les oisorats qui couinaient et couraient
dans les entrailles du bateau. Et autre chose… Une
rumeur profonde, sonore…

– Écoute ! dit-il en se détournant du hublot.

Séraphin leva les yeux de son hamac.

– Quoi ?

– Ce bruit.

– Quel bruit ?

Spic fit signe à Séraphin de se taire. Il s'accroupit sur
le sol et colla son oreille contre le bois sombre et vernis.
La tristesse envahit son visage.

201

– Ce bruit-là, dit-il.

Séraphin quitta le hamac pour rejoindre Spic. Lorsque son oreille toucha le plancher, les bruits devinrent plus nets. Des grognements. Des hurlements. Des pleurs désespérés.

– La cargaison ? chuchota-t-il.

– La cargaison, confirma Spic. Les nabotons, les gobelins à tête plate, les troglos ploucs... la mélopée de la détresse et du désespoir, la mélopée de la servitude. Grâce au ciel, nous sommes prévenus et nous connaissons les projets du capitaine...

Il fut interrompu par de petits coups secs contre la porte.

– Vite, retourne t'allonger. Fais semblant de dormir.

Un instant après, tous deux étaient pelotonnés dans leur hamac, yeux clos mais oreilles grandes ouvertes, et ronflaient doucement. On frappa de nouveau à la porte.

– Nous dormons, idiots que vous êtes, marmonna Séraphin à voix basse. Entrez donc.

– Chuuut ! siffla Spic.

Le loquet grinça quand une main le tourna lentement. La porte s'entrebâilla. Spic grogna, changea de position et continua de ronfler, tout en surveillant la cabine du coin de l'œil.

Deux têtes passèrent dans l'ouverture. La première était celle de Chardon. La seconde appartenait à un individu que Spic ne connaissait pas : un solide troglo plouc. Tous deux, figés sur place, regardaient le dormeur avec anxiété : allait-il se réveiller ? Il les gratifia d'un murmure ensommeillé puis s'apaisa.

Un troglo plouc, se désola-t-il en pensée.

–Ils doivent l'avoir bu, dit Chardon en traversant la pièce.

Il renifla les gobelets, examina le pichet.

–Oui, il est vide.

Il regarda les hamacs.

–Ils dorment comme des bébés, gloussa-t-il. Très bien, Carl. Ligote le petiot. Je m'occupe de l'autre.

Ils défirent la longue corde enroulée sur leur épaule et s'approchèrent des hamacs. Séraphin frissonna lorsque le grand troglo plouc nauséabond arriva et, menaçant, lui jeta le bout de la corde sur les pieds. Il allait être ligoté dans son hamac. Raide de peur, il sentit les fibres s'enfoncer dans sa chair alors que le troglo plouc lui attachait les chevilles.

–Doucement, recommanda le naboton. Le capitaine a dit : « Pas de traces. » Et tu sais ce qui arrive quand on fâche le capitaine...

Le troglo plouc se gratta la tête.

–Mais je ne veux pas qu'il se libère au moment où il se réveillera.

–Ne t'inquiète pas, lui assura le naboton tout en nouant sa propre corde autour du cou de Spic. Il sera... Aaaïe ! gémit-il lorsqu'un coude pointu lui cogna la base du nez dans un craquement épouvantable.

Un flot de sang jaillit. Le naboton plaqua ses mains sur sa figure et recula en vacillant.

Spic s'assit sur son séant, pivota et bondit, épée dégainée.

– Lâche ton couteau d'abord, cria-t-il au troglo plouc.
Ensuite, ton sabre.

Le troglo plouc, surpris, trébucha en arrière. Le naboton était toujours agenouillé, les mains sur le nez. Séraphin desserra la corde autour de ses jambes, sortit du hamac et se planta près de Spic.

– Ton couteau, Séraphin, dit Spic en montrant l'arme qui avait appartenu au gobelin-marteau.

D'une main tremblante, Séraphin le tira de sa ceinture.

– Toi aussi, ordonna-t-il au troglo plouc. Entre le pouce et l'index.

– Le pouce et l'index, très bien.

Spic regardait. La lame du couteau sortit de son étui.

– À présent, lâche-le ! commanda-t-il.

Le troglo plouc lança un coup d'œil sur sa main.

– Lâche-le ! répéta Spic.

– Bon, bon, dit le troglo plouc.

Ses articulations blanchirent.

– Je voulais juste…

Sur ce, il donna une chiquenaude et le couteau fendit l'air.

Spic recula. Trop tard !

– Aaargh ! hurla-t-il lorsque la pointe tournoyante vint se ficher dans son flanc.

Son épée résonna par terre. Alors que Spic tombait, le troglo plouc dégaina son sabre et attaqua.

– Spic ! cria Séraphin, et il sauta sur le dos de l'assaillant.

Le sabre lourd fracassa la cloison de bois quelques centimètres au-dessus de la tête de Spic.

– Descends de là ! rugit le troglo plouc.

Il arracha le garçon de ses épaules et le jeta sur le côté. Séraphin traversa la cabine dans un vol plané et atterrit sur Chardon, toujours à genoux. Le naboton s'évanouit.

– Je me fiche de ce que dit le capitaine, ricana le troglo plouc. Tu vas avoir ton compte !

Il brandit très haut le sabre effrayant et...

Bing !

De toutes ses forces, Séraphin asséna un coup de pichet en terre sur le crâne du troglo plouc. Celui-ci s'effondra lourdement et
ne bougea plus.

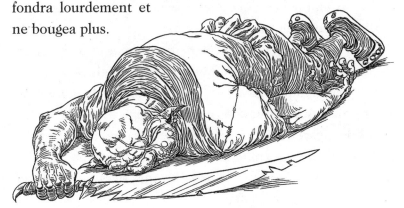

−Voilà ce que j'appelle un somnifère, dit Séraphin avec un sourire mal assuré.

−Merci, mon garçon, dit Spic, qui se relevait tant bien que mal.

Son gilet en peau de hammel avait empêché le couteau de s'enfoncer trop profondément, mais la douleur était lancinante. Il boitilla jusqu'à son épée, la ramassa et se tourna vers Séraphin.

−Viens. Nous avons rendez-vous avec le capitaine Cisailleur.

Prenant soin d'être discrets, Spic et Séraphin s'aventurèrent dans le navire. Ils passèrent devant les réserves et les placards à provisions, la cuisine, les couchettes. À chaque porte, à chaque corridor, ils s'arrêtaient, jetaient un coup d'œil et tendaient l'oreille. Hormis un ronflement léger venu des quartiers de l'équipage, où dormaient Phylos et Rolf, il n'y avait rien à signaler.

Ils s'apprêtaient à monter vers la barre lorsque Séraphin remarqua un étroit escalier laqué, noir et or, en retrait dans un renfoncement. Il lança un regard interrogateur à Spic.

Celui-ci hocha la tête et avança. Il se mit à grimper les marches étroites.

−Hé hé! s'exclama-t-il un instant plus tard en entrant dans la pièce au-dessus. Nous avons de la chance !

Séraphin le rejoignit. Il contempla la chambre ornementée : ses décorations en or, son tapis luxueux, ses boiseries marquetées, ses immenses miroirs, ses lustres en cristal... et son grand lit à baldaquin, splendide.

−Nous devons être dans les quartiers de Cisailleur, dit-il. C'est... magnifique !

–La misère des autres est payante, dit Spic avec aigreur.

Il commença à ouvrir les portes garnies de miroirs des nombreuses penderies alignées contre les murs. Il fouilla dans les vêtements voyants qui en occupaient les moindres recoins. Il sortit de la troisième armoire une veste particulièrement extravagante : longue, matelassée, elle avait une couleur rose fuchsia et des brocarts bleu marine et or. Le col et les poignets étaient ornés de plumes. Des pierres fines incrustées dans les broderies scintillaient, attirantes. Spic l'enfila.

–Qu'en penses-tu ? dit-il.

– Euh, c'est…

Séraphin tressaillit. Il secoua la tête.

– Je ne sais pas ce que nous faisons ici.

Spic éclata de rire.

– Tu as raison, Séraphin. Il est temps pour nous de partir. Viens.

Il traversa aussitôt la pièce et redescendit l'escalier. Séraphin le suivit comme son ombre.

Enfin arrivé sur le pont, Spic respira l'air froid et sec à pleins poumons. Un large sourire éclaira son visage.

– Ah, Séraphin ! s'exclama-t-il. Le grand air. Le vent qui nous pousse. La pure ivresse du vol dans le ciel sans limites.

Séraphin posa la main sur le bras de Spic et montra l'escalier de bois qui conduisait à la barre. Le capitaine et le rustotroll Patoche se découpaient sur le gris du ciel. Spic hocha la tête et porta un doigt à ses lèvres.

Tapis dans les ombres projetées sur la gauche par la lune basse, ils avancèrent. Ils longèrent le plat-bord. Montèrent les marches. À pas lents. Furtifs. Tout à coup, une lumière violette illumina le navire entier.

– Ah ! s'écria Patoche.

Spic et Séraphin se figèrent.

– Du feu ! brailla le rustotroll. Patoche a vu du feu !

– Tais-toi, imbécile ! cria le capitaine. Ce n'est pas du feu. C'est la fusée d'annonce.

– La fusée d'annonce ? répéta Patoche, hébété.

Le capitaine poussa un grognement.

– Oh, Patoche, Patoche, il ne se passe pas grand-chose là-dedans, hein ? dit-il, et il agita son mouchoir de dentelle vers la tête du troll. La fusée d'annonce prévient les gardes du marché qu'il y a des esclaves à bord !

Il frotta ses mains roses et potelées l'une contre l'autre.

– Et nous en avons une foule ! La mère Griffedemule va être ravie.

– La mère Griffedemule, grommela Patoche.

Il se souvenait bien d'elle. Battu. Elle avait battu le pauvre Patoche un jour qu'il s'était égaré loin du navire.

– Oui, la mère coquelle en personne, dit Cisailleur. Je lui destine nos deux jeunes passagers distingués. Je me demande s'ils tiendront plus longtemps que les précédents ! gloussa-t-il.

Les yeux de Spic détaillèrent le costume raffiné du capitaine : la belle redingote en soie brodée, au motif compliqué de joyaux des marais et de perles du Bourbier, les bottes hautes bien cirées, les volants qui ornaient le col et les poignets, la plume de cisailleur pourpre et duveteuse plantée sur le tricorne. C'était un élégant. Un dandy. Spic n'avait jamais vu un capitaine du ciel pareil, et il était révolté de savoir que cet individu détestable avait accumulé une telle richesse.

– Quelle est donc notre heure d'arrivée probable sur le marché aux esclaves ? demanda-t-il en sortant de l'ombre.

Cisailleur fit volte-face, un air de stupéfaction horrifiée sur le visage.

– Vous ! lança-t-il. Mais qu'est-ce que vous faites ici ? Où sont Chardon et Carl ?

– Ils dorment à poings fermés, dit Spic, un sourire flottant sur ses lèvres.

– Mais c'est un scandale ! rugit le capitaine.

Il avait les yeux exorbités. Sa figure devint cramoisie dans la lumière violette.

– Vous êtes censés...

– Dormir ? dit Spic, et il dégaina son épée. Attachés et bâillonnés ? Ligotés pour le marché aux esclaves ?

Il se mit à décrire des cercles autour du capitaine.

– Je... Vous... C'est... bredouilla Éclair Cisailleur. Mais c'est ma veste que vous portez ! hurla-t-il. Patoche ! Occupe-toi d'eux !

Patoche avança, hésitant.

D'une main tranquille, Spic caressa la veste, et ses doigts s'attardèrent sur les pierreries.

– Voyez, Patoche.

Le rustotroll s'arrêta net.

– Beaux habits ! dit-il, une lueur dans les yeux.

– Patoche ! brailla Cisailleur, furieux.

Mais le garde du corps ne l'entendit pas. Il était fasciné par la beauté éblouissante de la veste merveilleuse, en extase.

– Elle pourrait être à vous, Patoche, dit Spic. Rien qu'à vous.

Il retira lentement une manche et laissa la veste glisser de son épaule.

– L'aimeriez-vous, Patoche ? demanda-t-il. Vous donnerai-je la belle veste ? Vous la donnerai-je ?

Dans son embarras, Patoche écarquilla les yeux. Il regarda le capitaine. Il regarda la veste. Il fronça les sourcils. Spic retira l'autre manche et tint la veste dans sa main gauche.

–Patoche, obéis ! hurla Cisailleur. Fais ce que je t'ordonne !

Un sourire s'épanouit sur les traits lourds de Patoche. Il fit un pas en avant. Spic lui tendit la veste.

–Prenez-la, dit-il.

Patoche saisit la veste et la revêtit.

–Belle veste ! dit-il, un sourire jusqu'aux oreilles. Patoche est beau !

Spic braqua son épée sur Cisailleur.

–Si peu aurait suffi pour vous assurer le dévouement de votre équipage, dit-il. Et après tout, vous en possédez tant.

Il se détourna, écœuré.

–Prends-lui ses clés et ligote-le, Séraphin.

–Je vous en prie, je vous en prie, implora le capitaine. Non, ne faites pas cela, je vous en supplie. Je n'avais aucune mauvaise intention. Vraiment... C'est un malentendu total... Je vous en prie !

Spic grimaça.

–Et bâillonne-le, Séraphin ! J'en ai assez d'entendre les plaintes méprisables de cette créature.

Pendant que Séraphin ligotait et bâillonnait l'ancien capitaine du *Flibustier*, Spic prit la barre et mit sa longue-vue contre son œil. Dans le lointain, légèrement à tribord, une zone des Grands Bois immenses semblait diffuser une lumière jaune, huileuse. Spic régla la lunette.

–Nous l'avons trouvé, Séraphin, souffla-t-il. Nous avons trouvé le Grand Marché aux esclaves des pies-grièches.

De ses doigts lestes, Spic monta un peu la grand-voile, régla la bonnette et baissa les poids de la coque à bâbord : le navire du ciel pivota en douceur jusqu'à ce que la lumière jaune, faible mais croissante, soit située droit devant. Il releva alors les poids de la coque, baissa le poids de la poupe et tourna la roue de gouvernail d'un petit cran à tribord. Le cap était bon.

Séraphin rejoignit Spic à la barre et, tandis que le marché aux esclaves se rapprochait, tous deux furent assaillis par les bruits, les odeurs et le spectacle de la curieuse agglomération qui s'étendait sur une vaste portion de la forêt. Car si le marché avait semé la désolation dans son sillage, cet endroit-ci, concentration d'activité tapageuse, âcre, grouillante, était plus trépidant que tous les lieux qu'ils avaient pu connaître jusque-là.

Mille odeurs emplissaient l'air : fumée de pin et senteur de belette, boules de naphtaline et grog des bois, hammels rôtis à la broche au-dessus des flammes. Mais il y avait, sous-jacente, perceptible seulement lorsque les vents chassaient les parfums plus agréables, la puanteur de la pourriture, de la décomposition, de la mort.

Séraphin eut un frisson involontaire.

Spic se tourna vers lui.

– Ton appréhension est fondée, Séraphin. Malgré son éclat éblouissant, le Grand Marché aux esclaves des pies-grièches est un endroit terrible. Il emporte les imprudents, les sots...

Il posa une main rassurante sur l'épaule de son apprenti.

– Mais pas nous, Séraphin. Nous ne tomberons pas entre ses griffes.

– Plus que mille foulées, cria la vigie en haut du juchoir.

Spic régla les poids de la coque et baissa légèrement tous les leviers des voiles. Le navire entama sa descente dans le ciel.

– Cinq cents foulées ! annonça la vigie. Débarcadère à bâbord.

Séraphin plissa les yeux. Il aperçut au-devant une jetée aérienne fixée à la cime d'un arbre dépouillé. Du côté le plus proche d'eux se tenait une oiselle : elle était trapue, couverte de plumes hirsutes, et son bec et ses serres brillaient dans la lumière violette du flambeau qu'elle agitait pour les guider. Séraphin avala sa salive.

– Une pie-grièche, murmura-t-il doucement.

Spic leva le poids de la carlingue et baissa celui de la poupe. Le navire ralentit et perdit de l'altitude. Spic baissa les voiles une à une ; la roche de vol ferait le reste.

– Cent foulées !

Comme en réponse à l'annonce de la vigie, Phylos et un individu dégingandé au dos tordu (Rolf le cuisinier, supposa Séraphin) apparurent sur le pont. Ils regardèrent les alentours, les yeux écarquillés, bouche bée. Le navire accosta la jetée.

C'étaient les passagers qui commandaient le navire. Patoche en redingote se pomponnait et se pavanait près du beaupré. Le capitaine était ligoté sur le sol...

– Au nom du ciel, que... marmonna Phylos.

À cet instant, un fracas retentit derrière eux : le bout de la passerelle venait de prendre appui sur la poupe. Spic et les autres se tournèrent et virent une bonne douzaine de pies-grièches impressionnantes s'avancer sur la planche à pas énergiques.

– Qu'avez-vous à échanger ? demanda leur dirigeante (une grosse oiselle qui avait des perles multicolores tressées dans ses plumes fauves ternes) lorsqu'elle atteignit le pont supérieur.

– Pas grand-chose, je le crains, répondit Spic. Il y a eu erreur à Infraville. Nous nous sommes retrouvés avec une cargaison de hammels au lieu d'esclaves.

La pie-grièche plissa ses yeux froids, étincelants, et pencha la tête.

– Voulez-vous dire qu'il n'y a que des citoyens libres à bord ? lança-t-elle, indignée.

– Sauf un, dit Spic.

Du pied, il poussa le capitaine Cisailleur et sourit à la pie-grièche.

– Un spécimen de première qualité. Lié aux universitaires, à ce que j'ai cru comprendre.

– Vraiment ? dit la pie-grièche, et les plumes de son cou se gonflèrent.

Elle se tourna vers son inférieure hiérarchique.

– La mère coquelle pourrait être intéressée.

– C'est bien mon avis, dit Spic.

– Quel est votre prix ? demanda la pie-grièche.

Un vertige saisit Spic.

– Cent cinquante, répondit-il.

Il avait choisi un nombre au hasard. L'oiselle fronça les sourcils.

– Rondelains ou doquelets ? voulut-elle savoir.

– R... rondelains, tenta Spic.

La pie-grièche eut une exclamation désapprobatrice et se détourna.

– Non, non, doquelets. Cent cinquante doquelets.

Spic sourit.

– Je suis sûr que la mère Griffedemule ne pourra pas résister à l'envie de s'emparer de lui.

La pie-grièche hésita un moment. Puis elle riva sur Spic un œil jaune.

– Le prix reste élevé, dit-elle. Mais… c'est d'accord !

Elle empoigna le paquet devant elle : rassemblé sur le pont, l'équipage du *Flibustier* applaudit, unanime. Éclair Cisailleur les avait tous traités comme des esclaves. Personne ne versa de larme lorsque le tyran avare, qui se tortillait telle une limace des bois, fut hissé sur les épaules emplumées de ses gardiens et emmené.

– Mfff blllf grrrfff !

Ses jurons étouffés se perdirent dans le bâillon.

– Vous aussi ! cria Phylos dans son dos. Bon débarras. Mais qu'allons-nous devenir maintenant ? demanda-t-il à Spic.

– Vous ? dit Spic. Vous êtes tous libres. Vous pouvez faire ce que bon vous semble, aller où bon vous semble... Rentrer à Infraville pour commencer, puis qui sait ?

– Je vous en prie, jeune maître, ramenez-nous, supplia Phylos, et il serra les mains de Spic dans ses doigts noueux. Nous avons besoin d'un capitaine pour commander le navire.

– Non, je... murmura Spic. Ce n'est pas possible. Nous... Séraphin et moi avons une affaire à régler ici...

Séraphin se pencha et lui chuchota à l'oreille :

– La cargaison, Spic. N'oubliez pas la cargaison.

– Ne t'inquiète pas, Séraphin. Je n'ai pas oublié, répondit Spic.

Il leva la tête et s'adressa à l'équipage hétéroclite devant lui.

– Quand je dis que vous êtes tous libres, ce ne sont pas des mots creux. Du premier au dernier sans exception, tous les passagers du *Flibustier* sont libres.

– Vous parlez... commença Phylos. Vous parlez... des esclaves ?

– Oui, l'ancien, dit Spic. Ceux qui, avec votre aide, ont été attaqués puis transportés jusqu'à cet endroit terrible sont aussi libres que vous. Et je vous promets qu'il y aura, parmi eux, des créatures expertes en navigation aérienne.

Il se tourna vers son jeune apprenti.

– Viens, Séraphin. Allons désenchaîner les prisonniers de Cisailleur.

Séraphin suivit Spic sous le pont dans les profondeurs sombres du navire. Une fierté irrésistible rayonnait en lui. Spic aurait pu simplement quitter *Le Flibustier du ciel* et abandonner ses occupants à leur sort. Mais non. Même à présent, alors qu'ils avaient pour mission de rechercher son équipage disparu, le jeune capitaine prenait le temps de secourir les autres. Séraphin se rappela son rêve et frémit de gêne. Si quelqu'un était digne de porter la cape de Kobold le Sage, c'était Spic, et pas lui.

Tandis qu'ils descendaient l'ultime volée de marches, leurs bottes résonnant sur le bois nu, un air fétide autour d'eux, des fentes de lumière trouant la pénombre par les planches brisées de la coque, un cri s'éleva de la cale des prisonniers. Séraphin frissonna en reconnaissant leurs plaintes.

– Il y a quelqu'un ? crièrent-ils. À boire ! À boire !

– Quelque chose à manger !

– Carl ! Carl, c'est vous ?

– S'il vous plaît, ayez pitié de nous !

Spic secoua la tête. Il était impossible de savoir depuis quand les malheureux

étaient privés d'eau et de nourriture, et son sang bouillon-
nait devant l'injustice monstrueuse de la situation. Il
avança vers la porte à grandes enjambées, saisit le trousseau de clés que portait Séraphin, choisit la plus grosse
d'entre elles et l'enfonça dans la serrure. La clé grinça
dans le mécanisme comme un oisorat en colère. À l'intérieur, les voix se turent.

– Pouah ! s'exclama Séraphin : Spic venait d'ouvrir le
battant et un souffle nauséabond les frappait de plein
fouet.

– Cache ton dégoût, lui chuchota Spic. Ce n'est
pas la faute des prisonniers s'ils sont dans
un état aussi répugnant. Il faut s'en
prendre à la cupidité qui a motivé
leur capture.

Il entra. Un rude tapage
commença aussitôt.

– Où est Carl ?

– Où sont notre eau et notre nourriture ?

– Que se passe-t-il ?

– Pourquoi le navire est-il arrêté ?

Spic embrassa des yeux l'assemblée misérable de gobelins à tête plate et de gobelinets, de troglos ploucs et de trolls des bois, et leva les mains pour réclamer le silence.

– Mes amis, votre supplice est terminé ! annonça-t-il. *Le Flibustier* va rentrer à Infraville ! Vous voyagerez à son bord et retrouverez vos familles !

Les prisonniers échangèrent des regards perplexes.

– Vous allez rentrer chez vous !

Il agita le trousseau de clés au-dessus de sa tête.

– Vous êtes des citoyens libres, vous et l'équipage que ce tyran avait asservis ! Il n'y aura plus jamais un seul esclave sur ce navire !

Durant un instant, ce fut le silence absolu. Puis un gobelin à tête plate lança un hourra sonore, et dans toute la cale, acclamations et vivats fusèrent, tumultueux. Le navire du ciel trembla et tangua alors que les trolls, troglos et gobelins, dans le fracas des chaînes, dansaient de joie.

Spic attendit que le vacarme s'apaise pour continuer.

– Maintenant, il me faut des volontaires pour l'équipage, dit-il. Combien d'entre vous ont l'expérience de la navigation aérienne ?

Une demi-douzaine de prisonniers se manifestèrent.

– Nous avons apporté notre contribution, Séraphin, sourit Spic. Ils pourront rentrer sans encombre à Infraville. Notre quête nous attend sur le marché aux esclaves.

Il se retourna vers les prisonniers.

– Nous allons vous retirer vos fers. Soyez patients. Votre tour viendra.

Spic donna la moitié des clés à Séraphin. Ils associèrent clé et serrure, défirent les chaînes et libérèrent un à un les prisonniers. Ceux-ci quittèrent en foule la cale sombre et repoussante qui leur avait servi de prison et montèrent sur le pont respirer l'air limpide et contempler les étoiles. Il y eut des rires et de nombreuses poignées de mains ; il y eut des larmes et de chaleureux remerciements.

Enfin, épongeant la sueur sur son front, Séraphin scruta les recoins les plus sombres de la cale. Il ne restait que deux prisonniers : un jeune gobelinet aux traits tirés, avec un bandeau sur l'œil, et, à l'autre bout de la pièce obscure, une petite silhouette enveloppée dans un manteau en loques.

Séraphin s'approcha. Le second captif eut un petit soupir tandis que son libérateur bataillait avec la clé dans le mécanisme autour de sa jambe. Mais rien ne cliqueta. Séraphin réessaya : en vain.

– Je n'arrive pas à ouvrir celle-ci, cria-t-il. C'est sans doute ma clé, ou alors la serrure rouillée. Ou autre chose.

– Nous allons essayer la mienne, répondit Spic. J'en ai pour une seconde, dit-il au gobelinet alors qu'il se redressait et s'éloignait sur la paille souillée qui couvrait le sol. Voyons, dit-il à Séraphin, et il enfila sa clé dans la serrure. Ah, oui, je crois que c'est bon.

Il fronça les sourcils.

– Séraphin ? Qu'est-ce qui ne va pas ?

Le jeune garçon secoua la tête.

– C'est incroyable ! souffla-t-il. Regardez, Spic, regardez !

– Qu'y a-t-il, Séraphin ? demanda Spic. Dis-moi...

Mais Séraphin n'écoutait pas.

– C'est le destin, Spic ! C'est le destin ! babillait-il, enthousiaste, les yeux braqués sur la main tendue du jeune capitaine. Le destin a dû nous conduire ici !

– Séraphin, lança Spic d'un ton sec, de quoi parles-tu ?

Alors, il vit : sa main, son bras... qui rayonnaient. Son corps tout entier émettait la même lumière éclatante que précédemment. Lorsqu'il avait retrouvé Tarp Hammelier, Marek, Théo Slit...

Il se tourna et examina le tas de haillons recroquevillé juste devant lui, bras levé pour protéger ses yeux de la lumière soudaine.

– Ce n'est pas possible. Si ? Cabestan ? dit-il. Est-ce vraiment toi ?

L'elfe des chênes sursauta. Il baissa son bras : un bras qui rayonnait aussi.

– Capitaine Spic ? chuchota-t-il. Capitaine Spic !

– Cabestan ! s'exclama Spic, et il serra l'elfe des chênes dans ses bras, le soulevant de terre tant il était heureux. C'est toi !

Fou de joie, il pivota vers Séraphin.

– C'est Cabestan ! Le quatrième membre de mon équipage ! Oh, Cabestan, dit-il, et il relâcha son étreinte pour regarder l'elfe des chênes droit dans les yeux. J'espérais... mais je n'aurais jamais songé... Mais dis-moi, comment as-tu échoué dans cet affreux endroit ?

L'elfe des chênes baissa la tête. Il plissa le front.

– Je... je ne sais pas bien, capitaine Spic. Tout est confus, chuchota-t-il.

– Nous étions sur *Le Voltigeur de la Falaise*, lui rappela doucement Spic. Attachés à l'oisoveille. Nous sommes partis dans le ciel infini à la recherche de mon père, le Loup des nues.

– Oui, oui, dit Cabestan. Ça, je m'en souviens.

Il frissonna.

– Et je me souviens avoir vu, du haut du juchoir, le tourbillon atmosphérique s'approcher de plus en plus...

– Oui ? dit Spic, impatient.

– Et puis, plus rien, dit Cabestan. Quand j'ai rouvert les yeux, j'étais à Infraville dans le caniveau du marché aux poissons.

Spic cacha sa déception.

– Un naboton m'a recueilli, continua Cabestan. Il m'a proposé un endroit pour la nuit ; il m'a donné quelque chose à boire. Du grog des bois...

Son visage se rembrunit.

– Et après... Et après, ceci ! gémit-il, et des sanglots de détresse secouèrent son corps frêle.

– Tout va bien, Cabestan, l'apaisa Spic. Tu ne crains plus rien. Nous t'avons retrouvé, même si je me demande encore par quel prodige. Et maintenant, ce navire va te ramener à Infraville.

– Mais qu'y a-t-il pour moi à Infraville ? geignit l'elfe des chênes.

– Tu dois aller jusqu'à mon bureau à Sanctaphrax, dit Spic. Les autres m'y attendent : Tarp, Marek et Slit. Ils seront enchantés de te revoir. Tu attendras avec eux. Séraphin et moi reviendrons dès que nous aurons découvert ce qui est arrivé au reste de l'équipage.

Il prit les mains maigres de l'elfe dans les siennes.

– Et nous devons voyager seuls, Cabestan. Impossible de t'emmener avec nous. C'était pareil pour les autres. Le rayonnement que nous émettons quand nous sommes ensemble attire trop les regards.

Cabestan s'écarta avec une force surprenante.

– Non, dit-il fermement. Non, capitaine. Je ne passerai pas une minute de plus sur ce vaisseau funeste.

Sa voix était désespérément pressante.

– Mais Cabestan, objecta Spic, je t'ai déjà expliqué…

– Je peux vous être utile, insista l'elfe des chênes. Durant le long trajet jusqu'ici, certains de mes compagnons m'ont fourni une somme d'informations considérable, des informations vitales, sur le marché aux esclaves.

– Mais Cabestan… reprit Spic.

– De plus, ajouta Cabestan, je suis un elfe des chênes. Observateur. Sensible. Mes facultés sont vives. Et comme tous mes semblables, je sais décrypter le comportement d'autrui. Je serai capable de comprendre le fonctionnement du marché aux esclaves.

Spic secoua la tête.

– Quant au rayonnement, continua Cabestan d'une traite, il semble qu'il y ait toutes sortes de créatures sur le marché. Toutes sortes ! Y compris des créatures qui rayonnent : le brillepoil quand il se mouille, les phosphorilles quand ils ont peur, le luisocorne quand on l'attaque… Personne ne nous remarquera.

Spic jeta un coup d'œil à Séraphin, qui haussa les épaules.

– Si vous transgressez la moindre loi tacite de ce lieu, vous êtes perdus, dit Cabestan, et il passa le doigt en travers de sa gorge dénudée. Croyez-moi, capitaine, sans mon aide, vous ne survivrez pas dix minutes sur le Grand Marché aux esclaves des pies-grièches.

– Très juste, concéda Spic.

Séraphin approuva avec vigueur.

– Et comment !

La perspective de tomber entre les serres des pies-grièches au regard froid, étincelant, le remplissait d'horreur.

– Alors c'est décidé. Nous continuerons à trois, déclara Spic.

– Je crois qu'il devait en être ainsi, dit Séraphin.

Il baissa les yeux, soudain grave.

– Avant-hier au soir, j'ai lu quelque chose dans les manuscrits ; une chose qui m'a paru importante. Alors qu'ils se préparaient à l'arrivée de la Mère Tempête, Kobold le Sage a dit à ses partisans : « Nous sommes de simples marionnettes qui attendent d'être manipulées. Nos vies se résument aux gestes de la main invisible qui tire nos ficelles. »

Spic sourit.

– Et tu penses que quelqu'un ou quelque chose a tiré nos propres ficelles, non ?

– Je vous rapporte seulement ce que j'ai lu, se défendit Séraphin.

– Je sais, dit Spic. Peut-être que toi et Kobold le Sage avez raison. Après tout, nous voici : nous avons retrouvé le quatrième membre de mon équipage. Je n'aurais jamais cru un tel succès possible ! Si c'est l'œuvre d'une main invisible, Séraphin mon ami, alors j'espère qu'elle est forte, car je sens que l'épreuve de vérité s'annonce pour nous, là dehors.

– Sur le marché aux esclaves, frémit Séraphin.

– Le marché aux esclaves ! dit Cabestan d'un air sombre. Et je serai votre guide.

– Bon, eh bien, si c'est entendu... dit une voix lasse à l'autre bout de la cale humide.

C'était le gobelinet, toujours enchaîné, complètement oublié.

– Quelqu'un aurait-il la bonté de me libérer ?

CHAPITRE 14

Le Grand Marché aux esclaves des pies-grièches

SPIC, SÉRAPHIN ET CABESTAN REVÊTIRENT LES LONGS manteaux tout équipés et les ailachutes neuves qu'ils avaient trouvés dans la réserve du navire pirate. Puis ils firent leurs adieux à la foule bigarrée du *Flibustier*. Le soleil se levait lorsqu'ils s'avancèrent sur la passerelle et Séraphin constata, soulagé, que ni Spic ni Cabestan ne rayonnaient hors de la cale obscure.

À travers le feuillage dense, Spic observa le marché aux esclaves en contrebas. La lumière jaune et huileuse des lampes éclairait l'ensemble et l'architecture extraordinaire de la cité cachée dans la forêt apparaissait tout juste dans les espaces entre les feuilles. Des cabanes couvertes de tuiles et des plates-formes abritées s'accrochaient aux troncs d'arbres massifs ; des constructions en forme de tourelles et de curieuses sphères tissées en brins d'osier pendaient à leurs branches, tandis que des passages en bois, garnis de lampes à huile fumantes, reliaient les arbres et formaient un réseau de sentiers. Il régnait une cacophonie incessante et une puanteur affreuse.

– *C'est l'endroit*, chuchota une voix dans la tête de Spic. *Cabestan va vous guider.*

Spic se tourna vers l'elfe des chênes.

– Cabestan, dit-il, crois-tu vraiment que tu pourras nous guider sans encombre dans ce lieu terrible ?

– Je ferai de mon mieux. D'abord, nous devons nous procurer des cocardes blanches. Bien, allons-y. Que le ciel nous protège tous.

Spic eut un choc lorsqu'il suivit Cabestan sur la passerelle branlante. Il ne s'était pas rendu compte qu'ils étaient si haut : *Le Flibustier*, certes amarré, se trouvait encore à plus de cinquante foulées au-dessus du sol de la forêt.

– Tout le marché est surélevé, expliquait Cabestan.

Ils avaient atteint le débarcadère et pénétré sous la voûte extérieure des feuilles.

– Tout est fixé ou suspendu aux grands arbres.

Spic regarda devant lui, bouche bée.

– C'est encore plus étrange que je ne l'avais imaginé, chuchota-t-il.

– Et tellement vaste, dit Cabestan. Chercher quelqu'un dans cette cohue…

Sa voix se perdit et il indiqua de la main les passages bondés, qui craquaient et grinçaient sous le poids des foules zigzagantes.

– Nous y parviendrons, dit Spic. D'une manière ou d'une autre. Hein, Séraphin ?

Pas de réponse. Spic fit volte-face.

– Séraphin ! appela-t-il. Où es-tu ?

– Hmm'ci ! grogna une petite voix loin en arrière.

– Séraphin ! cria Spic.

Il rebroussa chemin à toutes jambes sous la verdure épaisse, le long du débarcadère. Là-bas, à quatre pattes au milieu de la passerelle élastique, son jeune apprenti fermait les yeux de toutes ses forces et tremblait comme une feuille, incapable de bouger.

– Ne t'affole pas, dit Spic. Je viens te chercher.

– Au secours ! gémit Séraphin. Je ne peux pas me lever. Je vais tomber. J'en suis sûr.

Le jeune garçon, originaire d'Infraville, n'avait jamais aimé les hauteurs. Habiter la cité flottante de Sanctaphrax ne l'avait pas gêné parce que le rocher était immense ; il avait cependant évité les voies en surplomb et il fermait toujours les yeux dans les paniers. La navigation aérienne l'avait effrayé au début, néanmoins le vaisseau était grand et, sur le pont, il avait pris soin de ne pas regarder en bas. Mais osciller sur cette mince passerelle au-dessus du vide le pétrifiait presque autant que ballotter au bout de la corde qui le tirait vers *Le Flibustier*. En un sens, c'était pire. Au moins, regagner le navire avait été rapide, il lui avait suffi de se cramponner. Mais ici, les passages se déployaient sur des kilomètres. Comment pourrait-il les affronter ?

– Rampe, lui recommanda Spic. Mets les mains de chaque côté et avance.

Séraphin avait le vertige. Sa respiration était haletante.

– Je ne peux pas, murmura-t-il. Je ne peux pas, c'est tout.

Bien que ses yeux soient toujours fermés, il sentait le vide entre lui et la terre ferme.

– Mais si ! s'écria Spic. Tu ne peux pas rester ici. Et si tu tombes, que deviendront tes précieux manuscrits ?

Séraphin poussa un grognement. Il chercha les côtés à tâtons puis il se traîna sur les genoux. Ses orteils effleuraient les planches rugueuses.

– Voilà, c'est ça ! encouragea Spic. Encore un petit peu.

Bras tremblants, dents serrées, Séraphin continua sa progression. Continuer. Avancer sans réfléchir. Tout à coup, des mains saisirent sa veste et il sentit quelqu'un l'amener à lui. Ses jambes flageolèrent et il heurta dans un bruit sourd une surface dure ; le débarcadère vibra. Séraphin ouvrit les yeux. Spic était accroupi près de lui.

– C'est l'endroit idéal pour apprendre que tu es sujet au vertige, Séraphin, dit-il. Tout le marché est bâti dans les arbres.

– Accordez-moi une minute… Ça va aller, dit bravement Séraphin.

Il se releva, les jambes chancelantes, et suivit Spic sur le débarcadère.

– C'était juste la passerelle. Pas de barrière, frémit-il. Rien pour s'accrocher…

À cet instant, un hurlement strident déchira l'air, puis il y eut un chapelet de jurons. Spic, Séraphin et Cabestan se précipitèrent contre la balustrade et baissèrent les yeux. Séraphin avala nerveusement sa salive.

Le vacarme venait d'une petite plate-forme en contrebas couverte d'une toile rayée rouge et blanche. Un gobelin aux jambes arquées sautait çà et là, son poing massif brandi vers la forêt au-dessous de lui. À ses côtés, un poêle flamboyait, suspendu par des chaînes à une branche voisine.

– Maudit sois-tu de t'être échappé comme ça ! criait-il. Tu m'as ruiné ! Ruiné, entends-tu ?

Séraphin scruta les profondeurs. Une créature, silencieuse désormais, rebondissait de branche en branche vers le sol. Il se tourna vers Spic.

– Qu'est-ce que c'est ?

Spic haussa les épaules.

– Un vorisson, sans doute, dit Cabestan.

Il indiqua le gobelin qui, dans sa rage incontrôlable, s'agitait sur la plate-forme.

– Il y a des centaines de vendeurs comme lui sur le marché aux esclaves, qui vivent au jour le jour…

Soudain, un craquement sec retentit et, dans des éclats de bois, la plate-forme se détacha du tronc auquel elle était fixée. Le gobelin hurla et agrippa le poêle suspendu. Durant quelques instants, il se balança en tous sens. Puis, les doigts grésillant et fumant sous la chaleur intense, il lâcha prise.

Séraphin écarquilla des yeux épouvantés, incapable toutefois de les détourner de la créature qui tombait après la première. Hurlant de terreur, le gobelin heurta une grosse branche avec un son mat et son corps, maintenant flasque et déformé, jambes et bras tordus, continua sa chute interminable…

– Par le ciel ! s'écria Séraphin. Quelles sont ces bêtes ?

Il montra le sol, où des douzaines de créatures pelucheuses orange se rassemblaient, les mâchoires béantes telles des fosses aux ours.

Spic et Cabestan regardèrent avec attention.

– Des tignasses, répondirent-ils en chœur.

Spic frémit.

– Des créatures effroyables. Elles chassent en troupeaux et dévorent leurs victimes, mortes ou vives.

– Ici, elles n'ont même pas besoin de chasser, dit Cabestan. Les déchets du marché aux esclaves les nourrissent plutôt bien…

Le corps du gobelin s'écrasa sur le sol : les créatures féroces l'assaillirent immédiatement.

– Et tout ce qui tombe. Par accident ou non, ajouta-t-il.

– Une fois qu'elles ont terminé, il ne reste plus rien, reprit Spic. Pas un lambeau de fourrure, pas un éclat d'os.

Séraphin pâlit.

– Elles… elles ne grimpent pas aux arbres, si ? demanda-t-il avec angoisse.

Spic secoua la tête.

– Non, dit-il. Non, elles ne savent pas grimper.

À l'expression qui envahit son regard, Séraphin comprit que le jeune capitaine parlait d'expérience.

–Venez, pressa Cabestan. Nous devons trouver une poule compteuse et acheter nos cocardes au plus vite. Sans elles, un marchand d'esclaves pourrait nous capturer à tout instant et nous mettre en vente.

Ses immenses yeux noirs fouillèrent les ombres.

–Normalement, il y a une poule près de chaque débarcadère. Oui, regardez, dit-il en montrant une haute hutte étroite fixée à un arbre. Voici une compterie.

Spic regarda. C'était l'une des constructions en forme de tourelles qu'il avait aperçues plus tôt.

–Eh bien, ne traînons pas ! dit-il.

Tous trois franchirent le passage suspendu qui oscillait légèrement. Trop terrifié pour observer à droite ou à gauche, Séraphin garda les yeux rivés sur la hutte durant sa progression pénible. Ils s'approchèrent de la porte.

De près, la construction était une petite réussite architecturale des Grands Bois. Bâtie en ricanier, elle était robuste mais presque flottante, et savamment courbe pour offrir le moins de résistance possible au vent. Une lanterne au-dessus de la porte illuminait une plaque en lettres d'or : Poule compteuse Plumedemousse. Spic leva la main et frappa.

–Entrez ! dit une voix rauque.

Au moment où Spic s'apprêtait à tourner le loquet, Cabestan le retint.

–Attendez bien qu'elle commence à parler, siffla-t-il. C'est la coutume ici.

Spic hocha la tête et ouvrit la porte ; tous trois pénétrèrent dans la pièce sombre. La fumée âcre des lampes à huile de tilde contre les murs leur piqua aussitôt la gorge et les fit larmoyer. Une pie-grièche brune, aux plumes gris-vert métallique et aux serres blanc ivoire, se tenait devant eux, le dos tourné, occupée à déplacer des disques de couleur sur un tableau de comptage numéroté.

Spic avança et attendit.

– Cinquante-sept, cinquante-huit, plus les amendes pour dépassement horaire, marmotta la pie-grièche. Ne voyez-vous pas que j'ai à faire ? lança-t-elle d'un ton sec.

– Nous voudrions acheter des cocardes blanches, répondit Spic avec hardiesse.

La pie-grièche interrompit son travail.

– Acheter, dites-vous ? Ni mendier, ni marchander, ni emprunter ?

Elle pivota vers eux.

– Et avec quoi pensez-vous les acheter ? Nous n'acceptons pas les bons et les coupons. C'est deux pièces d'or par personne.

Spic fouilla dans sa veste, dénoua la bourse de cuir et compta six pièces d'or. Il les tendit. Sans un mot, la pie-grièche en prit une et la pinça de son redoutable bec recourbé. Elle leva les yeux.

– Trois cocardes, c'est ça ?

– Une pour chacun de nous, dit Spic.

La pie-grièche, maussade, se tourna vers une porte verrouillée dans le mur du fond ; elle l'ouvrit et un coffre-fort sombre, sculpté dans l'arbre vivant, apparut. Elle ôta un couvercle à l'intérieur et sortit d'une boîte trois rosaces blanches en forme de chardon.

– Voici, dit-elle. Les cocardes vous donnent le droit de circuler librement pendant trois jours et trois nuits. Ensuite, elles pourrissent. Les individus surpris sans cocarde sont capturés et vendus comme esclaves.

– Trois jours dans cet endroit suffiront amplement, dit Spic.

La pie-grièche eut un ricanement désagréable.

– C'est ce qu'ils disent tous. Mais je vous avertis, dit-elle, les jours et les nuits se confondent sur le Grand Marché aux esclaves des pies-grièches. Nos visiteurs se plaignent toujours de la vitesse singulière à laquelle le temps passe...

– C'est pourquoi nous devons vous remercier et prendre congé de vous, déclara Spic sans délai. Nous avons beaucoup à faire.

Sur ce, il virevolta et quitta la pièce, ses compagnons sur ses talons. La porte claqua derrière eux.

– Oiselle revêche, commenta Séraphin.

– Les pies-grièches ne sont pas réputées pour leur courtoisie, se renfrogna Cabestan. Pourtant, celles qui sont nommées poules compteuses se distinguent par une certaine honnêteté.

Il fronça les sourcils.

– Épinglez votre cocarde à l'avant de votre veste, histoire de garder un œil dessus. Le marché aux esclaves regorge de chapardeurs, et les chapeaux ornés de rosace ont une fâcheuse tendance à disparaître.

Une fois les cocardes accrochées de manière satisfaisante, l'elfe des chênes s'engagea sur le marché. Les autres le suivirent.

– Et ne vous éloignez pas, recommanda-t-il. Même les citoyens libres courent le risque d'être attrapés par un marchand sans scrupule, qui les tient enfermés jusqu'à ce que leur cocarde pourrisse. Il prétend ensuite qu'ils lui appartiennent.

Spic fit une moue méprisante.

– N'y a-t-il aucun honneur chez les marchands d'esclaves ?

– L'honneur ne peut ni s'acheter ni se vendre, capitaine, répondit Cabestan.

Avec un sourire triste, il ajouta :

– Et l'argent est la seule chose qui compte ici.

Spic se rembrunit. Si l'un des membres de son équipage avait fini sur le marché aux esclaves, quelle chance aurait-il eu dans ce royaume de la cupidité ?

– Il y a des enchères sur le marché aux esclaves, dit Cabestan. Les Grandes Enchères centrales. Je crois que nous devrions essayer d'abord là-bas.

Spic approuva.

– Alors, allons-y, dit-il avec lassitude. Mais tenons-nous à l'écart, et ouvrons bien nos yeux et nos oreilles.

À Sanctaphrax, une tempête féroce faisait rage. Des vents violents et des grêlons furieux cinglaient la cité flottante. Le ciel au-dessus d'elle ressemblait à un chaudron de nuages bouillonnants, tourbillonnants, d'où jaillissaient sans fin des éclairs zigzagants. Là-haut dans le bureau de Spic, dans la riche École de la Lumière et de l'Obscurité, le flamboiement pourpre du poêle jouait sur les visages nerveux des trois pirates.

– C'est toute cette attente que je ne supporte pas, se plaignit Théo Slit en arpentant la pièce exiguë.

Vautré dans un fauteuil, Marek essayait de déloger avec un ongle un bout de viande coincé entre ses dents. Il leva les yeux et grommela :

– Ces universitaires ne savent faire que ça, semble-t-il. Un tas de paresseux nonchalants, tous autant qu'ils sont.

– Cela dit, reconnut Slit qui tressaillait d'inquiétude à chaque éclair, je ne voudrais pas être dehors par une nuit pareille. Je t'assure que la tempête empire.

Tarp Hammelier frissonna et traversa le bureau pour se réchauffer les mains devant le poêle.

– Pourvu que tout aille bien dans les Grands Bois ! souhaita-t-il. J'espère que le capitaine Spic est en sécurité.

Slit se tourna vers lui, les cicatrices tremblantes.

– Et s'il ne revient jamais ? dit-il. Devrons-nous passer le restant de nos jours dans cette petite pièce étroite ?

– Le capitaine a pris soin de nous, dit Tarp. La moindre des politesses, c'est de l'attendre.

– Oui, mais combien de temps ? s'obstina Slit.

– Aussi longtemps qu'il le faudra, répliqua Tarp.

Une volée de grêlons tambourina contre la vitre et noya ses paroles. Il frémit et regarda par la fenêtre.

– Le ciel vous protège, capitaine Spic, murmura-t-il. Puissiez-vous retrouver les membres de l'équipage moins chanceux que nous...

– Et rentrer aussi vite que possible ! ajouta Théo Slit.

Pour Spic et Séraphin, le Grand Marché aux esclaves des pies-grièches ne ressemblait à rien de connu. C'était un labyrinthe si tentaculaire que nulle créature ne pouvait le parcourir en un jour et une nuit, bien que ces termes n'aient pas signifié grand-chose, dans un lieu éclairé par des lampes rougeoyantes et des torches crépitantes, où la lumière du soleil ne pénétrait jamais.

En toute hâte, ils franchirent des ponts aériens, descendirent et montèrent des échelles de corde. Ils allaient à gauche, puis à droite. Ils continuaient, s'enfonçaient toujours plus loin. Ils avaient l'impression qu'une bête énorme, horrible, les avait avalés : ils étaient maintenant égarés dans les profondeurs de ses entrailles. Au-dessus, au-dessous, de tous côtés, la vie circulait dans ses veines au rythme d'une activité fiévreuse. L'air confiné, rouge orangé, vibrait comme un cœur palpitant. Anarchique au premier abord, le marché révélait peu à peu un ordre sous-jacent, un sens.

Ils passèrent devant une succession de petits commerces (boutiques, éventaires, tables improvisées) dont tous les propriétaires annonçaient des occasions exceptionnelles et s'efforçaient d'attirer leur attention. L'un d'eux y parvint : une femelle tractitroll, seule sur une plate-forme juste au-dessus de leurs têtes, cocarde blanche épinglée à un grand chapeau à plume, qui vendait à la criée des bijoux scintillants.

– Regardez, souffla Séraphin. Ses bijoux sont vivants !

Spic regarda de plus près. Le garçon avait raison. Sur les moindres colliers, bracelets et broches, ce n'étaient pas des pierres précieuses qui étincelaient, mais des lucioles vivantes, maintenues par une spirale de fil autour de leur abdomen rayonnant.

Cabestan désigna leurs propres corps, qui rayonnaient très faiblement dans la pénombre mal éclairée.

– Mieux vaut partir avant qu'elle pense à nous utiliser tous les deux !

Et ils reprirent leur route. Ils passèrent devant des cages suspendues chargées d'oiseaux pelotonnés, des caisses de reptiles et d'insectes, des arbres creusés agonisants, garnis de barreaux, où étaient enfermés ours des bois et loups à collier blanc, des rangées de chauves-souris endormies, les pattes retenues aux branches par des attaches en cuir.

Un moment plus tard, Spic fit halte à un stand de nourriture où un vendeur (comme le malheureux gobelin qu'ils avaient vu à leur arrivée) faisait griller des saucisses de tilde et des steaks de vorisson sur un poêle suspendu. Il acheta trois steaks et trois miches de pain de chêne, les distribua et ils continuèrent leur chemin tout en mangeant.

– Une boisson pour étancher votre soif ? proposa une voix peu après.

Spic s'arrêta. Séraphin et Cabestan l'imitèrent. La créature qui les avait interpellés était une troll jacteuse. Voûtée, la peau pleine de verrues, elle avait des oreilles roses tombantes et, plus bizarre encore, des yeux verts globuleux qui se balançaient au bout de longs pédoncules et qu'elle humidifiait et nettoyait de sa longue langue sonore. Elle leva la tête de sa casserole fumante.

– Je prépare les meilleures tisanes de tout le marché aux esclaves, leur dit-elle, ses yeux se balançant sur leur pédoncule élastique. Vous, dit-elle, le regard rivé sur Séraphin, je vous recommande une infusion de moutarde et de pomme des chênes. Idéale pour enhardir les cœurs craintifs. Et excellente contre le vertige.

Elle sourit à Cabestan, et sa langue lécha les yeux scrutateurs.

– Pour vous, du conforthym, je pense. C'est un remontant général.

Nouveau sourire et coup de langue sonore.

– Vous en avez bien besoin, à ce que je vois.

Elle se tourna vers Spic. Son visage se tordit de surprise et ses yeux s'agitèrent sur leurs pédoncules.

– Quoi ? dit Spic, un peu déconcerté. Ne savez-vous pas ce que je devrais boire ?

– Oh, si, répondit doucement la troll jacteuse.

Elle plongea ses yeux dans les siens.

– De la soyeuse, déclara-t-elle.

– De la soyeuse, répéta Spic.

Il se tourna vers ses compagnons dans un éclat de rire.

– Voilà qui paraît délicieux !

Les yeux de la troll jacteuse se rétractèrent.

– Son nom semble assez ordinaire, je vous l'accorde. Pourtant, la soyeuse est l'une des herbes les plus rares des Grands Bois.

Dans un chuchotement étouffé, elle continua :

– Elle pousse en touffes violettes parmi les crânes et les os, au pied des carnasses dévoreurs de chair. La cueillir est un cauchemar, ajouta-t-elle en plongeant de nouveau son regard dans celui de Spic. Vous n'avez aucune peine à l'imaginer, j'en suis sûre.

241

Spic hocha la tête. Comme la troll jacteuse semblait le deviner, il avait eu directement affaire à l'arbre monstrueux.

– Vous menez une recherche, une quête, enchaîna la troll jacteuse sans reprendre haleine.

Son front caoutchouteux se plissa dans un effort de concentration.

– Vous voulez retrouver des gens…

– Peut-être, dit Spic.

– Néanmoins, vous cherchez aussi quelqu'un d'autre sans vous en apercevoir, dit-elle, souriante. Et la soyeuse vous aidera.

– Vraiment ? demanda Spic.

La troll jacteuse confirma. Elle versa une cuillerée de poudre violette dans une tasse en bois, prit une louche d'eau bouillante dans la casserole et remua le tout.

– Tenez, dit-elle. Buvez. N'attendez pas des résultats immédiats, mais à la longue, cette boisson vous aidera à trouver celui que vous cherchez.

Elle marqua un silence.

– Vous-même.

– Me trouver ? dit Spic, déçu. Mais je ne suis pas perdu.

La troll jacteuse, qui s'occupait des infusions de Séraphin et de Cabestan, garda les yeux baissés.

– En êtes-vous certain ? demanda-t-elle avec douceur. Ne vous manque-t-il pas quelque chose ?

Spic se tut. La curieuse créature avait raison, bien sûr. Il lui manquait quelque chose. Le souvenir de l'épisode passé sur *Le Voltigeur de la Falaise* au milieu du tourbillon atmosphérique. Voilà ce qui lui manquait.

Que lui était-il arrivé alors ?

Spic porta la tasse à ses lèvres et but d'un trait le breuvage sucré, parfumé. Ses compagnons firent de même et, ayant payé, ils repartirent dans l'immense labyrinthe en trois dimensions accroché entre les arbres.

–Alors, comment va ton cœur craintif, Séraphin? demanda Spic avec un petit rire, tandis qu'ils franchissaient, un peu plus tard, un passage suspendu.

Séraphin sourit.

–Croyez-le ou non, Spic, je pense que la tisane a eu de l'effet.

Il s'arrêta, agrippa la corde qui servait de garde-fou et regarda en bas.

–J'ai bien moins peur du vide.

Spic hocha la tête. Les trolls jacteuses étaient célèbres pour leur connaissance des herbes et des racines.

–Et toi, Cabestan? demanda-t-il à l'elfe des chênes qui trottait devant eux.

–Je ne me suis jamais senti aussi bien, capitaine, répondit-il, joyeux.

Séraphin se tourna vers Spic alors qu'ils continuaient leur marche.

–Et vous? s'enquit-il. La soyeuse vous a-t-elle aidé à vous trouver?

–Non, pas encore, dit-il. Pas encore...

Tout autour d'eux, l'air devint de plus en plus suffocant et le vacarme enfla. Hurlements. Gémissements. Jacassements et appels rauques. Claquements de fouets et cliquetis de chaînes. La plainte désespérée d'un groupe d'écoutinals, d'elfes et de petits trolls attachés à des anneaux. Des rugissements de triomphe. Des cris de défaite. Et, pour orchestrer cette terrible cacophonie, les troupes bruyantes d'oiselles qui peuplaient le marché aux esclaves : les pies-grièches.

Elles étaient de toutes les formes et de toutes les tailles, des robustes dirigeantes de patrouille aux petites espionnes et mouchardes efflanquées. Des femelles uniquement : les quelques pauvres mâles, parqués dans des enclos, étaient traités comme des esclaves.

La couleur de leurs plumes variait aussi. Dans l'ensemble, les gardes étaient fauves ; les poules compteuses, gris ardoise métallique. Mais il y avait bien d'autres possibilités. Plumages pommelés ou rayés, tachetés ou marbrés. Brun noisette des bois, gris bois de fer, blanc oiseau des neiges. Et parfois, des tons vifs.

Plus grandes que les autres, d'allure assez noble, les sœurs coquelles (les véritables dirigeantes) n'avaient de comptes à rendre qu'à la mère Griffedemule. Malgré leur habillement tape-à-l'œil (tabliers criards, coiffures compliquées, anneaux dorés à leurs becs), les sœurs coquelles

étaient redoutées. Glaciales, impitoyables, elles étaient aussi terriblement imprévisibles.

Levant les yeux, Spic en vit une qui se pavanait sur un pont supérieur bondé, balançant les ailes, bec en l'air, et donnait des coups de fouet au hasard en marchant. Il se détourna, dégoûté.

– Cet endroit maudit devrait être entièrement rasé, lança-t-il, furieux. Anéanti. Brûlé.

Séraphin se rembrunit.

– Je suppose qu'il le sera un jour. Mais pas avant qu'à l'extérieur du marché on décide que les animaux de compagnie, les domestiques et les travailleurs serviles ne sont plus indispensables. Dans les Grands Bois. À Infraville. Oui, et aussi à Sanctaphrax.

Spic regarda son jeune apprenti.

– Séraphin, veux-tu dire qu'en un sens c'est notre faute si ce lieu existe ?

Séraphin haussa les épaules.

– Peut-être, répondit-il. Nous sommes demandeurs, ils fournissent. Et comme le disait Kobold le Sage…

– Gare ! avertit un concert de voix aiguës. Écartez-vous ! Écartez-vous !

C'étaient une demi-douzaine de pies-grièches fauves, armées de fouets et de gourdins, qui suivaient à grandes enjambées un passage parallèle au leur. Elles formaient trois groupes. Chaque tandem traînait un prisonnier indigné et le battait avec sauvagerie tout en avançant.

– Nous n'avons pas fait attention ! gémit l'un.

– Nous pouvons tout expliquer ! protesta un autre.

– Que se passe-t-il ? demanda Séraphin à Cabestan d'une voix anxieuse. Qu'ont-ils fait de mal ?

Cabestan les montra du menton.

– Plus de cocardes, dit-il. Elles sont tombées en pourriture. Et à présent, ils vont payer l'amende.

– Je n'aimerais pas être à leur place, dit Spic avec un frisson.

– Moi non plus, dit Séraphin.

Nerveux, il vérifia l'état de sa cocarde. Elle était d'une fraîcheur rassurante.

– Je voudrais bien que nous nous dépêchions de trouver cette maudite salle des enchères.

Spic regarda autour de lui.

– Moi aussi, Séraphin, moi aussi.

Ils traversaient la partie du marché où étaient exposées les créatures les plus exotiques des Grands Bois. Des fromps toussotaient, des quarels piaillaient derrière les barreaux des troncs évidés tandis que des filelames, pattes arrière ligotées, suspendus à des crochets la tête en bas, crissaient de fureur. Un pourrivore, emprisonné dans une cage bien trop petite pour lui, déversait par sa trompe une bile verte qui, lorsqu'elle touchait le sol, grésillait et dégageait des volutes de vapeur nauséabonde ; un crapoteux muselé était tapi dans le brouillard de sa propre haleine mortelle.

– C'est… c'est répugnant par ici, souffla Séraphin derrière sa main plaquée sur sa bouche.

– Quel succès malgré tout, commenta Spic avec un soupir las.

Il avait déjà remarqué que la zone entière grouillait d'acheteurs particulièrement avides. Dans des marchandages fiévreux, tous essayaient de conclure des affaires qui, ensuite, leur rapporteraient gros.

– Venez, dit-il, et il allongea le pas. Trouvons ces enchères une bonne fois pour toutes. Je ne veux pas rester une minute de plus que nécessaire dans cet abominable endroit parasite.

Une heure plus tard, alors qu'ils étaient sur le point d'abandonner, les Grandes Enchères centrales apparurent.

Situées sur une vaste plate-forme surélevée, elles se composaient d'un long espace sans fenêtres, d'une estrade et d'un lutrin. De lourds bulbes en verre suspendus éclairaient le tout : chacun contenait une luciole vivante, aussi lumineuse qu'une flamme de chandelle, qui tournait dans sa prison étroite à la recherche d'une issue. Les insectes répandaient une telle clarté que le faible rayonnement de Spic et de Cabestan devint imperceptible.

– Vingt-cinq ? Quelqu'un propose-t-il vingt-cinq ?

Le commissaire-priseur, une grande pie-grièche à l'air noble, au plumage rose et violet, saisit son marteau en bois noir et parcourut la foule des yeux.

—Je demande vingt-cinq pour ce trio de gobelins à tête plate. Au sommet de leur forme. Des gardes du corps ou des mercenaires parfaits. Vingt-cinq ? Merci. Trente ? Quelqu'un propose-t-il trente ?

Spic regarda l'estrade, son cœur battant la chamade. Un des membres de son équipage pouvait-il être ici ? Les trois gobelins loqueteux, enchaînés ensemble, se tenaient à l'avant, moroses. Quatre gardes fauves les encadraient, fouets et gourdins prêts à punir le moindre écart de conduite. Le commissaire-priseur occupait le lutrin à leur droite.

—Quarante, continua celui-ci. Quelqu'un propose-t-il quarante ?

Il hocha la tête.

—Quarante-cinq ?

Au-dessous de lui, une poule compteuse voûtée, couleur gris ardoise, était assise sur un rondin, une écritoire entre les griffes. Elle léchait régulièrement le bout de son crayon et notait la somme en hausse.

Séraphin poussa Spic du coude.

– Reconnaissez-vous quelqu'un ? demanda-t-il.

– Non, répondit Spic.

Il se remit à scruter l'arrière de l'estrade plongé dans l'ombre. Une variété de créatures des Grands Bois, blotties les unes contre les autres, attendaient leur tour. Il y avait des troglos ploucs, des nabotons, une gobelinette qui nourrissait son petit, un tractitroll dégingandé, deux trolls maigres aux cheveux emmêlés qui venaient de la région la plus reculée des Grands Bois, où Spic ne s'était jamais aventuré.

– Personne, dit-il, déçu.

– Une fois, s'écria le commissaire-priseur. Deux fois... Vendu ! annonça-t-il, et un gros coup de marteau résonna sur le lutrin. Vendus au gobelin à tête plate qui porte le gilet cramoisi.

Spic poussa un grognement. Des gobelins à tête plate qui achetaient leurs semblables ! Quel était cet endroit où les citoyens libres et les esclaves se distinguaient seulement par des cocardes ?

– Venez, dit-il à l'adresse de Séraphin et Cabestan. Nous avons bien fait d'essayer, mais il est évident que nous perdons notre temps ici. Allons-y.

Séraphin s'apprêta à partir. Il était aussi déçu que ses compagnons. En réalité, sa gêne augmentait d'heure en heure. S'il n'avait tenu qu'à lui, ils auraient arrêté là et quitté immédiatement le marché aux esclaves.

– Lot numéro neuf, cria le commissaire-priseur. Un aquatinal.

Spic sursauta. Il n'avait pas vu d'aquatinal. Il fit volte-face vers l'estrade. Il y avait bel et bien, tapi derrière un groupe de troglos ploucs, un frêle personnage écailleux aux oreilles en éventail qui dardait une langue de reptile. L'une des pies-grièches fauves le frappa dans le dos. L'aquatinal gémit et boitilla vers le devant de l'estrade.

– Je croyais que nous partions, dit Séraphin.

– Attends, dit Spic.

À deux reprises, il dévisagea la créature puis interrogea Cabestan du regard. Il demanda enfin :

– Qu'en penses-tu ?

– Je... je ne suis pas sûr, répondit l'elfe des chênes d'une voix teintée d'excitation. Ce pourrait être...

– Quoi ? voulut savoir Séraphin.

–Pas quoi, qui, rectifia Spic. Ce pourrait être Barbillon.

–De votre équipage ? dit Séraphin.

–Oui.

À cet instant, le commissaire-priseur lança l'en-chère.

–Dix ! annonça-t-il. Qui me propose dix ?

Spic leva la main. La pie-grièche lui jeta un coup d'œil et hocha la tête.

–Quinze ! Quelqu'un propose-t-il quinze ?

–Quinze, dit une voix bour-rue.

–Vingt ? demanda la pie-grièche à Spic.

Ce dernier se tourna vers le personnage qui avait enchéri sur lui : l'individu à l'air mau-vais, bandeau métallique sur l'œil, lorgnait l'aquatinal et se léchait les lèvres, mena-çant. Son lourd manteau de cuir repoussé portait l'em-blème d'une ligue, mais Spic ne connaissait pas ce symbole. Il leva la main une deuxième fois.

Le commissaire-priseur hocha la tête.

–Vingt-cinq ? dit-il. Quelqu'un propose-t-il vingt-cinq ?

Spic parcourut la salle des yeux. Cette fois, son regard rencontra celui du ligueur, qui le fusillait de son œil valide.

–Vingt-cinq ! brailla le ligueur.

251

– Trente ! cria Spic.

– Trente-cinq !

– Cinquante !

Le ligueur hésita une minute puis, au moment où Spic se tournait, sa bouche s'ouvrit et ses dents dorées étincelèrent dans la clarté des lucioles prisonnières.

– Il est à vous, ricana-t-il.

– Vendu pour cinquante à l'individu qui porte un gilet en peau de hammel, annonça le commissaire-priseur.

Spic monta sur l'estrade. Séraphin retint son souffle. L'aquatinal était-il le membre de l'équipage que cherchait Spic ? Puis un cri de surprise déchira l'air.

– Quoi ? demanda la poule compteuse d'une voix forte et incrédule. Vous voulez lui acheter une cocarde ?

Le cœur de Séraphin bondit. Alors c'était bien Barbillon ! Il s'approcha de l'estrade pour mieux entendre.

– Je pense que le montant est exact, dit Spic, et il tendit une poignée de pièces d'or. Cinquante pour l'achat, plus deux pour la cocarde.

La poule compteuse se tourna, interrogatrice, vers le commissaire-priseur.

– S'il a envie de gaspiller son argent en gestes généreux… grimaça la pie-grièche, qui claqua du bec avec mépris.

La poule compteuse haussa les épaules. Cinquante-deux pièces d'or restaient cinquante-deux pièces d'or. Elle glissa l'argent dans le coffre, fouilla dans la poche de son sac et en sortit une cocarde blanche.

– Tenez, dit-elle.

Spic la prit et l'offrit à l'aquatinal. Il sourit.

– Voici, libre compagnon citoyen.

–M... merci, répondit l'aquatinal, hésitant.

–Même si vous n'êtes pas celui que j'espérais, dit Spic avec douceur.

Séraphin retint une exclamation. Pas celui qu'il espérait ? Comment ça ?

L'aquatinal fronça les sourcils et lut dans l'esprit de Spic.

– Oh, je vois, dit-il. Vous pensiez que j'étais Barbillon, de votre équipage disparu.

Ses oreilles en éventail s'agitèrent.

–Je regrette de vous décevoir.

Spic haussa les épaules.

– Ce n'est pas votre faute, dit-il.

Puis il sourit d'un air sombre et serra la main écailleuse de l'aquatinal.

– Lot numéro dix ! tonna le commissaire-priseur au-dessus des vociférations croissantes de la foule.

La pie-grièche jeta un regard impatient.

– Les personnes concernées par l'enchère précédente sont priées de quitter l'estrade.

Séraphin et Cabestan aidèrent l'aquatinal (toujours un peu perplexe) à descendre. Spic sauta derrière lui. Tous quatre se faufilèrent dans l'assemblée.

À l'extrémité de la salle, Spic se tourna vers l'aquatinal.

– Quoi qu'il en soit, dit-il, je suis content de vous avoir aidé. Longue vie à vous et adieu, dit-il solennellement, et il pivota... pour se trouver nez à nez avec le visage furieux du ligueur contrarié.

– Quel petit jeu croyez-vous mener ? dit celui-ci.

– Petit jeu ?

Le ligueur saisit Spic par l'épaule et l'attira plus près.

– Vous avez bien entendu, postillonna-t-il. Mesurez-vous depuis combien de temps je cherche un aquatinal ? lui siffla-t-il à l'oreille.

Son haleine chaude et moite était empestée par les bouts de viande putréfiée coincés entre ses dents.

– Trente-six cocardes en tout ! dit-il. Trente-six cocardes ! C'était le premier que je dénichais. Et puis vous avez débarqué !

Sur ces mots, il tira son poignard. Spic trébucha. La lame brilla. L'aquatinal poussa un cri et s'interposa. Le poignard s'enfonça dans sa poitrine.

Une étrange expression de sérénité passa sur ses traits alors qu'il s'écroulait contre la plate-forme de bois. Tout s'était déroulé très vite, mais il avait lu en une seconde les pensées meurtrières du ligueur. Ses yeux s'embuèrent ; ses oreilles s'immobilisèrent.

La stupéfaction de Spic se changea en fureur et il tira son épée. Mais au moment où il s'avançait, une demi-douzaine de gardes l'écartèrent et se jetèrent sur le ligueur.

Dans des cris de rage aigus, les yeux étincelants, les plumes hérissées, ils arrachèrent la cocarde à son revers et le saisirent dans leurs serres cruelles. Le ligueur se débattit en vain pendant qu'ils l'entraînaient brutalement.

– C'est lui ! protesta-t-il. Lâchez-moi !

– Oh, oui, nous vous relâcherons ! lui répondirent les gardes, joyeux. Sous le marteau du commissaire-priseur.

– Non, je ne serai pas esclave ! cria le ligueur, et il se débattit encore plus. Vous ne pouvez pas me vendre comme esclave. Ne comprenez-vous pas qui je suis…

Sa voix se noya dans les rires dédaigneux des pies-grièches.

Spic, tremblant, s'approcha de l'aquatinal à l'agonie. Il s'accroupit.

– Je suis navré, dit-il, des larmes dans la voix. Finir esclave aurait mieux valu que… que ça.

Les oreilles de l'aquatinal frémirent.

– Non, chuchota-t-il. Rien n'est pire que l'esclavage. Vous m'avez sauvé la vie et je suis heureux d'avoir pu vous rendre la pareille…

Ses yeux s'agrandirent lorsqu'une douleur lancinante lui secoua soudain le corps.

– Et je peux vous rendre un dernier service…

Sous le regard de Séraphin et de Cabestan, Spic baissa la tête et écouta l'aquatinal avec une vive attention.

– Vous cherchez l'équipage disparu du *Voltigeur de la Falaise*, chuchota le mourant d'une voix rauque. Je l'ai lu dans vos pensées.

– Oui, confirma Spic.

L'aquatinal l'agrippa d'une main faible.

– L'un de ceux que vous avez à l'esprit, eh bien… je l'ai vu ici… sur le marché.

– Vraiment ? s'exclama Spic. Qui est-ce ? Et où puis-je le trouver ?

– Il… il…

Sa voix devint gargouillante. Spic le souleva et mit une oreille contre sa bouche.

– L'Arène… aux tignasses, chuchota-t-il, et son corps tressauta.

Il y eut un halètement. Une plainte inarticulée. La lumière dans ses yeux dansa et s'éteignit.

Spic reposa l'aquatinal et lui ferma les paupières. Séraphin et Cabestan s'accroupirent près de lui.

– Ce n'est pas votre faute, dit Séraphin.

– Mais il est mort, avec tout ça, soupira Spic. Que faire du corps ?

– Les pies-grièches s'en occuperont, dit Cabestan. Venez, capitaine. Ici, vous ne pouvez rien faire de plus.

Tous trois s'en allèrent, le cœur lourd. Séraphin, qui fermait la marche lorsqu'ils s'engagèrent sur le passage suspendu voisin, lança un coup d'œil en arrière : les gardes étaient de retour vers l'estrade. Deux d'entre eux hissèrent le cadavre sur leurs épaules emplumées et tous les six s'éloignèrent en hâte. Séraphin se détourna.

Arrivé au bout du passage, Spic s'arrêta pour regarder autour de lui. Le Grand Marché aux esclaves des pies-grièches lui apparaissait plus que jamais comme un funeste champignon qui pompait la vie de son hôte, les Grands Bois, et de tous les habitants. Il lui tardait tellement de partir ! Et il voyait que Séraphin et Cabestan brûlaient de la même envie. Mais ils ne pouvaient pas partir. Pas encore.

– L'Arène aux tignasses, dit-il à Cabestan. En as-tu entendu parler ?

L'elfe des chênes écarquilla ses yeux sombres, manifestement épouvanté.

– Oh oui, capitaine, répondit-il d'une voix tremblante. Bien sûr. Je sais tout sur l'Arène aux tignasses.

Il frémit.

– Et je préférerais ne rien savoir.

CHAPITRE 15

L'Arène aux tignasses

S ÉRAPHIN LEVA SOUDAIN LES YEUX ET BRISA LE SILENCE QUI avait suivi les paroles de l'elfe des chênes.

– Spic, dit-il en tremblant, le visage blême. Le processus a commencé.

– Quel processus ?

Séraphin effleura sa rosace en forme de chardon.

– Ma cocarde, chuchota-t-il, pitoyable. Elle a commencé à se flétrir.

– En es-tu certain ? demanda Spic. Elle me semble fraîche.

Séraphin secoua la tête avec colère.

– Regardez ! dit-il. Ses bords sont devenus tout flasques. Je n'arrive pas à croire que nous sommes ici depuis si longtemps.

– La poule compteuse nous a bien recommandé de ne pas oublier l'heure, lui rappela Spic.

– Oui, mais trois jours ! C'est une escroquerie, une ruse pour asservir davantage de citoyens sans méfiance...

–Séraphin, calme-toi, implora Spic. Elle n'est pas encore pourrie. Et, de toute façon, ce qui est fait est fait. Il faut aller de l'avant.

Il se tourna vers Cabestan.

–Nous n'avons plus beaucoup de temps, dit-il. Cette Arène aux tignasses, peux-tu nous y conduire ?

L'elfe des chênes hocha la tête et promena autour de lui un lent regard pensif.

–Oui, en lisant les signes que nous donne la foule, expliqua-t-il. Prenez ces négociants-là. Vous voyez l'avidité sur leurs traits ? Si nous les suivons, ils nous ramèneront aux Grandes Enchères centrales. Et ces gobelinets, là-bas, qui s'arrêtent, observent, puis repartent. Eux n'achètent rien. Ils nous conduiront vers les marchands de bétail et les vendeurs de babioles.

–Oui, oui, grommela Spic avec impatience. Mais l'arène ? Comment savoir qui nous devons suivre ?

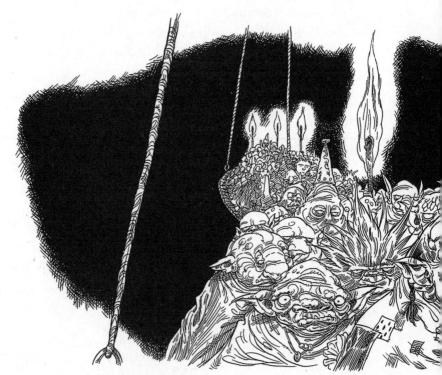

– Il faut chercher la soif de sang, dit Cabestan. La soif de sang sur les visages.

Il continuait de scruter le fourmillement de troglos et de trolls, de gobelins et de gnomes, de ligueurs et de pirates du ciel.

– Là ! finit-il par s'écrier en montrant un groupe de gobelins. Ils me semblent prometteurs. Leur démarche résolue. La violence de leurs gestes. La lueur dans leurs yeux.

Il huma l'air et frissonna.

– Je sens leur soif sanguinaire suinter par chacun de leurs pores. Oh, pas de doute, ils se dirigent vers l'Arène aux tignasses, affirma-t-il. J'en mettrais ma main à couper.

– Très bien, dit Spic. Nous allons les suivre. Et, si le ciel le veut, nous trouverons le membre de l'équipage que l'aquatinal a repéré là-bas. Viens, Séraphin. Avant que nous ne perdions de vue ces gobelins.

Ils marchèrent dans leur sillage. Au long du chemin, le groupe de gobelins chahuta de plus en plus et le cortège enfla à mesure que des créatures attirées par le tapage venaient grossir les rangs. Spic, Séraphin et Cabestan se laissèrent entraîner par le flot. Ils passèrent devant un tatoueur, un marchand de fouets, un médecin et ses sangsues, puis un enclos de rôdailleurs perchés, une famille de cisailleurs attachés... poussés toujours plus loin par la foule fiévreuse. Dès lors, ils n'auraient pas pu échapper au mouvement, même s'ils l'avaient voulu.

–Je dois reconnaître, claironna un gobelinet d'une voix aiguë, que la mère coquelle sait monter un spectacle.

Son compagnon l'approuva vigoureusement.

–Il n'y a rien de mieux que le combat d'un ours bandar contre des tignasses. C'est un vrai classique !

Spic eut le souffle coupé. Un ours bandar ? Opposé à des tignasses !

–N'y avait-il pas un ours bandar sur *Le Voltigeur de la Falaise* ? demanda Séraphin à l'oreille de Spic, tout en s'efforçant de conserver sa place dans la bousculade. Vous pensez que l'aquatinal parlait de lui ?

–Peut-être, répondit Spic. Je veux en avoir le cœur net.

–Mais, poursuivit Séraphin en trébuchant, une grande créature robuste comme un ours bandar est capable de résister aux tignasses, tout de même ?

La mine grave, Spic secoua la tête.

–J'ai vu autrefois ce qu'une meute de tignasses peut faire à un ours bandar.

Il tira un pendentif des plis de sa veste et le montra à Séraphin. C'était une dent.

–Voilà tout ce qui est resté de lui, expliqua-t-il.

–Mais… Aaah! s'exclama Séraphin tandis que la foule le pressait soudain de toutes parts et se ruait en avant.

Il fut emporté vers une voûte étroite. «L'Arène aux tignasses», lut-il en lettres d'or lorsqu'il passa dessous, et il se retrouva sur une large plate-forme. Il regarda autour de lui. Bouche bée.

–Stupéfiant, hein? dit Spic.

–Incroyable, souffla Séraphin. L'architecture, l'organisation, la taille…

Ils étaient arrivés dans une clairière lumineuse entourée d'arbres énormes. Des rangées et des rangées de gradins incurvés, suspendus aux branches, formaient un immense amphithéâtre. Au centre, loin au-dessous d'eux, s'ouvrait une fosse profonde éclairée par des torches et entourée d'un filet.

–Avancez, fit une voix irritée derrière eux. Entrez dans l'arène.

Séraphin reconnut aussitôt le ton perçant d'un garde. La tête bourdonnante de peur, il obéit sans se retourner: il quitta la plate-forme et gagna le premier balcon qui s'étendait loin en contrebas. Spic et Cabestan lui emboîtèrent le pas.

Ils descendirent, balcon après balcon. Séraphin contempla l'ensemble alors qu'ils se faufilaient entre les groupes innombrables de gobelins et de trolls en grande discussion.

L'Arène aux tignasses ressemblait à un entonnoir gigantesque posé sur le sol de la forêt, où auraient lieu les combats sanglants, et dressé vers les cimes feuillues. Un arbre encore plus massif que ses voisins la dominait. Il était juste en face du balcon où Spic, Séraphin et

Cabestan durent s'asseoir : un arbre de fer colossal, dont les feuilles noires (de vraies pelles) se découpaient sur l'escalier en bois blond qui s'élevait derrière lui. Séraphin l'observa avec attention.

Ses branches vigoureuses soutenaient plusieurs constructions : des plates-formes carrées pour les gardes dispersés çà et là ; un petit bâtiment trapu à côté d'une estrade ; des engrenages, poulies et treuils ; une planche qui partait du tronc et surplombait le vide. Plus haut, sur un large podium, des sœurs coquelles, aux couleurs vives, s'alignaient contre la balustrade. Et encore au-dessus, un réseau de cordes solides supportait une cabine royale décorée. Une silhouette solitaire y trônait.

C'était la mère coquelle en personne : la mère Griffedemule. Elle resplendissait sous sa coiffure à crête, ses bijoux de luciole et sa cape d'argent translucide jetée sur son plumage arc-en-ciel. Néanmoins, aucune parure ne parvenait à dissimuler la méchanceté de son regard. Depuis sa cabine, elle voyait parfaitement les moindres recoins de l'arène.

Alors que ses yeux malveillants parcouraient les lieux, Séraphin se mit à trembler et s'empressa de cacher sa cocarde flétrie. Spic remarqua son geste.

– Séraphin, dit-il avec douceur, calme-toi.

Son bras décrivit une grande courbe.

– Il y a des centaines, peut-être des milliers d'individus ici. On ne s'intéresse pas à nous quand il y a tant d'argent à récolter.

Les poules compteuses gris ardoise se précipitaient déjà pour prendre les paris des spectateurs, toujours plus nombreux. Séraphin les observa un moment.

– Non, sans doute pas, dit-il, incertain. Malgré tout...

Il regarda devant lui et frémit.

– Il y a quelqu'un à l'intérieur, dit-il en désignant la construction trapue sous le podium.

Spic vit des doigts agrippés aux barreaux de la porte verrouillée. Un malheureux n'allait pas tarder à mourir – mais ce n'était pas un ours bandar...

À cet instant, une sonnerie de cuivres résonna dans l'air. La foule lança un rugissement approbateur. Séraphin scruta l'arbre de fer et aperçut dans les branches supérieures une douzaine de pies-grièches rayées, de longs cors à pompons pendus au bec. Nouvelle sonnerie. Cette fois-ci, la foule se tut. Tous les yeux se tournèrent vers la cabine royale.

La mère Griffedemule se leva avec lenteur. Elle claqua bruyamment du bec.

– Nous sommes flattées que notre arène soit aussi remplie, déclara-t-elle. Nous savons que le programme de ce soir vous ravira. Assister au combat d'un ours bandar n'est pas chose fréquente.

Le public approuva dans un rugissement. La mère Griffedemule agita ses ailes multicolores pour réclamer le silence.

– Avant le spectacle principal, nous avons une petite surprise pour vous. La mise en bouche, en quelque sorte, dit-elle dans un claquement de bec amusé.

Elle se pencha.

– Libérez le prisonnier, ordonna-t-elle.

Le garde la salua de son aile fauve et s'avança pour déverrouiller la porte de la prison sous le podium. Un gros individu apparut sur le seuil et regarda autour de lui, manifestement perplexe.

– Quoi ? Quoi ? Quoi ? bredouilla-t-il.

Séraphin écarquilla des yeux incrédules : la veste ornée de joyaux des marais et de perles du Bourbier, le tricorne et sa plume de cisailleur pourpre, les moustaches cirées, les sourcils arqués, les mains roses et potelées.

– Éclair Cisailleur, souffla-t-il, et il saisit le bras de Spic. C'est le sort qu'il nous réservait ! chuchota-t-il d'une voix terrorisée.

– Si j'avais su, dit Spic, je ne l'aurais jamais livré aux pies-grièches. Pas même un marchand d'esclaves ne mérite un tel traitement.

La foule regarda en silence la pie-grièche fauve donner un coup de fouet et escorter le capitaine pirate vers la planche qui surplombait la fosse. La lumière jaune des torches brilla sur ses traits tremblants lorsqu'il leva la tête vers la cabine royale.

– Pourquoi ? s'écria-t-il. Au nom du ciel, pourquoi faites-vous cela ?

La mère Griffedemule lança un cri agacé ; le lourd fouet du garde menaça le crâne de Cisailleur.

– Nous vous avions promis un ligueur d'Infraville pour vous régaler, dit la mère Griffedemule à la foule, qui applaudit, joyeuse. Ou peut-être un ligueur de Sanctaphrax, continua-t-elle sous des acclamations encore plus nourries. Malheureusement, en raison de circonstances indépendantes de notre volonté, ce ne sera pas possible...

Le public hua et siffla. La mère Griffedemule décocha un regard noir à Cisailleur.

– Tout ce que je puis vous offrir, c'est ce misérable spécimen. Je suis persuadée néanmoins qu'il vous fournira un excellent spectacle.

Sa voix devint un hurlement aigu qui résonna dans l'arène.

–Voici le capitaine pirate du ciel Éclair Cisailleur !

Une clameur assourdissante s'éleva. Séraphin regarda autour de lui, dégoûté, les expressions ravies : une pique pointue poussait l'infortuné Cisailleur sur la planche. Le public se mit à scander dans toute l'arène.

–En bas ! En bas ! En bas ! En bas !

Cisailleur avançait en trébuchant. Durant une seconde, son corps resta là, au bout de la planche, comme retenu par un fil invisible. Puis il y eut un mouvement, Éclair Cisailleur bascula en avant,

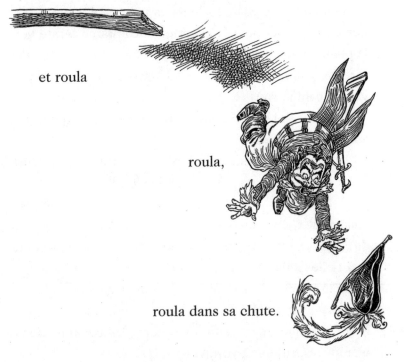

et roula

roula,

roula dans sa chute.

Puis il atterrit sur un lit de mousse moelleuse au fond de la fosse. La foule rugit, approbatrice.

Pendant quelques instants, le capitaine pirate demeura immobile. Puis il secoua la tête, se hissa sur ses pieds, tira son couteau et son épée. Il regarda le filet pesant qui entourait la fosse, les petits trous qui la per-çaient tous les dix mètres et la reliaient au sol de la forêt. La foule scrutait elle aussi les ouvertures sombres, guet-tant l'éclair orange révélateur.

– Là-bas ! hurla quelqu'un. De ce côté !

C'était la première tignasse. Elle traversa la fosse à toute vitesse, pas plus effrayante qu'un balai à franges... jusqu'à ce qu'elle ouvre une gueule béante ! La foule entière eut une exclamation lorsque les mâchoires puis-santes révélèrent les rangées de dents, tranchantes comme des rasoirs.

Dans toute l'arène, l'arrivée de la première tignasse avait déclenché une fièvre de paris. Les poules comp-teuses et les pies chiffreuses se précipi-taient parmi le public, criaient des cotes qui variaient sans cesse, échangeaient des pièces d'or (qu'elles vérifiaient d'un bon cla-quement de bec) contre des bul-letins de pari.

– Vingt-cinq sur douze minutes !

– Cinquante sur quarante-sept tignasses tuées.

– Cent qu'il lui reste au plus dix secondes à vivre !

Écœuré, Séraphin se tourna et enfouit son visage dans ses mains.

Enfin, un rugissement s'éleva.

– Oui !

Il enfla au point que les balcons eux-mêmes vibrè-rent. Au-dessus du vacarme, la sonnerie des cors retentit. Mais la clameur continua. Une des poules compteuses trotta jusqu'à l'arbre de fer et communiqua un message à la mère coquelle.

La mère Griffedemule se leva pour la deuxième fois. Le silence s'installa.

– Le capitaine pirate du ciel a réussi à tuer quarante-trois tignasses avant de mourir, annonça-t-elle. De plus, il en a blessé vingt-sept.

Les vainqueurs se réjouirent. Les perdants (beaucoup plus nombreux) grognèrent.

– Le combat a duré précisément dix minutes…

Elle hésita. Les spectateurs serrèrent leurs bulletins de pari.

– Dix minutes quarante secondes. Quatre. Zéro. Quarante.

De nouveau, les quelques cris enthousiastes se noyèrent dans le grognement général de déception. La mère Griffedemule claqua du bec.

– Mais à présent, mes amis, nous devons passer à la suite, annonça-t-elle. L'heure du grand événement de la soirée est venue.

Elle fit signe au garde sur la plate-forme en contrebas. Celui-ci se mit à tourner une grande roue. Les poulies grincèrent. Les cordes s'animèrent. Au-dessus de la cabine royale, le bas d'une lourde cage en bois de fer sortit lentement de l'épais feuillage gris anthracite.

– Un combat classique ! cria la mère coquelle. L'affrontement ultime ! La force face à la persévérance. Un puissant face à une multitude.

Elle rejeta en arrière sa tête emplumée.

– Pour votre régal et votre enchantement, un véritable… un très rare… au meilleur de sa condition physique…

Dans leur impatience fébrile, les spectateurs se déchaînèrent : ils agitaient les bras, tapaient des pieds. Et à mesure que la cage descendait, révélant la bête féroce, furieuse, qui martelait les barreaux de sa prison suspendue, leurs cris sanguinaires devinrent frénétiques. La mère Griffedemule eut un sourire de satisfaction.

Lorsque la cage arriva juste à sa hauteur, elle fit un nouveau signe au garde, qui cessa de tourner. La cage s'immobilisa dans une secousse. La mère Griffedemule leva une grande serre.

– Voici... un ours bandar ! hurla-t-elle.

Spic eut le souffle coupé. Ce n'était pas n'importe quel ours bandar. C'était Goumy. Il n'y avait aucun doute là-dessus. Même s'il n'avait pas reconnu son visage, les cicatrices laissées par la fosse hérissée de pointes où l'ours était tombé jadis brillaient sur son flanc gauche.

Avec un petit gloussement, la mère Griffedemule tendit la main et caressa les griffes de l'ours bandar qui dépassaient entre les barreaux de la cage.

−Je sais qu'il va donner du fil à retordre à ces tignasses, dit-elle d'une voix mielleuse.

Les spectateurs, grisés par la perspective du combat, s'étaient remis à scander :

−En bas ! En bas ! En bas ! En bas !

Dans sa répugnance, tout le corps de Séraphin se contracta.

−Nous devons agir vite, lui dit Spic, pressant. Retourne vers l'enclos que nous avons aperçu en venant et achète quatre rôdailleurs.

Il lui confia une poignée de pièces d'or.

− Prends les plus gros et les plus forts que tu trouveras. Puis rejoins-moi de l'autre côté de l'arène, sur le passage juste au-dessous des branches de l'arbre de fer.

−Mais… commença Séraphin.

− Pas de discussion, trancha Spic avec fermeté.

Avant que son apprenti puisse ajouter un mot, il s'élança dans la foule. Séraphin regarda un moment dans son sillage, puis il se tourna vers Cabestan.

−Nous ferions mieux de nous occuper de ces rôdailleurs, dit l'elfe des chênes.

Séraphin hocha la tête. Il espérait simplement que Spic avait un plan bien combiné.

Alors que le capitaine s'approchait de l'arbre de fer, les paris battaient leur plein dans l'arène.

−Trente pièces d'or sur vingt-huit minutes neuf secondes.

−J'en mise cinquante que deux cent cinquante tignasses au moins vont trinquer !

−Soixante-quinze pièces d'or !

−Cent !

Sans prêter attention aux glapissements de douleur et aux cris de colère que provoquaient ses coups de coude dans la cohue, Spic finit par atteindre l'endroit où le tronc du grand arbre de fer se dressait derrière le balcon supérieur. Il s'arrêta, décrocha de son lourd manteau son grappin de pirate et regarda autour de lui.

L'atmosphère était si exaltée que personne, ni pie-grièche ni spectateur, ne remarqua le jeune pirate dans la pénombre. Spic saisit sa corde, lança le grappin dans les branches et, dès que le crochet tint bon, escalada.

– Voici, hurla la mère Griffedemule pour couvrir le vacarme, le moment que vous attendez tous !

Elle donna le signal au garde : la descente de l'ours bandar vers la fosse était imminente.

Spic parvint à une large branche plate, haut dans l'arbre, et la suivit en rampant avec précaution. Arrivé juste au-dessus de la cabine royale et de la cage suspendue, il s'immobilisa. La mère Griffedemule leva les ailes.

– Eh bien, annonça-t-elle, que le combat commence… Aaargh !

La foule poussa une exclamation de surprise unanime lorsque le jeune pirate s'abattit sur la cabine

273

royale et empoigna la mère coquelle. Un bras lui enserra la gorge et une lame de couteau étincelante comprima son cou emplumé.

– Cessez de descendre la cage, tonna Spic. Remontez-la vers la cabine royale ou la mère coquelle aura son compte !

Dans un cri indigné, le garde fauve se figea et posa sur Spic un regard étonné. Puis, lentement, il se résolut à tourner dans l'autre sens. Les sœurs coquelles, scandalisées, se démenaient sur leur podium, pestaient, piaillaient. Sur les passages, d'autres pies-grièches (gardes fauves et grandes marchandes d'esclaves au bec dentelé) s'approchèrent de l'arbre, menaçantes.

– N'insistez pas ! rugit Spic. Dites-leur, siffla-t-il dans l'oreille de la mère Griffedemule. Dites-leur, vous.

– R... reculez, dit la mère Griffedemule d'une voix étranglée.

– Et ordonnez-leur de lâcher leurs armes !

Spic augmenta la pression du couteau.

– Faites ce qu'il dit, souffla-t-elle.

– Voilà qui est mieux, approuva Spic.

Puis, sans diminuer la pression de la lame, il tendit l'autre bras vers la cage et défit le couvercle. L'une des pattes massives de l'ours bandar apparut.

Soudain, la foule sembla comprendre ce qui se passait. Jusque-là, le spectacle du jeune garçon intimidant la mère coquelle l'avait captivée. Voyant désormais ce qu'il avait en tête, elle était révoltée.

– Il a libéré l'animal ! rugit le public furieux. Il le laisse fuir !

Tandis que l'ours bandar se hissait hors de la cage, Spic traîna contre le bord de la cabine royale une mère Griffedemule recroquevillée. Il regarda, anxieux, la grosse créature maladroite se cramponner à une branche au-dessus de sa tête et franchir le vide béant.

Lorsque l'ours bandar tomba dans la cabine royale, la colère de la foule explosa.

–Il s'échappe ! enragea-t-elle.

Les sœurs coquelles, en contrebas, tendirent le cou pour voir la suite des événements.

L'ours bandar se releva.

–Goumy, dit Spic. Je savais que c'était toi.

–Ouaou ? demanda le grand animal. Sp-aou-ic ?

–Oui, Goumy, confirma Spic. J'avais juré de ne jamais abandonner mon équipage.

Il regarda en l'air.

–Hisse-toi sur cette branche là-haut. Puis tire-moi près de toi.

L'ours bandar tressaillit, nerveux, et fit trembler la cabine royale. Le couteau de Spic entailla la peau écailleuse sous les plumes, et la mère Griffedemule poussa un cri. Sous les huées consternées de la foule,

Goumy enfonça ses griffes dans la branche et lança vers elle ses énormes pattes arrière.

– Cent cinquante qu'il ne réussira pas ! fit une voix par-dessus le vacarme.

– Deux cents que nous aurons une nouvelle mère coquelle avant la fin de la soirée ! paria un autre.

La foule se déchaîna.

À la troisième tentative, les pattes de Goumy atteignirent la branche et il parvint à se hisser. Puis il s'accroupit et tendit un long bras.

– Ouaou ! dit-il.

Spic attrapa le poignet de l'ours bandar. Goumy tira : Spic décolla aussitôt de la cabine royale. Dès son assaillant parti, la mère Griffedemule donna de la voix.

– Saisissez-les ! hurla-t-elle tout en bondissant sur place, au comble de la fureur. Celui qui menace la mère coquelle le paie de sa vie ! Gardes... Aaahhh ! hurla-t-elle à l'instant où une griffe acérée de l'ours bandar trancha plusieurs cordes qui maintenaient la cabine royale.

Cette dernière se balança dangereusement. De ses serres pointues, la mère coquelle s'agrippa aux parois.

– Non, geignit-elle. Ayez pitié...

– Pitié ? s'écria Spic. C'est pitié que ça ne soit pas arrivé plus tôt, oui !

Sur ces mots, il avança le bras et sectionna les cordes restantes.

La cabine royale entama une chute vertigineuse, dans les cris continus de la mère Griffedemule.

La foule acclama, enchantée. C'était encore mieux qu'un ours bandar. C'était la mère coquelle en personne. Lorsque la première tignasse apparut dans une ouverture sombre de la palissade, le tapage devint assourdissant. Des hourras. Des plaintes. Des bravos et des appels.

– Cent sur…

– Cinq cents que…

– Mille !

Spic se tourna vers l'ours bandar et prit l'une de ses pattes frissonnantes.

– Suis cette branche, cria-t-il, puis descends sur celle-là.

Il indiqua une branche plus large et plate, reliée au tronc derrière lui.

– Elle est presque aussi vaste que les passages. Ensuite, quand je t'ordonnerai de sauter, saute !

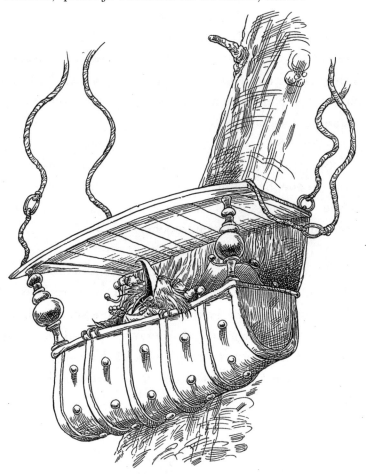

– Ouaou ! grogna l'ours, affolé.

Le vacarme autour d'eux était étourdissant : les cris aigus des pies-grièches se mêlaient au charivari de la foule assoiffée de sang.

– Fais-moi confiance, demanda Spic d'une voix à peine audible.

Il se retourna et suivit lui-même la branche, bras tendus pour garder l'équilibre, tandis que l'ours bandar l'imitait à pas lourds, anxieux. Les feuilles tremblaient. La branche oscillait. Au-dessous de lui, Spic vit les planches du passage se rapprocher.

– Saute ! commanda-t-il.

– Ouaou ! cria l'ours bandar, et tous deux s'élancèrent.

Spic se mit debout tant bien que mal et regarda de tous côtés. Sur les passages voisins, les pies-grièches furieuses accouraient de-ci de-là, en bousculant les curieux qui continuaient d'affluer vers le spectacle extraordinaire dans la fosse.

– Spic ! Spic ! appela une voix pressante.

Spic fit volte-face : sur une plate-forme spacieuse toute proche, Séraphin et Cabestan s'avançaient parmi la cohue. Une longe dans chaque main, ils guidaient à eux deux quatre rôdailleurs effarouchés.

– Bravo, Séraphin ! cria Spic.

À cet instant, quatre gardes bondirent au milieu d'eux sur le passage. Spic et Goumy avaient la route coupée. En un clin d'œil, l'ours bandar se jeta sur eux. D'un coup de patte magistral, il envoya valser deux pies-grièches dans une volée de plumes. Lâchant gourdins et fouets, les deux autres s'enfuirent dans des hurlements terrifiés.

– Ce sont les plus gros que j'ai pu trouver, haleta Séraphin lorsque lui et Cabestan rejoignirent enfin leurs compagnons.

Les rôdailleurs ruèrent et hennirent au bout de leur longe.

– Parfait, dit Spic. Goumy, prends le plus gros. Grimpez tous.

Il saisit les rênes et sauta sur sa propre monture. Goumy ne bougeait pas.

– Ouaou-ouaou ! gémit-il, pitoyable.

– C'est la seule solution, dit Spic. Allez !

Déjà, de nouvelles pies-grièches arrivaient. Dans l'immédiat, elles se tenaient à distance, mais dès qu'elles seraient assez nombreuses, elles chargeraient. Une lueur meurtrière brillait dans leurs yeux jaunes.

À contrecœur, l'ours gigantesque se hissa sur le rôdailleur immobile. La monture gémit sous le poids et raidit ses pattes arrière.

– Tout va bien ? demanda Spic.

L'ours hocha la tête sans enthousiasme.

– Partons d'ici ! cria Spic.

Il empoigna les rênes et, des talons, frappa les flancs du rôdailleur. Les autres firent de même. Aussitôt, comme dans une étrange danse, les quatre bêtes se cabrèrent, battirent l'air de leurs pattes avant, et en route !

Se cramponnant de toutes leurs forces, Spic et Séraphin, Cabestan et Goumy s'éloignèrent à bride abattue de l'arbre de fer et de la terrible arène. Ils heurtaient spectateurs et pies-grièches. Séraphin s'accrochait au mieux. Il n'avait jamais chevauché de rôdailleur et il espérait bien que cette première fois serait aussi la dernière. L'expérience était terrifiante.

Les passages tanguaient et trépidaient au-dessous d'eux, les éventaires s'écroulaient dans leur sillage, mais les rôdailleurs semblaient avoir le pied aussi sûr que vif. Le marché défilait dans une confusion de couleurs et de lumière huileuse. Soudain, l'extrémité d'un passage apparut : il ne donnait sur rien. Le marché aux esclaves se terminait là. Le visage étonné d'une pie-grièche gris ardoise surgit d'une compterie, juste devant eux.

Que va-t-il se passer ? se demanda Séraphin, le cœur battant.

Sans l'ombre d'une hésitation, sa monture plongea dans le vide. Séraphin lui enfonça les talons dans le

ventre alors que le vent sifflait à ses oreilles. Il serra les rênes, les articulations blanchies.

Au-dessous de lui, la forêt s'ouvrait tel un gouffre. La chute. C'était la chute. Son estomac se souleva ; il ferma intensément les yeux. C'était pire que les paniers de Sanctaphrax, pire que le navire du ciel, pire que...

Clong !

Son corps entier ballotta lorsque le rôdailleur saisit une branche dans ses pattes antérieures et, l'instant d'après, se propulsa sur ses pattes arrière. Séraphin serra les rênes encore plus fort. La forêt s'ouvrit de nouveau. Et le rôdailleur atterrit avec assurance, pour contracter

281

aussitôt ses puissantes pattes postérieures et s'élancer une nouvelle fois.

Le rôdailleur était bien dressé. Même si Séraphin n'en avait jamais chevauché, il lui suffisait de s'accrocher, tandis que l'animal bondissait d'arbre en arbre à travers la forêt. Glong… Huiiich ! Glong… Petit à petit, les choses devinrent plus faciles. Séraphin apprit à quel moment se raidir puis se détendre, se pencher en avant puis se rasseoir.

Mais les autres ?

Séraphin jeta un rapide coup d'œil par-dessus son épaule. Spic et Cabestan étaient tout près. L'ours bandar fermait la marche. Malgré le poids sur son dos, le rôdailleur de Goumy parvenait à suivre. Puis, effaré, Séraphin vit du mouvement derrière l'ours bandar : une demi-douzaine de gardes, montés sur leurs propres rôdailleurs, les talonnaient.

– Que faire, Spic ? cria Séraphin. Ils nous rattrapent !

– Courage, Séraphin ! répondit Spic, hors d'haleine. Les rôdailleurs sont des animaux des Grands Bois. Ils ont l'habitude de voyager dans la forêt obscure. Mais les pies-grièches, elles, préfèrent les juchoirs. Il est rare qu'elles s'éloignent beaucoup de la colonie.

Tout à coup, les lumières du marché aux esclaves disparurent et laissèrent la place aux ténèbres. Séraphin hurla de peur et ferma les yeux.

– Tout va bien ! lui cria gaiement Spic. Séraphin, ouvre les yeux. Tu ne crains rien.

Séraphin obéit : à son grand soulagement, il découvrit que, même s'il faisait nuit noire dans la forêt, ses compagnons pirates du ciel demeuraient bien visibles. Spic, Cabestan, Goumy, tous trois émettaient l'étrange rayonnement lumineux.

Sans un instant de répit, ils continuèrent leur progression rapide, sûre, de branche en branche indistincte.

Puis Spic s'écria :

– Elles se sont arrêtées !

Séraphin se retourna. Il aperçut les pies-grièches, à califourchon sur leurs rôdailleurs, perchées dans la pénombre, assez loin derrière eux. Elles ne semblaient pas pressées du tout de reprendre la poursuite dans les profondeurs ténébreuses de la forêt. Et il vit autre chose : sa cocarde s'était désintégrée, il ne restait que l'épingle.

– Le ciel soit remercié ! murmura-t-il. Nous les avons battues à la course ! Nous... aaah ! cria-t-il alors qu'il glissait sur la selle.

– Attention, Séraphin, dit Spic. Nous sommes sortis indemnes du Grand Marché aux esclaves des pies-grièches, mais les tignasses nous menacent encore sur le sol de la forêt.

Séraphin agrippa résolument les rênes. Et tandis qu'ils fuyaient toujours plus loin du marché, il garda les yeux braqués sur les arbres devant lui.

Ils ne s'accordèrent aucune pause, ne réduisirent pas même l'allure. Avant de pouvoir descendre dormir dans la forêt, ils devaient s'assurer qu'ils étaient hors d'atteinte des tignasses dévoreuses, attirées par le marché aux esclaves. Peu à peu, Séraphin se fatigua.

– N'est-il pas l'heure de nous reposer ? demanda-t-il à Spic.

– Bientôt, répondit Spic. Nous devons d'abord...

– Capitaine ! cria Cabestan d'une voix agitée. Capitaine Spic, le rôdailleur de Goumy...

Spic pivota.

– Oh non, murmura-t-il.

La pauvre créature peinait sous le poids considérable de son cavalier. Elle était presque à bout de forces. Chaque saut était pénible, chaque atterrissage hasardeux. Quant à Goumy, alors que sa monture vacillait de plus en plus, il avait le visage déformé par la peur.

– Ouaou, grognait-il. Ouaou-ouaou.

Spic soupira. Ils n'avaient pas le choix. Tignasses ou pas, il fallait descendre. Avec un peu de chance, ils avaient déjà mis assez de distance entre eux et les monstres orange.

– Halte ! annonça-t-il, et il tira sur les rênes de son propre rôdailleur. Nous descendons.

Il se trouvait que la forêt était moins dense à cet endroit. Pendant qu'ils bondissaient de branche en branche, Séraphin scruta le sol, guettant un éclair orange révélateur.

Il n'y en eut pas. Il soupira, tranquillisé.

Ils arrivèrent dans une clairière pleine de grandes herbes touffues. D'abord Spic, puis Cabestan et Séraphin, et enfin Goumy. Son rôdailleur s'effondra sur le sol, haletant, épuisé. Goumy se laissa rou-ler à côté de sa monture. Ses compagnons mirent aussi pied à terre. Cabestan conduisit les rôdailleurs vers un arbre voisin et les attacha à une branche basse. Spic s'approcha de l'ours bandar et s'accroupit près de lui. Il enlaça le cou de l'immense créature et Goumy se dressa, soulevant le capitaine dans les airs.

Le rayonnement étrange de leurs deux silhouettes illumina la clairière. Séraphin se précipita vers eux.

– Vous avez réussi ! s'exclama-t-il. Vous avez réussi, Spic !

Celui-ci tourna la tête et sourit à son jeune apprenti.

– Nous avons réussi, corrigea-t-il. Toi, moi, Cabestan et Goumy lui-même. C'est notre réussite à tous !

CHAPITRE 16

Le sentier battu

LES QUATRE VOYAGEURS ÉTAIENT LAS D'AVOIR PARCOURU UN si long chemin. Spic savait qu'il était inutile de pousser plus avant ce soir-là.

– Nous nous arrêterons ici, dit-il, et nous reprendrons la route tôt demain matin. Séraphin, Cabestan, faites un feu. Goumy et moi allons chercher à manger.

– Oui, mon capitaine, répondit Cabestan.

Dans un frisson, Séraphin regarda Spic et l'ours bandar s'enfoncer dans l'obscurité de la grande forêt. Ils semblaient si petits au milieu des arbres massifs, si insignifiants, si vulnérables.

– Soyez prudents, murmura-t-il, puis il se mit à rassembler branches et brindilles dans les sous-bois environnants, prenant soin lui-même de ne pas trop s'éloigner.

– Bien, dit Cabestan lorsqu'il revint. Empile le tout là-bas.

Séraphin déposa son énorme fagot et observa Cabestan : l'elfe des chênes s'efforçait de tirer une flamme d'un matériau gris et duveteux.

– Qu'est-ce que c'est ? demanda Séraphin.

– De la mousse d'écorce, répondit Cabestan alors qu'il reprenait haleine. De l'excellent amadou. En général.

Il souffla encore. Son visage était écarlate, luisant.

– Mais cette fichue mousse est humide.

Il souffla encore plus fort. Soudain, la mousse s'enflamma. Cabestan la plaça en douceur sur un rocher plat et se tourna vers Séraphin.

– J'ai besoin de petites brindilles, demanda-t-il. Bien sèches.

Séraphin bondit vers le tas et en rapporta une poignée. Il les tendit à Cabestan, qui les disposa en pyramide au-dessus des flammes. Elles s'embrasèrent à leur tour, et tous deux ajoutèrent de plus grosses bûches. Bientôt, un immense feu brûla.

Pendant que Cabestan fouillait leurs réserves en quête de casseroles, d'assiettes et de tasses, Séraphin s'installa près du feu. Avec les bruits nocturnes tout autour, un glapissement ici, un sifflement là, il se sentait plus en sécurité près des flammes protectrices. Il attrapa dans sa sacoche ses manuscrits adorés.

Un fracas retentit alors sur leur gauche et Goumy sortit à tâtons des fourrés. Spic, qui suivait la piste ouverte par l'ours bandar, arriva sur ses talons. Il s'approcha du feu et vida par terre un sac de fruits et de racines.

– Des pommes des chênes, des délises, des racines d'achillée, annonça-t-il, et beaucoup d'autres friandises choisies spécialement par Goumy et son flair subtil d'ours bandar pour leurs qualités nutritives et gustatives !

– Ouaou ! approuva l'ours.

Il inclina son épaule massive et déchargea le corps d'un jeune tilde qui avait une flèche plantée dans le cou.

– Est-ce vous qui l'avez tué, Spic ? demanda Séraphin, impressionné.

– Avec mon arc et mes flèches taillés sur place ! se réjouit Spic. Il y avait longtemps que je ne l'avais pas fait, mais je n'ai pas perdu la main. Des steaks pour nous et le reste de la carcasse pour les rôdailleurs.

Des toussotements crachotants résonnèrent soudain dans les arbres juste au-dessus d'eux. Séraphin piqua du nez et se cacha la tête dans les mains... sous les rires de ses compagnons.

– C'est seulement un fromp, expliqua Spic. Totalement inoffensif...

– Aiiiiii-kkkaaaaaa !

L'appel aux femelles d'un lémuron l'interrompit. Séraphin piqua du nez une deuxième fois.

– Séraphin, dit Spic avec douceur. Tu as raison d'être méfiant, car les Grands Bois sont obscurs et dangereux. Mais il va bien falloir t'habituer à tous ces bruits.

Séraphin hocha la tête, penaud. Il n'avait pas l'intention de continuer à réagir ainsi.

– Je crois que j'aurais besoin d'une nouvelle tisane concoctée par la troll jacteuse.

Spic sourit.

– Nous pourrions peut-être t'en préparer. Nous avons des pommes des chênes.

Il se tourna vers Goumy.

– As-tu trouvé de la moutarde velue ?

Avec une délicatesse surprenante vu sa corpulence, l'ours bandar explora le tas de fruits et de racines. Il prit une racine trapue couronnée de feuilles duveteuses.

– Ouaou, dit-il, et il ajouta une poignée d'herbe à sucre.

– Voilà, dit Spic. Tous les ingrédients nécessaires.

Lorsque la lune se leva, ronde et brillante, tous quatre, assis autour du feu, attaquaient leurs steaks de tilde et une savoureuse purée de racines, tandis que les rôdailleurs, qui ne semblaient pas avoir souffert de leur longue course, croquaient la carcasse du tilde. Séraphin goûta la tisane que Spic avait préparée.

– Pas mauvaise, dit-il. Celle de la troll jacteuse était plus sucrée, mais... pas mauvaise du tout.

Les bruits des Grands Bois allaient crescendo. Toussotements, glapissements, sifflements...

– En plus, sourit Séraphin, j'ai l'impression que c'est efficace.

Spic bâilla.

– Heureux de l'entendre, Séraphin. Je...

Il bâilla de nouveau.

– Pourquoi ne dormez-vous pas ? dit Séraphin, généreux. Je vais prendre le premier tour de garde.

– Je veillerai avec toi, proposa Cabestan.

Spic hocha la tête, trop fatigué pour contester.

– Nous nous reposerons jusqu'à l'aube. Et nous partirons de bonne heure.

Le vieux concert familier des Grands Bois résonnait à ses oreilles. Il se coucha près du feu, se pelotonna et sombra dans le sommeil. Goumy fit de même. Cabestan alla voir les rôdailleurs.

Séraphin s'accroupit près des flammes et tisonna les braises rougeoyantes avec une baguette de bois vert.

– Qui aurait pensé que je me retrouverais dans les Grands Bois, antique royaume de Kobold le Sage ? murmura-t-il.

Il abandonna la baguette et tira les manuscrits de sa sacoche.

– Ce lieu entre tous !

Dans la lointaine cité flottante de Sanctaphrax, une épaisse brume froide tourbillonnait le long des avenues et des allées. Vox, le grand apprenti du Collège des nuages, frissonna, s'enveloppa dans sa toge bordée de fourrure et allongea le pas. Il était déjà en retard à son rendez-vous secret avec le professeur d'Études psycho-climatiques nouvellement nommé.

Un malheureux novice auxiliaire le heurta dans la brume.

– Pousse-toi, rebut ! jura-t-il.

– P… pardon, Vox, bredouilla le jeune garçon, et Vox eut la satisfaction d'entendre le respect nerveux dans sa voix.

Il lui appliqua une paire de gifles.

– Fais attention dorénavant, gronda-t-il, et, sa toge claquant dans le vent glacé, il s'éloigna à grandes enjambées.

Boum !

Derrière lui, le sol trembla. Vox sursauta, alarmé, puis il fit volte-face, persuadé que le garçon effronté lui avait lancé un projectile. Mais il se trompait. Il regarda, tremblant, l'énorme bloc de maçonnerie, fracassé, que les

291

vents perfides avaient délogé bien loin au-dessus de sa tête. Le bloc l'avait frôlé dans sa chute.

– Toute la cité tombe en ruines, marmonna-t-il, amer. Il fut une époque où l'apprentissage à Sanctaphrax était une garantie pour l'avenir.

Plusieurs autres fragments de pierre et de mortier s'écrasèrent dans l'allée, et Vox se mit à courir.

Ces derniers temps, rien n'était plus garanti à Sanctaphrax. Les rigueurs du climat en étaient la cause. Venues de plus loin que la Falaise, des tempêtes successives, de plus en plus violentes, balayaient la cité : orages, cyclones, tempêtes de feu et de glace, grandes tempêtes et tempêtes psychiques. Personne n'avait jamais vu de tels phénomènes. Les réparations des bâtiments abîmés n'étaient pas finies à temps, toutes les activités universitaires étaient suspendues. Il se préparait quelque chose dans le ciel infini, c'était évident. Néanmoins, personne, pas même le Dignitaire suprême, ne savait quoi.

– Comment un jeune apprenti ambitieux pourrait-il deviner, dans des circonstances aussi imprévisibles, avec qui s'allier ? s'interrogea Vox.

Le professeur d'Études psycho-climatiques se révélerait-il plus influent que le professeur de Scrutation nuageuse, en définitive ?

Il s'arrêta sur un pont, agrippa la balustrade et observa les nuages qui s'amassaient.

– Ce petit avorton de Séraphin a été bien inspiré d'abandonner Sanctaphrax quand il l'a fait, grommela-t-il.

Au réfectoire, la rumeur avait couru que le jeune garçon était parti avec Spic, le fou aux yeux égarés que le professeur d'Obscurité avait pris sous son aile. Plus étrange encore, le professeur avait maintenant trois autres pensionnaires bizarres... Vox serra les dents. Malgré ses dires, il n'avait nulle intention de quitter Sanctaphrax.

– Advienne que pourra, je tirerai profit de la situation actuelle, murmura-t-il.

Ses doigts effleurèrent la cicatrice laissée sur sa joue gauche par le ragoût de tilde fumant.

– Et malheur à Séraphin si nos chemins se croisent de nouveau un jour !

Une bruine légère tombait sur les Grands Bois lorsque les quatre voyageurs plièrent bagage, le lendemain matin. Elle les déprima tous. Spic, Séraphin et Cabestan enfourchèrent leurs rôdailleurs et se mirent en route. Afin d'épargner sa monture, Goumy tantôt chevauchait, tantôt bondissait derrière eux, la longe du quatrième rôdailleur enroulée autour de sa grosse patte antérieure.

Ils cheminèrent, silencieux, dans la forêt verte et dense. Ce n'était pas un hasard si, à mesure que les nuages s'assombrissaient et que la pluie devenait plus lourde, les doutes envahissaient chacun d'eux. Ils avaient eu de la chance jusque-là, beaucoup de chance, mais le vent avait tourné. Ils savaient tous que chercher d'autres membres de l'équipage dans les Grands Bois immenses était peine perdue. Leur seul espoir était de trouver un village, un endroit fréquenté par des ligueurs ou des pirates venus faire du commerce, puis de payer leur trajet de retour à Infraville. Mais, dans la forêt truffée de dangers, cette tâche même était particulièrement difficile.

Néanmoins, lorsque le ciel s'éclaircit et qu'un chaud soleil troua la voûte des arbres, leurs idées noires

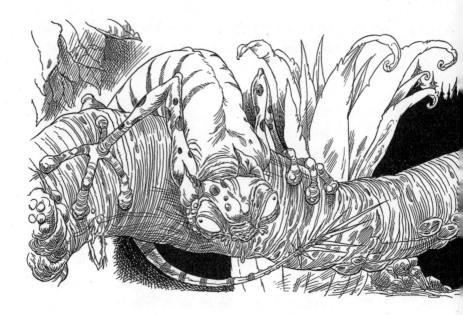

s'envolèrent. Séraphin huma les riches parfums des bois environnants : le terreau sombre, le feuillage gorgé de sève, les fruits odorants. C'était si différent de l'air confiné, enfumé, qui empestait Infraville.

– Alors ? lui demanda Spic.

– Tout est si beau, dit Séraphin avec un grand geste du bras. Surtout à présent que le soleil brille.

– Beau, mais meurtrier, dit Spic à voix basse.

Ils parcoururent un long trajet ce jour-là, mangeant en route les fruits que Goumy déclarait comestibles. (Les rôdailleurs, en revanche, durent patienter jusqu'au moment où ils firent halte pour la nuit.) Et tandis qu'ils poursuivaient leur chemin, Spic montrait des créatures qu'il reconnaissait parmi les plus exotiques des Grands Bois.

Pour Séraphin, chacune semblait plus sinistre que la précédente, et les poils de sa nuque ne tardèrent pas à se

dresser désagréablement. Il y avait les crapoteux à l'haleine fétide, suffocante ; les miauligres félins à la queue hérissée de pointes et au crachat venimeux ; les paupillards, créatures poisseuses, bombées, qui se pendaient, camouflées en bulbuliers, et dévoraient les poules des chênes à la recherche de bulbules. Un pourrivore traversa lentement le ciel loin au-dessus de leurs têtes pendant qu'un fourrecrâne aux griffes jaunes et aux dents crochues mangeait un quarel qu'il avait attiré au bas des arbres.

Cependant, malgré toutes ces rencontres, ils n'avaient pas aperçu le moindre troll, troglo ou gobelin, personne qui aurait pu les aider, lorsque le soir arriva. Spic paraissait de plus en plus soucieux.

– Je connais les Grands Bois, dit-il. J'ai grandi chez les trolls. Ils m'ont appris à ne jamais me fier à la forêt, à être toujours en alerte.

Séraphin quitta des yeux les gommes des chênes qu'il faisait griller au-dessus des flammes. Sa tasse de tisane était posée par terre près de lui.

–Nous allons nous en tirer, dit-il, anxieux. Hein, Spic ?

–Si le ciel le veut, Séraphin, répondit doucement Spic.

Il se tourna vers le jeune garçon et sourit.

–Bien sûr que nous allons nous en tirer, dit-il, rassurant. Avale ta tisane, maintenant.

Mais au dixième matin dans les Grands Bois, alors qu'ils n'avaient toujours croisé aucune créature susceptible de les aider, toute la moutarde et toutes les pommes des chênes de la forêt n'auraient pas suffi à remonter le moral de Séraphin. Les rôdailleurs avaient disparu.

–Je ne peux pas le croire, gémit-il. Je suis sûr d'être allé vérifier leur longe avant de me coucher. Ils avaient l'air nerveux, mais je pensais qu'ils se calmeraient.

Spic semblait inquiet.

–Quelque chose a dû les effrayer pendant la nuit et ils se sont échappés.

Il regarda Séraphin.

–Ne t'avais-je pas recommandé de faire des doubles nœuds ?

Séraphin braqua les yeux sur le sol.

–Pardon, chuchota-t-il.

Il releva la tête, piteux.

–Alors… qu'allons-nous faire à présent, sans les rôdailleurs ?

–Nous continuons, rétorqua Spic. À pied.

Avec un serrement de cœur, Séraphin lut la crainte dans ses yeux.

Spic se mit en marche à une allure furieuse. Séraphin ne tarda pas à suer et à souffler.

– Pourquoi ne pas faire une pause ? dit-il, la respiration sifflante. Ou du moins ralentir un peu ?

Spic posa une main sur l'épaule de son jeune apprenti.

– Tu as encore beaucoup à apprendre sur les Grands Bois, Séraphin, dit-il, et la crainte demeurait dans ses yeux. Malgré leur apparence paisible, idyllique, un danger est tapi derrière chaque arbre, et nous ne savons toujours pas ce qui a dérangé les rôdailleurs. Il faut que nous trouvions un village le plus vite possible, sinon c'est une mort assurée.

– Mais Spic, quelques minutes de repos ne peuvent pas faire de mal, si ? implora Séraphin.

Tout à coup, une série de hurlements perçants déchira l'air.

– Aaargh ! Aaargh ! Aaaaaargh !

Là-bas devant eux, l'ours bandar bondissait comme un possédé au milieu d'une clairière de longues herbes ondoyantes. L'elfe des chênes était invisible.

– Ouaou ! rugit Goumy, et il faucha, furieux, les tiges vertes ondulantes.

– Que lui arrive-t-il ? s'inquiéta Séraphin. Et où est Cabestan ?

– Ce sont les Grands Bois, Séraphin ! dit Spic, qui tira son épée et se précipita vers l'ours bandar. Je t'avais prévenu : le danger est partout !

Couteau à la main, Séraphin le suivit, et ils s'engagèrent dans la clairière mouchetée. L'herbe était haute et dense. Goumy agita les bras et cria dans leur direction. Même pour Séraphin, qui ne comprenait pas un mot de son langage, le message était clair : ils devaient reculer. L'ours leur disait de se sauver pendant qu'il était encore temps.

Soudain, Spic se mit à frapper en tous sens.

– J'aurais dû m'en douter ! s'écria-t-il. C'est une colonie de vermillules, Séraphin. Elles doivent nicher dans toute cette zone. Pas étonnant que les rôdailleurs se soient enfuis. Protège-toi…

Durant une seconde, Séraphin fut incapable de bouger. À la place d'une touffe d'herbe, un enchevêtrement de créatures vertes, filiformes, se dressait par des trous dans le sol. Elles avaient de petits yeux orange enfoncés et, en guise de bouche, des ventouses semblables à des pétales qui se tendaient vers lui à son passage et tentaient de s'accrocher.

– Fichez le camp ! hurla-t-il.

Et pivotant, virevoltant, il poignarda les alentours.

Dès que la lame s'approchait, les vermillules souples se rétractaient à l'intérieur de leurs trous, mais elles resurgissaient une seconde plus tard. Séraphin brandissait son couteau devant, derrière. Il ne pouvait s'accorder aucun répit. Enfin il rattrapa ses compagnons : Goumy avait l'elfe des chênes sur ses épaules et battait en retraite à toute vitesse ; Spic lui saisit le bras.

– Vite, dit-il, et son épée décrivit un grand arc de cercle rasant. Nous devons quitter cet endroit. Les vermillules sont affamées.

Séraphin ne se fit pas prier. Tranchant avec violence tout ce qui bougeait, il se précipita. Les vermillules étaient rusées. Elles s'entrelaçaient pour lui barrer la route. Elles rampaient sur le sol jusqu'à ses chevilles.

– Séraphin, attention ! cria Spic, et il sectionna une boucle de vermillules entortillées.

– Les Grands Bois, marmonna Séraphin. Le danger...

Il continua, trébuchant. Sous ses pieds, l'herbe réapparut. Plié en deux, il tâcha de reprendre haleine.

– Nous l'avons... échappé belle... haleta-t-il. Je...

– Pas tous, dit Spic.

Séraphin leva les yeux. Spic était agenouillé près du corps de Cabestan, Goumy à ses côtés.

– Est-il ?... demanda Séraphin.

Spic hocha la tête.

– Mort. Les crocs des vermillules ont répandu en lui leur venin.

Séraphin découvrit, horrifié, les innombrables marques en forme de pétales sur la peau exposée de l'elfe ; son visage blême ; son corps enflé.

– Maudits soyez-vous ! hurla-t-il, et il renversa la tête en arrière. Maudits soyez-vous, Grands Bois !

Spic força son jeune apprenti à se relever. Il lui parla d'une voix douce et pressante.

– Prends garde, Séraphin. Les Grands Bois ont des oreilles. Crois-moi, je le sais.

Séraphin regarda Spic dans les yeux et se tut. Il avait, en effet, beaucoup à apprendre sur les Grands Bois.

Spic, Séraphin et Goumy enterrèrent Cabestan entre les racines d'un arbre aux berceuses, selon la coutume des elfes, puis ils repartirent. Ils étaient plus abattus que jamais.

Spic s'en voulait de ne pas avoir insisté pour que l'elfe des chênes rentre à bord du *Flibustier*. Tout autour d'eux, la forêt paraissait encore plus sombre et plus profonde.

Ils cheminèrent des heures durant. Ils gravirent des talus raides, herbus, traversèrent des marais bourbeux, franchirent des crêtes, des tertres, des monticules pierreux. Séraphin était si brisé de fatigue que chaque pas lui coûtait. Des ronces lui égratignaient les mollets, des branches lui cinglaient le visage. Ses jambes tiraient. Son estomac gargouillait.

À l'horizon, le soleil se coucha sur une nouvelle journée. Le ciel s'obscurcit et la lune apparut. Soudain, Spic s'arrêta. Cloué sur place, l'air stupéfait.

— Dois-je aller chercher du petit bois ? demanda Séraphin.

Spic secoua la tête.

— Je rêve, murmura-t-il.

— Qu... quoi ? demanda Séraphin, qui jeta des coups d'œil nerveux autour de lui.

Spic indiqua le sol à leurs pieds.

— Regarde ! Là !

— Je ne vois rien, dit Séraphin. Spic, tout va bien ?

— C'est un sentier, Séraphin, dit Spic. Un sentier de trolls des bois.

Séraphin fronça les sourcils.

— Un sentier de trolls des bois ?

— Oui, confirma Spic. Je le reconnaîtrais entre mille. Des générations de trolls l'ont aplati. Vois ici, séchée dans la boue : une empreinte de pied. Regarde le talon large, la voûte plantaire basse, les orteils épais. On ne peut pas se tromper. Sûr et certain, c'est un sentier de trolls !

Les larmes aux yeux, il regarda Séraphin.

– Un jour, il y a longtemps, je me suis écarté d'un
sentier identique. C'était une erreur, mais, comme je
devais l'apprendre par la suite, mon destin m'attendait
par-delà les Grands Bois.

Il soupira.

– Il semble que je sois revenu au point de départ.

– Vous pensez que c'est le sentier précis dont vous
vous êtes écarté ? demanda Séraphin, incrédule.

– Tous les sentiers de trolls se rejoignent, dit Spic. Ils
forment un réseau à travers les Grands Bois, mènent aux
taillis de ricanier, aux clairières des marchés. Ils relient
les villages. Si nous suivons ce sentier (le sentier !), nous
arriverons à un village de trolls. Et les trolls des bois com-
mercent avec les pirates du ciel ! Nous sommes sauvés,
Séraphin ! Nous sommes sauvés !

– Qu'attendons-nous, alors ? dit Séraphin, qui se
détourna. En route !

– Vraiment, je n'arrive pas à le croire, chuchota Spic.
Après tant d'années, j'ai retrouvé le sentier !

Il leva la tête.

– Oh ! Attendez-moi, vous deux !

Et il s'engagea en toute hâte derrière Séraphin et Goumy.

Le sentier sinuait, serpentait, mais il ne disparaissait jamais. Sous le clair de lune, il luisait comme la trace visqueuse d'une limace. Il se divisait souvent, il en croisait parfois d'autres. Spic choisissait toujours la direction sans hésiter une seconde.

– Tous les sentiers mènent à d'autres sentiers qui mènent à des villages de trolls, assurait-il. Nous ne pouvons pas faire fausse route.

Séraphin hocha la tête. Pourtant, plus ils avançaient, plus il avait l'impression que le jeune capitaine les conduisait dans une direction bien définie.

Tout à coup, Spic s'immobilisa.

– Humez l'air, dit-il. Cette fumée odorante, c'est le fragantin. Le bois que les trolls brûlent dans leurs poêles quand ils veulent rêver, et quand…

Il s'interrompit et dressa l'oreille.

– Est-ce que vous entendez ? chuchota-t-il.

Séraphin écouta : oui, au-delà des cris des créatures nocturnes, il percevait un autre son.

– De la musique, dit-il, surpris.

– Nous devons être très près d'un village, dit Spic.

Ils marchèrent encore un peu. Un chant triste filtra parmi les arbres. Puis le vent tourna, et la mélopée s'affaiblit… pour retentir, plus forte que jamais, un moment plus tard. Des voix graves, des voix aiguës, qui chantaient leurs propres airs, mais s'unissaient toutes dans la triste mélodie sous-jacente.

– Ouaou-ouaou ! dit Goumy.

– Je connais cette musique, dit Spic, une expression étrange, hagarde, sur le visage. Quelqu'un est mort.

Il s'adressa à Séraphin.

– Ils célèbrent la cérémonie des morts.

Attirés par le chant funèbre, tous trois continuèrent sur le sentier. Ils prirent à gauche. À gauche encore. Puis à droite. Subitement, derrière le sous-bois épais, la lueur jaune des torches apparut. Spic s'arrêta net, tremblant.

Séraphin ne l'avait jamais vu ainsi. Jeune. Hésitant. Les années semblaient s'être évanouies, et l'enfant troll des bois inexpérimenté resurgissait, mis à nu. Ses yeux brillaient de larmes ; un sourire mélancolique se peignait sur son visage.

– Spic, dit Séraphin, inquiet. Quelque chose ne va pas ? Voulez-vous rebrousser chemin ?

Spic secoua la tête.

– Non, refusa-t-il. Je vais me ressaisir. Tu sais, j'avais oublié tant de choses... J'ai grandi dans un village comme celui-ci, Séraphin.

Il scruta les cabanes des trolls des bois fixées aux arbres.

– J'ai vécu dans une cabane de ricanier semblable... Bon, ça suffit !

Spic parut retrouver son sang-froid.

– Restez près de moi. Et si quelqu'un nous arrête, je parlerai. Arriver à l'improviste peut éveiller la méfiance des trolls, surtout lors d'un événement aussi solennel.

Ils étaient à l'orée d'une clairière, dominée par un gigantesque arbre aux berceuses, auquel pendait un cocon d'oisoveille. C'était dans de tels cocons, lieux d'éclosion des volatiles, que les sages (des elfes des chênes, en général) habitaient. Dormir dans les cocons

303

chauds et odorants leur permettait de partager les rêves des grands voyageurs ailés.

Il semblait que tous les trolls du village sans exception étaient dans la clairière, torche à la main, rassemblés autour de l'arbre. La musique venait du cœur de la foule juste au-dessous du cocon.

Au moment où Spic et ses compagnons s'approchaient, le chant cérémoniel se transforma en plainte affligée, discordante, de plus en plus aiguë. Spic hésita. Des rangées et des rangées de trolls se tenaient devant lui, dos tourné, tête courbée. Le chant cessa soudain. Dans le silence qui suivit, une voix s'éleva depuis le cocon d'oisoveille.

Spic eut une exclamation étouffée. Cette voix intense, cassée, il l'aurait reconnue n'importe où.

– Non, murmura-t-il. Non, ce n'est pas possible.

Il s'efforça de mieux voir au-dessus des têtes courbées du premier rang: un très vieil elfe des chênes était assis dans le cocon accroché à l'ample ramure.

– Étoupe! souffla-t-il.

– Vous le connaissez? demanda Séraphin.

– J'ai… j'ai peine à le croire, dit Spic. C'est comme un rêve, Séraphin. Je suis bel et bien revenu au point de départ. Ce n'est pas un vieux village de trolls quelconque. C'est…

Il chassa la boule douloureuse dans sa gorge.

305

– C'est mon village, Séraphin. Je suis de retour chez moi.

– Du ciel nous venons et vers le ciel nous allons, récitait l'elfe. Descente et ascension. Ce soir, nous sommes ici pour confier au ciel infini, afin que son esprit sans entrave flotte de nouveau librement, le corps de notre bien-aimé Tontin, époux, père, ami…

– Tontin ? A-t-il dit Tontin ? Non, ce n'est pas vrai ! gémit Spic.

Les trolls des bois se retournèrent et découvrirent un grand individu dégingandé, aux cheveux emmêlés et au gilet de fourrure, qui se précipitait vers eux. Outrée par cette intrusion, mais trop timide pour aborder l'inconnu aux yeux hagards, la foule s'écarta pour lui livrer passage.

Spic s'arrêta face à l'arbre aux berceuses, sous le cocon. Devant lui se tenait la famille endeuillée. Blottis les uns contre les autres dans leur chagrin, ils pivotèrent d'un même mouvement furieux pour affronter l'indésirable. Spic osait à peine le croire, pourtant, il les connaissait tous : Pilune, Labosse et Frairabou, les demi-frères et demi-sœurs qu'il n'aurait jamais pensé revoir. Et, plus petite que dans son souvenir, la bienveillante Spelda, qui l'avait recueilli puis élevé comme son fils.

– Maman d'amour ! sanglota-t-il, et il s'élança vers elle, les bras grands ouverts.

Spelda resta bouche bée. Ses yeux s'écarquillèrent.

– Spic ? dit-elle.

Elle contempla son long manteau et ses ailachutes de pirate du ciel.

– Est-ce vraiment toi ?

Les yeux ruisselants de larmes, Spic hocha la tête et se pencha pour lui serrer les mains.

– Tu es revenu, chuchota Spelda.

Ils restèrent longtemps silencieux – le jeune et grand pirate, la vieille petite troll des bois. Enfin, Spelda s'écarta.

– Je sais que toi et lui n'étiez pas toujours d'accord, dit-elle, mais il n'a jamais cessé de t'aimer, Spic.

Elle renifla et essuya son petit nez caoutchouteux.

– Jusqu'au dernier instant.

Spic baissa les yeux vers la plate-forme en bûches de fragantin et le radeau en ricanier flottant qui, une fois enflammé, monterait dans le ciel. Il regarda la silhouette, enveloppée d'un linceul, attachée dessus.

– Puis-je le voir ? demanda-t-il.

Spelda hocha la tête. Spic s'avança et retira le linceul en soie d'araignée qui masquait le visage de Tontin.

– Il a l'air si paisible, dit-il d'une voix douce. Comment est-il mort ?

– Dans son sommeil, répondit Spelda. Il était malade depuis plusieurs lunes.

Elle sourit bravement.

– C'était un bon époux, un bon père…

– Le temps presse, lança l'elfe des chênes au-dessus d'eux.

Spic s'inclina et déposa un baiser léger sur le front de Tontin, puis il replaça le linceul.

– Qui embrasera le bûcher avec la flamme céleste ? demanda l'elfe.

Pilune s'avança et tendit une torche enflammée à Spelda. Celle-ci la considéra un instant, puis elle poussa un petit soupir et se tourna vers Spic.

– Te souviens-tu de la prière ? demanda-t-elle.

– Oui, répondit Spic, et il prit la torche pour la lever vers le ciel.

Derrière lui, les trolls des bois joignirent les mains.

– Du premier éclair tu es née, ô flamme de l'empyrée ! récita Spic.

– Ô flamme de l'empyrée ! murmura l'assemblée.

– Embrase le bûcher, allume l'incendie et regagne le ciel infini, ô flamme de l'empyrée !

– Ô flamme de l'empyrée !

Spic se baissa et, de la torche enflammée, toucha la base du radeau. Le bois crépita, siffla ; puis tout l'assemblage disparut dans le feu violacé.

– Regagne le ciel infini, murmura-t-il tandis que la plate-forme s'élevait et restait en suspension devant eux.

Puis les flammes devinrent dévorantes : le radeau flottant s'envola avec son précieux chargement vers la voûte des arbres et l'immensité du ciel infini. Spic le regarda diminuer, tache, point, tête d'épingle, incapable de le quitter des yeux alors qu'il s'éloignait, telle une étoile filante, à travers ciel.

– Spic, mon garçon, appela une voix. Viens ici. Et ferme la bouche si tu ne veux pas avaler un moucheron des bois.

Spic détourna les yeux. Le visage bienveillant du très vieil elfe lui souriait du haut du cocon. Le jeune garçon consulta Spelda.

– Va le trouver, Spic, chuchota-t-elle.

– Bonjour à vous, Étoupe, salua Spic, et il s'inclina très bas.

– Oh, tant de grâce et de charmantes politesses, dit
Étoupe. Laisse-moi te voir de plus près, mon garçon.

Spic s'approcha.

– Monte, il faut que nous parlions, dit-il en indiquant la
chaise-ascenseur. Je suppose que tu sais toujours l'utiliser.

– Bien sûr, répondit Spic.

Il s'en était servi des centaines de fois quand il était
petit. Il s'attacha dans le siège suspendu, tira sur la corde
et se hissa dans les airs jusqu'à l'elfe, qui passait la tête
par l'ouverture du cocon.

– Eh bien, dit lentement Étoupe. Tu as parcouru un
long chemin, Spic. Je t'attendais.

Les yeux de Spic s'illuminèrent.

– Vous faites des rêves d'oisoveille, non ? Est-ce l'oisoveille qui vous a dit de m'attendre ?

– Non, Spic, répondit Étoupe. Ce n'est pas ton oisoveille qui m'a informé de ton retour.

Il se pencha en avant et toucha la main rayonnante de Spic. Ses yeux pétillèrent.

– Quelqu'un t'appelle depuis qu'il est revenu du ciel infini.

Étoupe se déplaça dans l'entrée du cocon... et une étrange lumière filtra des profondeurs de celui-ci.

– Capitaine Spic, dit une voix.

Spic scruta l'intérieur. Et resta interdit.

– Barbillon ! s'écria-t-il. C'est toi ! Mais comment ?... Quand ?... Où ?...

Étoupe eut un petit rire.

– Questionneur incorrigible, hum ? dit-il.

Barbillon l'aquatinal s'inclina. Ses oreilles en éventail frémirent.

– À votre service, capitaine, dit-il. Je savais que vous réussiriez !

– M... m... mais comment est-ce possible ? bredouilla Spic.

Son regard passa de l'un à l'autre. Étoupe prit une inspiration bruyante.

– Je crois que ce n'est pas un hasard si Barbillon l'« étoile filante » est tombé si près du village de trolls où a grandi notre cher capitaine. Les lieux l'ont attiré comme un aimant, pourrait-on dire. Les trolls des bois l'ont découvert et me l'ont amené. Il est ici depuis ce jour. Il attend.

– Il attend ? demanda Spic.

– Il t'attendait, dit Étoupe.

– Je lis les pensées, comme vous le savez, intervint Barbillon. Tous les écoutinals en sont capables. Mais Étoupe, lui, m'a appris à rêver.

– Et il s'est révélé excellent élève, dit l'elfe d'un ton solennel. Il t'a vu en rêve : allongé, brisé, dans le Jardin de pierres, sous la lointaine Sanctaphrax.

– Vraiment ? dit Spic.

Barbillon sourit.

– Oui, capitaine Spic, confirma-t-il. Et j'ai vu les autres aussi : Tarp dans les tavernes, Théo Slit et Marek dans les égouts, le pauvre Cabestan sur le navire aux esclaves, Goumy aux mains des pies-grièches. Mes rêves me les ont tous montrés.

– Il t'a guidé vers eux, Spic, expliqua Étoupe. Un chuchotement par-ci, un mot par-là, et il t'indiquait la route à prendre. Ensuite, il t'a conduit jusqu'ici.

Spic demeura bouche bée.

– Toi ! dit-il à Barbillon.

Il se rappelait le petit chuchotement sifflant qu'il avait entendu tant de fois, qui l'avait poussé vers l'Arbre aux berceuses, détourné des troglos ploucs, aidé à choisir *Le Flibustier* parmi les nombreux navires du poteau d'affichage, guidé le long du sentier des trolls.

– C'est toi depuis le début !

– À chaque étape du trajet, capitaine, assura Barbillon. Mais mes rêves seuls n'auraient pas suffi. J'ai eu besoin de votre courage, de votre ténacité et, surtout, de votre loyauté. Nous en avons tous eu besoin.

Un sourire se forma sur sa bouche caoutchouteuse.

– Et nous en aurons encore besoin.

Spic le dévisagea.

– Tu as découvert tout l'équipage ?

– Oui, confirma Barbillon.

– Alors, le dernier, dit Spic, enthousiaste, le pilote de pierres. Est-il vivant ?

– Oui, dit simplement Barbillon.

– Où ? demanda Spic. Dis-moi où, Barbillon. Nous devons partir immédiatement.

Il avait le vertige.

– Et te souviens-tu de ce qui est arrivé là-bas dans le ciel infini ? poursuivit-il. Qu'est-il arrivé au *Voltigeur de la Falaise* ? Et mon père ? Barbillon, avons-nous retrouvé mon père ?

– Je ne sais pas, regretta Barbillon, et les filaments aux coins de sa bouche tremblèrent alors qu'il secouait la tête. Je ne me rappelle rien après l'entrée dans le tourbillon atmosphérique. Mais je sais ce que nous réserve l'avenir.

– Que nous réserve-t-il, Barbillon ? Parle, insista Spic.

– Quand je rêve de l'avenir, dit Barbillon, les images deviennent sombres. Nous devons nous enfoncer dans les ténèbres, capitaine, et les traverser. À l'extrême limite de mes rêves, le pilote de pierres attend.

– Mais où, Barbillon ? Où ?

Spic criait presque.

Barbillon regarda Étoupe, puis revint à Spic.

– Par-delà les profondeurs les plus sombres des Grands Bois, dit-il, à l'endroit où toute création a commencé... à la Fontaline !

Chapitre 17

Le cœur sombre
des Grands Bois

MALGRÉ TOUS SES EFFORTS, SPELDA NE PUT CONVAINCRE Spic de s'attarder un peu dans le village des trolls. Bien avant l'aurore, il avait bouclé son sac, prêt à partir.

– Je reviendrai, Maman d'amour, dit-il. Maintenant que je t'ai retrouvée, je ne te perdrai plus.

– Promis ? demanda Spelda.

– Promis, répondit Spic.

Spelda hocha la tête avec tristesse et sécha une larme.

– Tiens, dit-elle. Ce sont des provisions supplémentaires pour votre long voyage. De la nourriture, de la boisson. Des capes bien chaudes.

Elle renifla.

– La hache de ton père.

Spic prit entre ses mains l'outil familier.

– Merci, dit-il.

Spelda parvint à sourire.

– Tontin a toujours espéré pouvoir te la donner.

Elle fouilla dans les poches de sa robe et en sortit une amulette au bout d'une lanière de cuir.

– Voici mon cadeau, dit-elle d'une voix éplorée. Un porte-bonheur.

Elle tendit les bras et le lui noua autour du cou.

– Il te protégera dans les lieux sombres où tu dois aller... dit-elle, frissonnante. Et te ramènera sain et sauf jusqu'à moi.

– Je vous demande pardon, capitaine, mais nous devons partir, dit Barbillon. Nous avons un long trajet devant nous.

Spic se baissa et posa un baiser sur le front de Spelda.

– Dis au revoir pour moi à Étoupe, dit-il. Et ne t'inquiète pas !

– Et toi, n'oublie pas ta promesse.

Elle essuya ses pleurs.

– Allez, pars. Que le ciel te protège.

Spic se détourna. Ses compagnons sortaient déjà du village pour reprendre le sentier. Il marcha derrière eux d'un pas ferme, sans un regard en arrière.

– Elle vous aime beaucoup, lui dit Séraphin lorsqu'il les eut rattrapés.

La lueur des lanternes et le bavardage des trolls s'affaiblirent dans leur dos.

– Spelda ? C'était la meilleure mère qu'un enfant pouvait souhaiter. Et, quand j'y repense, Tontin m'aimait aussi ; simplement, il avait plus de mal à le montrer.

Séraphin eut un pâle sourire. Il pensa à sa propre brute de père, Ulbus Pentephraxis, qui le battait à la première occasion. Spic, lui, avait deux pères, Tontin et le Loup des nues... Séraphin était sur le point d'avouer combien il l'enviait lorsque Barbillon s'arrêta net. Ils étaient devant un arbre noueux, garni de crochets et d'anneaux.

– L'Arbre d'ancrage, dit Spic. Il marque la limite du village des trolls.

Barbillon hocha la tête.

– Nous devons suivre notre propre route désormais.

Un éclair unique déchira le ciel, suivi d'un roulement de tonnerre de mauvais augure. Une pluie lourde et tiède se mit à tomber. Spic tripota l'amulette que Spelda venait de lui offrir.

– Il est temps de m'écarter une nouvelle fois du sentier, dit-il d'une voix douce.

La forêt s'épaissit alors qu'ils s'enfonçaient dans les Grands Bois, loin du sentier des trolls. La pluie se calma et, là-haut dans le ciel, le soleil se leva sur une nouvelle journée. Puis une autre. Et encore une autre… jusqu'à ce qu'ils aient l'impression de marcher depuis toujours. Sous la voûte des arbres, l'atmosphère restait sombre et morne. Séraphin l'avait en horreur. Dans l'air étouffant, immobile, il haletait continuellement pour suivre le rythme de Spic et des autres.

Les Grands Bois étaient plus menaçants que jamais. Des cosses carnivores tentaient de le happer, voraces, sur son passage. Perchées sur les branches, des créatures écailleuses lui montraient les dents et les piquants de leur dos frémissaient, sinistres. Un python des bois jaune, gonflé, qui se dorait au soleil après un repas, s'enfuit en ondulant vers les sous-bois lorsque Séraphin trébucha près de lui. Pendant ce temps, au fil des jours, la forêt elle-même devenait de plus en plus impénétrable.

Séraphin serrait les dents et continuait, toujours plus avant.

Puis vint le moment où Goumy, qui ouvrait la voie, eut des difficultés à tailler les broussailles. Les ronces hérissées qui les harcelaient depuis une heure au moins s'entrelaçaient, s'enchevêtraient; leurs épines étaient longues comme des poignards. L'ours bandar avait déjà une épaule maculée de sang.

– Doucement, mon vieux, dit Spic. Ces épines sont tranchantes.

Il tira de sa ceinture la hache de Tontin.

– Laisse-moi passer devant avec Barbillon.

L'aquatinal dégaina son sabre.

– Restez vigilants, recommanda-t-il. Même cette forêt épineuse, inhospitalière, abrite des prédateurs dangereux.

Séraphin frissonna et jeta des regards nerveux alentour. Il s'engagea dans le tunnel que taillaient Spic et Barbillon. Ses sens étaient en éveil : ses oreilles guettaient le moindre bruit suspect, son nez humait l'air, ses yeux surveillaient tout. Leur progression était terriblement lente. Chaque pas était une lutte. Ils se reposaient de plus en plus souvent, de plus en plus longtemps.

– C'est sans espoir, se lamenta Séraphin alors que, pour la troisième fois en trois minutes, Spic laissait retomber sa hache, molle, à son côté. Nous sommes perdus dans ce labyrinthe épineux. Nous n'en sortirons jamais.

Spic se tourna vers lui, le visage luisant de sueur.

—Barbillon est notre guide, Séraphin, et nous devons lui faire confiance. Nous sommes dans son univers à présent.

L'aquatinal secoua la tête.

—Nous ne sommes qu'au début des Bois noirs, dit-il. Le véritable pays des écoutinals commence au-delà des grandes forêts d'épines.

Il soupira.

—Je pensais l'avoir quitté pour de bon. C'est un endroit détestable.

Séraphin fronça les sourcils.

—Voilà des mots bien durs pour la région de votre enfance, dit-il.

Barbillon posa sur lui un regard perplexe.

—Au pays des écoutinals, la vie est courte et cruelle, expliqua-t-il. Une existence au jour le jour, privée de tout ce qui te paraît naturel, Séraphin. Des repas chauds, un lit confortable… Des manuscrits anciens, ajouta-t-il avec un sourire. En outre, il n'y a pas que moi qui ai honte de mes origines, il me semble.

Séraphin en convint avec tristesse.

—Et au-delà du pays des écoutinals ? demanda-t-il.

—Le cœur sombre des Grands Bois, répondit Barbillon. Et peut-être la Fontaline.

—Peut-être ? dit Séraphin. Vous n'en savez donc rien ?

—Je n'y suis jamais allé, dit Barbillon. Ni moi ni personne, à ma connaissance. Mais tu le sais, Séraphin. C'est écrit dans les manuscrits que tu vénères. La Fontaline est perdue, oubliée depuis la mort de Kobold le Sage. Pourtant, on raconte qu'elle se trouve au cœur même des Grands Bois.

–Mais vous n'en êtes pas certain, malgré tous vos rêves et vos intuitions d'écoutinal, gémit Séraphin.

Spic sourit et brandit sa hache au-dessus de sa tête.

–Ne te décourage pas maintenant, Séraphin, dit-il.

La hache s'abattit et trancha une douzaine de ronces épaisses.

–Après tout, nous ne pouvons pas abandonner notre quête ici. Barbillon a vu en rêve que le dernier membre de l'équipage nous attend à la Fontaline. Le lieu doit exister. Maintenant, à nous de le découvrir.

La hache s'abattit de nouveau.

–N'aimerais-tu pas contempler la Fontaline de tes propres yeux ? Marcher où Kobold le Sage a marché autrefois ?

–Si, dit humblement Séraphin. Si, bien sûr.

Ils continuèrent. Le soleil invisible accomplit sa course dans le ciel et se coucha. Plus tard, la lune se leva. Ce fut seulement lorsque ses rayons percèrent la forêt épineuse que Spic mesura le temps écoulé. Lourd de fatigue, ruisselant de sueur, il posa sa hache.

–Nous allons nous reposer ici, annonça-t-il, hors d'haleine.

Séraphin regarda autour de lui. Les buissons épineux qui les encerclaient et les rochers inégaux sous leurs pieds n'étaient pas très prometteurs. Mais une fois que Spic et Goumy eurent dégagé une clairière plus vaste, qu'ils eurent tous enlevé les rochers puis étendu leur cape dans le sable, l'endroit devint acceptable. Évidemment, une belle flambée aurait été appréciable, mais avec des buissons si secs, ils n'osèrent pas allumer de feu. Une étincelle et tout risquait de s'embraser. Par chance, la nuit était plutôt douce et le rayonnement des pirates les éclairait assez. Séraphin s'interrogea encore sur la cause de ce phénomène. Qu'avait-il bien pu arriver à Spic et à ses compagnons dans le ciel infini ?

Barbillon entendit ses pensées.

–Je me suis posé mille fois la question, dit-il. Peut-être que cette lumière devrait nous rappeler une chose importante qui s'est déroulée là-bas.

Il haussa les épaules.

–C'est fâcheux mais, comme je l'ai dit au capitaine, je n'ai aucun souvenir de ce qui s'est passé après notre entrée dans le tourbillon atmosphérique.

Il montra Goumy et Spic.

–Malheureusement, eux non plus.

–Nous nous soucierons du passé plus tard, dit Spic. Pour l'instant, il faut dormir.

Il s'allongea sur le sable moelleux et s'enroula dans la cape épaisse, qui masqua aussitôt son rayonnement.

Séraphin s'adressa à Barbillon.

– Quand arriverons-nous au pays des écoutinals ?

– Dors, Séraphin ! ordonna Spic sans lever les yeux.
Plus tu seras fatigué, plus nous mettrons de temps.

Les épines cliquetèrent lorsqu'une brise fraîche agita
les buissons environnants. Séraphin s'étendit entre Spic
et Goumy, puis remonta la cape sur ses épaules. Barbillon
fut le dernier à s'installer. Endormi ou éveillé, l'aquatinal
remarquerait toute intrusion. Il s'enveloppa dans sa cape
et toute la clairière fut plongée dans l'obscurité.

Frais et dispos, les quatre voyageurs se levèrent au
petit jour le lendemain matin, et se relayèrent pour tailler le
mur épineux : d'abord Spic et Barbillon, puis Séraphin et
Goumy. Ils gagnèrent beaucoup de terrain et, à midi,
Barbillon annonça qu'ils étaient presque au bout du tunnel.

– Laisse-moi te remplacer, dit Spic en reprenant sa
hache à Séraphin.

Et il se mit à trancher les ronces épaisses comme un
possédé.

– Oui ! cria-t-il un moment après. Je vois la fin des
buissons épineux.

Encore une demi-douzaine de coups bien appliqués,
et Spic fut délivré.

– Jusqu'ici, tout va bien, haleta-t-il.

Ses compagnons se glissèrent par l'étroite ouverture et se redressèrent. Séraphin regarda les environs et trembla d'horreur. Le soulagement qu'il avait ressenti à échapper aux griffes des buissons disparut aussitôt. Devant eux s'étendait le pays des écoutinals.

C'était un endroit lugubre, marécageux, nauséabond et si sombre que Séraphin aurait été aveugle sans le rayonnement des trois pirates. Mais ne rien voir aurait peut-être mieux valu : dans les ténèbres, les arbres noueux, tapissés de mousse ruisselante et de champignons suintants, ressemblaient à des monstres effrayants.

– Quelle direction à présent, Barbillon ? demanda Spic.

L'aquatinal accroupi frôlait le sol de ses immenses oreilles frémissantes. Il releva la tête et montra l'obscurité de la forêt sinistre, au-devant.

– Le cœur des Grands Bois est par là, dit-il.

Cheminer dans la forêt humide et froide était une rude épreuve. Il régnait un silence angoissant, fragile. Nul chant d'oiseau. Nul cri d'animal. Chaque fois qu'une botte cassait une brindille ou heurtait un caillou au passage, le son ricochait d'arbre en arbre, puis se perdait dans l'obscurité.

Séraphin avançait à l'aveuglette. Il avait les pieds enflés, couverts d'ampoules, le visage et les mains tout égratignés par les plantes rampantes épineuses qu'il distinguait toujours trop tard. Ils étaient réduits à manger l'écorce et les champignons que Goumy jugeait comestibles, et l'estomac de Séraphin criait famine : oh, un vrai repas !... Néanmoins, le jeune garçon ne se plaignait pas.

La nuit, ils attachaient leurs capes entre les branches des arbres et dormaient dans ces hamacs de fortune. Le jour, ils marchaient. Marchaient, marchaient encore. Le septième jour, Barbillon repéra un cours d'eau.

– Regardez, dit-il, les yeux fixés sur un maigre ruisseau qui s'écoulait au centre d'un vaste lit. C'était jadis une rivière bouillonnante. Pas étonnant que nous n'ayons vu aucun signe de vie depuis si longtemps.

Séraphin se baissa sur le bord sablonneux.

– Il peut être minuscule, pourvu qu'il étanche ma soif.

Il mit ses mains en coupe et but l'eau claire.

Barbillon se tourna vers Spic.

– Le cours d'eau marque le début du véritable territoire des écoutinals.

Ses oreilles en éventail frémirent.

– Ils sont tout autour de nous. Je les entends.

– Pas moi, dit Séraphin, levant la tête.

– Et pourtant, ils sont là, dit Barbillon, irrité. Aquatinals. Vampirinals. Cascarinals. Nocturnals... Mettez vos capes, tous. Rabattez la capuche sur votre tête pour atténuer le rayonnement. Nous ne devons pas éveiller l'attention.

– Il fait si sombre, dit Séraphin, nerveux. Comment trouverons-nous notre chemin ?

– Nous suivrons le ruisseau, répondit Barbillon. Il nous conduira vers le cœur.

– Mais si nous nous perdons de vue ? gémit Séraphin.

– Nous allons nous encorder, répondit Spic. Ne t'affole pas, Séraphin.

– Non, ne vous affolez pas, surtout, dit Barbillon. Les pensées craintives attirent les écoutinals.

Séraphin grogna. Maintenant, pour couronner le tout, il devait feindre de ne pas avoir peur.

– Suivez-moi, leur dit Barbillon. Restez groupés. Et si vous entendez des voix, ignorez-les de votre mieux.

Ils se cramponnèrent à la corde qui les reliait et, trébuchant dans l'obscurité, remontèrent le cours d'eau. Séraphin se concentra sur les légendes qu'il avait lues dans les manuscrits et tenta de se représenter la Fontaline.

– *Par ici*, chuchota une voix. *C'est de ce côté.*

Séraphin hésita. Il se retourna. Deux yeux ronds flamboyaient dans l'air sur sa gauche, immobiles, sans ciller. Barbillon le tira par la cape d'un geste sec.

– Ne t'arrête pas, recommanda-t-il. Ne les laisse pas envahir tes pensées.

Mais les voix continuaient. Parfois tentantes, parfois implorantes ; toujours douces et enjôleuses.

– *Venez par ici*, roucoulaient-elles. *Il ne vous arrivera rien. Faites-nous confiance. S'il vous plaît, faites-nous confiance. Si vous n'êtes pas trop timides. Si vous n'êtes pas trop craintifs.*

–Ignorez-les.

La voix de Barbillon, calme et rassurante, s'introduisait dans leurs esprits.

–Nous devons poursuivre notre chemin.

Les yeux étincelants sur les branches invisibles devinrent plus nombreux. Vingt. Cinquante. Cent paires d'yeux étaient braquées sur les voyageurs qui avançaient tant bien que mal dans la forêt sombre.

–*Suivez-nous, suivez-nous*, soupiraient les voix.

Et dans leur douce invitation, Séraphin entendit une promesse à laquelle il ne put rester sourd :

–*Kobold le Sage est venu par ici. Laisse-nous te montrer, Séraphin.*

Il lâcha la corde.

–*Spic, la Fontaline est si proche. Si proche, Spic,* chuchotaient les voix.

Spic hésita.

–Capitaine Spic !

La voix de Barbillon était pressante à son oreille.

–Méfie-toi, Séraphin...

–Mais ce sont des écoutinals, dit Spic. Comme toi. Comme Forficule, un nocturnal que j'ai connu autrefois à Infraville...

–Mais nous ne sommes pas à Infraville. Ce sont des écoutinals sauvages, des chasseurs. Et ils ont faim, capitaine, dit Barbillon d'un ton sévère. Ils...

Il se retourna vers ses compagnons et grimaça.

–Par le ciel ! Où est donc Séraphin ?

Spic regarda autour de lui, incapable de distinguer autre chose que les yeux brillants.

–A-t-il disparu ? demanda-t-il.

–Oui, répondit Barbillon, qui scrutait les ténèbres.

Il s'accroupit, oreilles frémissantes.

–Attendez, je crois que je l'entends. Je... Oh non !

–*Par ici, Séraphin, très bien*, approuvaient en chœur les voix invisibles.

–Vite ! dit Barbillon. Il n'est pas loin. Venez avec moi, capitaine !

Il le saisit par le bras.

– Suis-nous, Goumy, lança-t-il alors qu'ils s'éloignaient du lit de la rivière pour s'enfoncer dans l'obscurité.

Ils avancèrent à tâtons dans la forêt opaque.

– Calmez vos pensées, demanda l'aquatinal. Je dois écouter.

– *Kobold le Sage a foulé cette terre jadis, Séraphin,* murmuraient les voix.

– Oui, le voilà ! dit Barbillon. Par ici !

Le terrain devint plus hérissé, plus traître. Des rondins noirs jonchaient le sol et gênaient leur marche. Des liserons et des renouées les ralentissaient encore plus.

– Ils l'emportent, souffla Spic tandis que la lumière s'atténuait loin devant eux. Oh, Séraphin... chuchota-t-il. Séraphin.

– Ouaou-ouaou ! grogna Goumy.

– Chut ! commanda Barbillon.

Il s'arrêta et s'accroupit une nouvelle fois.

– *Encore un petit peu, Séraphin. Très bien.*

Barbillon frissonna.

– Le temps presse ! dit-il.

Ils bondirent dans les ténèbres, Barbillon désormais juché sur les épaules de Goumy, qui s'engouffrait dans les broussailles et ouvrait la route à Spic. Ils virent devant eux d'innombrables paires d'yeux piquer vers le sol de la forêt et se réunir en cercle.

– *Agenouille-toi, Séraphin. Cale ta tête. Tu es fatigué, si fatigué...*

– Que se passe-t-il ? demanda Spic, hors d'haleine.

– Je vous l'ai dit, murmura Barbillon. Les écoutinals sont affamés, et ils se rapprochent pour la mise à mort.

Goumy déboula au milieu d'eux. Pris de panique, tous filèrent se réfugier dans les arbres voisins, en sifflant et en geignant. Tous, sauf ceux qui avaient déjà attaqué le corps tordu de Séraphin. Barbillon frissonna.

– Des vampirinals, dit-il. J'aurais dû le savoir !

Spic observa les créatures sombres. Elles avaient des jambes courtes, de larges ailes membraneuses et une figure aplatie, avec des crocs pointus qui dépassaient de leur mâchoire supérieure. Et ces crocs venaient se planter dans le dos de Séraphin, sa jambe, son cou...

– Laissez-le ! rugit Spic.

Il dégaina son épée et s'élança. Il transperça un vampirinal sur le dos de Séraphin, le jeta de côté puis frappa celui qui était sur sa jambe. Crachant, grondant, la créature battit des ailes et se réfugia sur les branches avec les autres. Un troisième vampirinal, agrippé au cou de Séraphin, se tourna et braqua sur Spic des yeux flamboyants. Les crocs pointus brillèrent. Spic serra son épée. Il devait prendre soin de ne pas...

– ...*trancher le cou de Séraphin*, termina à sa place le vampirinal. *Vous ne voudriez pas commettre un tel forfait, capitaine*, siffla-t-il, malveillant.

Spic plissa les yeux. Puisque la créature lisait ses pensées, il devait agir inopinément, par surprise... Non ! Ne réfléchis pas, ne réfléchis pas... Contente-toi...

Dans un sifflement brusque, la grande épée bondit, fendit l'air et décapita le vampirinal en un seul élan implacable. Spic poussa un soupir de soulagement et tomba à genoux. Il n'avait pas même égratigné le cou de Séraphin ; pourtant, le jeune garçon était en piteux état. Il semblait évanoui.

– Aidez-moi à le déplacer, demanda Spic à ses compagnons. Goumy, peux-tu le transporter loin d'ici ?

– Ouaou, grogna l'ours bandar, et il prit Séraphin dans ses bras énormes.

– *Vous ne pouvez pas fuir.*

– *Jamais vous ne réussirez !*

– *Abandonnez le garçon*, sifflaient furieusement les vampirinals qui voletaient dans les arbres au-dessus d'eux.

Ils étaient affamés. Ils flairaient le sang et devinaient la peur. Un repas aussi succulent était difficile à trouver dans les Bois noirs, et ils n'avaient pas l'intention de lâcher leur proie sans livrer bataille. Tout à coup, l'un d'eux inclina les ailes et fondit en piqué. Les autres l'imitèrent.

– Aaargh ! hurla Barbillon lorsque trois serres tranchantes lui labourèrent le visage.

Il tira son sabre. Spic saisit d'une main ferme la grande épée de son père. Ils se postèrent de chaque côté de Goumy et avancèrent, chancelants, en frappant et en poignardant au hasard. Et, tandis que les vampirinals poursuivaient leur assaut frénétique, la tête des voyageurs tintait de leurs voix aiguës.

–*Laissez-le !* hurlaient-elles. *Renoncez à lui. Il nous appartient !*

–Que faire, Barbillon ? demanda Spic, nerveux. Nous ne pourrons jamais les distancer.

Sans un mot, Barbillon s'accroupit et se mit à entasser par mottes la boue collante qui recouvrait le sol. Puis il dépouilla de sa cape le jeune garçon, toujours dans les bras de Goumy, et la drapa sur le tas informe qu'il avait bâti.

–Bien, partons, chuchota-t-il. Et pendant que nous nous éloignons, je veux que vous pensiez à l'immense tristesse que vous ressentez d'être obligés d'abandonner Séraphin à son sort.

–*Ne vous en allez pas. Pas comme ça*, se lamenta un vampirinal. *Déposez le garçon, ou vous le regretterez !*

Durant le trajet, conformément à l'ordre de Barbillon, Spic ne cessa de penser combien il était tragique de s'être séparé de son jeune ami. Goumy et Barbillon firent de même. Ils avaient parcouru moins de cent foulées lorsque les vampirinals commencèrent à rebrousser chemin.

–*Ça marche*, dit la voix de Barbillon dans leur tête. *Continuez.*

Je suis navré de te laisser là, pensa Spic. Mais nous reviendrons bientôt te chercher, Séraphin. Je t'en donne ma parole !

Derrière eux maintenant, de plus en plus loin derrière, les vampirinals convergeaient sur le tas de boue drapé dans la cape. L'aspect était le bon. L'odeur était la bonne. Mais le garçon n'était pas là. Tout à coup, un hurlement de rage résonna entre les arbres dans le lointain : les vampirinals s'étaient rendu compte de la supercherie.

Barbillon se retourna et s'épongea le front.

– Nous les avons semés, dit-il.

Il s'agenouilla pour écouter de nouveau.

– J'entends de l'eau. Nous sommes tout près.

– Près de quoi ? demanda Spic.

– Du cœur noir des Grands Bois, répondit Barbillon avec un geste devant lui.

En haut de l'Observatoire céleste à Sanctaphrax, le professeur d'Obscurité était au bord du désespoir. L'aiguille du baromètre montait et descendait à sa guise, semblait-il. Le tachéomètre était cassé, tout comme le dynamomètre et l'anémomètre, tandis que le matériau fragile de l'affectimètre pendait en lambeaux. Les précieux instruments du professeur tombaient en miettes, jusqu'au dernier. Et s'il ne pouvait plus recueillir les données adéquates, que dirait-il aux enseignants et aux apprentis qui comptaient sur leur Dignitaire suprême pour déterminer la cause du changement abrupt dans le climat ?

Il s'approcha de la vitre brisée, se protégea les yeux de l'air cinglant et regarda sa cité bien-aimée. Les tempêtes dévastatrices n'avaient épargné aucun bâtiment. Statues renversées, tours écroulées, débris jonchant le sol. Les puissantes tornades venues du ciel infini la nuit précédente avaient arraché des ardoises, laissant des trous béants sur le moindre toit.

Rien d'étonnant à ce que des rumeurs d'évacuation courent dans les corridors poussiéreux. Demeurer sur le

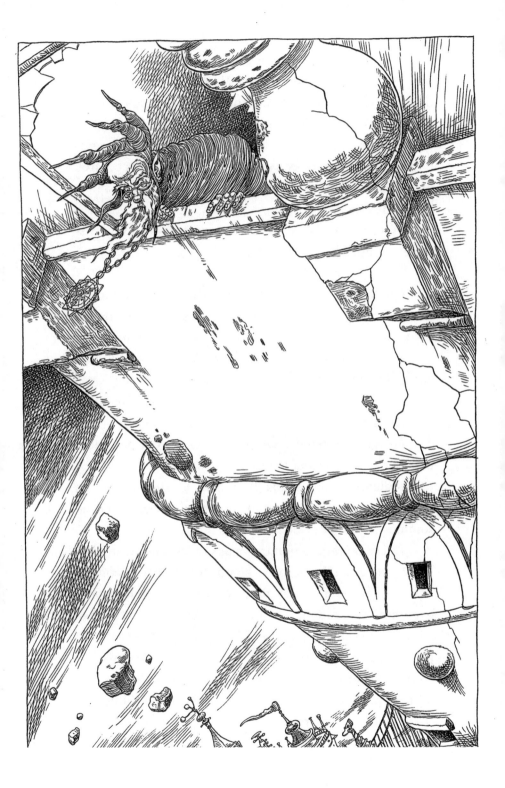

vaste rocher flottant, si exposé aux tempêtes, semblait de jour en jour plus imprudent. Mais pour le professeur d'Obscurité, quitter Sanctaphrax était impensable. C'était son sanctuaire, son foyer, sa vie. Et il lui fallait tenir compte des trois pirates. Même si Théo Slit le sournois paraissait moins convaincu, Tarp l'égorgeur et Marek le gobelin étaient inflexibles : ils devaient rester jusqu'au retour de Spic.

– Oh, le ciel nous préserve, murmura-t-il avec tristesse. Comment tout cela finira-t-il ?

Guidé par le bruit du cours d'eau, Barbillon continuait sa route dans la forêt sombre, ses compagnons sur ses talons. Dans les bras de Goumy, Séraphin remua.

– Je suis désolé, gémit-il. Je ne voulais pas… Ils parlaient de Kobold le Sage… Ils disaient…

– Ce n'est pas grave, Séraphin, dit Spic. Tu es en sécurité à présent. Penses-tu pouvoir marcher ?

– Je crois, répondit Séraphin, et Goumy le posa délicatement. Tout est ma faute, Spic…

– Silence ! commanda Barbillon, et ses oreilles en éventail frémirent. Je pressens un grand danger. Nous ne sommes pas encore sortis du pays des écoutinals.

Ils avancèrent lentement, à pas incertains, accrochés en file indienne derrière Barbillon. Il faisait noir comme dans un four et les trois pirates du ciel, dont la cape à capuche dissimulait la lumière, étaient invisibles. Séraphin fermait la marche, frissonnant de froid, affaibli par l'attaque des vampirinals. Il n'avait pas de rayonnement à masquer, mais la chaleur de sa cape abandonnée lui manquait. Un profond silence s'abattit, aussi impénétrable que les ténèbres.

Alors, Spic les vit, juste devant eux : des yeux d'écoutinals luisaient dans les arbres environnants. Il prit une inspiration brusque. Comment pourraient-ils survivre à un nouvel assaut ?

–Par ici ! s'écria soudain Barbillon, les oreilles palpitantes. Suivez le bruit de l'eau. Et ne vous occupez pas des écoutinals !

Les quatre voyageurs titubants persévérèrent dans la forêt mouvante ; les yeux dansant dans les arbres ne cessaient de se rapprocher, les chuchotements terrifiants recommençaient à envahir leurs pensées.

–*Vous ne pourrez pas fuir ! Vous ne vous sauverez pas !*

–*Restez ! Restez ici avec nous...*

–Spic ! gémit Séraphin. Je ne peux pas...

–Il le faut, Séraphin ! le pressa Spic, hors d'haleine. Encore un petit peu... J'entends l'eau.

–Non ! lança une voix angoissée, et l'aquatinal disparut.

–Barbillon ! appela Spic.

Un instant plus tard, lui et Séraphin atteignirent le bord du marécage ténébreux. Devant eux, le sol descendait en pente raide, hérissé de rochers. Et ils aperçurent Barbillon qui dévalait l'éboulis, lueur faible loin en contrebas. Séraphin grogna, anxieux.

Derrière eux, les chuchotements s'intensifièrent encore. L'air frémit de battements d'ailes.

–Ouaou ? grogna Goumy.

Le son cristallin d'un ruisseau résonnait au fond de l'abîme opaque. Séraphin hésita.

–Il y a erreur, cria-t-il à Spic. Ce n'est pas la Fontaline !

−Nous devons continuer ! s'écria Spic. Suivre Barbillon !

Avant qu'il comprenne ce qui lui arrivait, Séraphin sentit qu'on lui tirait le bras, et il fut entraîné sur la pente dangereuse aux côtés de Spic. Il dégringola l'éboulis aux graviers glissants.

Tout autour retentissait le hurlement affligé des écoutinals contrariés. Eux non plus ne voulaient pas s'aventurer dans l'abîme rocheux.

−Aaaïe !

Séraphin hurla de douleur. Il s'était tordu la cheville. Il s'étala et partit en glissade sur la pente abrupte, interminable. Il roula, roula au milieu d'une avalanche de pierres. Il rebondissait. Il se cognait. Son genou heurta un rocher. Il avait le visage et les mains écorchés. Sa tête percuta le sol.

Puis plus rien…

−L'eau, Séraphin, dit une voix. Approche-toi de l'eau, et bois.

Séraphin leva la tête. Là, devant lui, près d'un profond bassin au pied d'une cascade majestueuse, se tenait un grand personnage

couronné à la longue barbe tressée, vêtu d'une toge brodée. Ses yeux chaleureux, empreints de tristesse, semblaient voir clair en Séraphin. Celui-ci avait mal partout ;
sa tête palpitait et une douleur lancinante lui envahit les
jambes lorsqu'il tenta de bouger.

– Vous, murmura-t-il avec douceur.

– Oui, dit Kobold le Sage. C'est moi,
Séraphin.

Il plongea un doigt dans le
bassin et le passa sur les lèvres
de Séraphin.

– L'eau, Séraphin, dit-il.
Tu dois la boire. Elle te
guérira. C'est l'eau de la
Fontaline.

Il sourit.

– Un tel avenir t'at-
tend, Séraphin, dit-il
avant de se détourner et
de disparaître derrière la cascade.
Mais bois d'abord cette eau.

Le rêve se termina. Séraphin remua. Et la douleur
revint. Il avait l'impression que tous les os de son corps
étaient brisés en deux. Il avait les ongles déchiquetés,
arrachés. De profondes entailles barraient son front et le
sang lui dégoulinait sur le visage.

Puis il entendit de l'eau couler, et il ouvrit les yeux.
Il y avait bien un bassin. Il était plus petit et plus sombre
que dans son rêve, et la cascade majestueuse se réduisait
à un filet. « Bois cette eau. » Les paroles de Kobold le Sage
emplirent l'esprit de Séraphin.

Il regarda autour de lui. Ses compagnons gisaient sur le sol. Avec un coup au cœur, il s'aperçut que leurs corps immobiles ne rayonnaient plus.

« Bois cette eau. »

Dans des grimaces de souffrance, Séraphin roula sur le ventre. Lentement, péniblement, il rampa en s'aidant de son bras indemne, centimètre après centimètre.

« Bois cette eau. »

Enfin arrivé au bord du bassin, Séraphin regarda dans l'eau ridée son reflet tailladé : les coupures, l'oreille déchirée, le sang… Il tendit la main et puisa. L'eau était fraîche et veloutée. Il y trempa les lèvres et but.

Une chaleur ondoyante lui parcourut aussitôt les veines. Il but encore. Les douleurs atroces s'atténuèrent, les élancements de ses blessures se calmèrent. Après avoir bu tout son soûl, Séraphin lava le sang et inspecta de nouveau son visage. Il n'avait plus une seule égratignure.

– L'eau de la Fontaline, souffla-t-il.

Une fois, deux fois, trois fois, il mit ses mains en coupe et apporta de l'eau fraîche, réparatrice, à ses compagnons. Il la versa entre leurs lèvres, dans leur bouche, et vit avec une joie immense leurs paupières battre et leur doux rayonnement réapparaître.

Spic dressa la tête, les yeux affolés.

– Séraphin ! lança-t-il. Cette chute… Cette chute…

– Ne parlez pas, Spic, recommanda Séraphin, et il aida le jeune capitaine à se mettre debout. Venez avec moi jusqu'au bassin, et buvez.

L'un après l'autre, Spic, Barbillon et Goumy étanchèrent leur soif dans les eaux fraîches, vivifiantes. Celles-ci effacèrent leurs blessures, leurs doutes, leurs craintes.

Spic suivit du regard le mince filet qui ruisselait contre la paroi rocheuse depuis une avancée loin, loin au-dessus de leur tête.

– Où sommes-nous ? demanda-t-il.

– Au pied de la Fontaline ! s'écria Séraphin. C'est son eau !

Spic considéra la muraille.

– C'est par là, Spic ! dit Séraphin, et il pataugea dans le bassin. Derrière la cascade, ou ce qu'il en reste. Oui, c'est là ! s'exclama-t-il. Regardez, Spic !

Une crevasse étroite dans la paroi, qui ressemblait à une marque de couteau, s'enfonçait vers les profondeurs du rocher. Séraphin sortit de l'eau et scruta l'ouverture sombre. Les autres pataugèrent dans le bassin et le rejoignirent.

– Vous voyez, dit Séraphin. Et regardez là, indiqua-t-il.

Il effleura les deux symboles gravés dans la roche à l'entrée.

– Le trident et le serpent de…

– Kobold le Sage, souffla Spic.

Il se tourna vers Séraphin.

–Mais comment le savais-tu? L'as-tu appris aussi dans tes précieux manuscrits?

Séraphin secoua la tête et sourit.

–Je l'ai vu en rêve, dit-il simplement.

–Eh bien, suivons ton rêve, dit Spic. Conduis-nous, Séraphin. Conduis-nous jusqu'à la Fontaline!

Chapitre 18

La Fontaline

A U DÉBUT, LA PROGRESSION FUT PÉNIBLE. DES FRAGMENTS de roche tombée jonchaient le sol, et Goumy lui-même dut se mettre à quatre pattes pour gravir le défilé. Le roulement et les rebonds des cailloux résonnaient contre les parois abruptes de chaque côté.

–Ici, c'est plus facile, annonça Séraphin. Le sentier devient solide, comme s'il y avait des marches.

Il baissa les yeux.

–Ce sont des marches, chuchota-t-il.

Spic le rattrapa, et tous deux s'arrêtèrent un instant pour regarder. Devant eux s'élevait un long escalier sinueux creusé dans le rocher par le passage d'innombrables pieds.

Séraphin frémit d'enthousiasme.

–Je foule le chemin qu'il a foulé, murmura-t-il alors qu'il repartait en hâte. Je suis les traces de Kobold le Sage.

Séraphin grimpa de plus en plus haut. Il ne trébucha pas une seule fois. Il ne fut pas une seule fois hors d'haleine. Tout à coup, l'air parut léger. Séraphin regarda autour de lui et son cœur bondit. Enfin – ce n'était pas trop tôt ! – il était au-dessus des terribles Grands Bois suffocants qu'il avait craint ne jamais quitter.

Il hésita, scruta le ciel. Des nuages blancs et jaunes tourbillonnaient là-haut et offraient des échappées cruellement tentantes sur un grand mont pointu. Séraphin sentit la main de Spic lui toucher l'épaule ; il se retourna.

– Écoute l'eau, Séraphin, dit Spic.

Le jeune garçon tendit l'oreille. Le murmure cristallin du ruisseau avait cessé. C'était désormais un plic ! plic ! plic ! doux mais insistant : l'eau tombait goutte à goutte dans le bassin, loin en contrebas.

– Il s'assèche, dit Spic d'un air sombre. Et lorsque les eaux de la Fontaline s'arrêteront de couler...

Il s'interrompit, perplexe d'avoir proféré ces mots.

– Oui, Spic ? demanda Séraphin.

– Lorsque les eaux de la Fontaline s'arrêteront de couler... répéta-t-il, avant de se prendre la tête à deux mains. Oh, Séraphin, pourquoi ai-je l'impression d'entendre mon père prononcer cette phrase ? Je... Je... Non, c'est peine perdue, dit-il d'une voix contrariée. Je ne me souviens pas, c'est tout.

– Venez, dit Séraphin. Peut-être que la réponse se trouve à la Fontaline.

Au fur et à mesure de l'ascension, l'air se réchauffa. Les nuages se rapprochèrent de plus en plus, tourbillons et volutes déconcertantes. Subitement, le soleil radieux perça et inonda le paysage entier de sa lumière dorée.

– Nous sommes au-dessus des nuages ! s'écria Séraphin ravi. Et regardez ! dit-il, le doigt pointé.

La fin de la montée était toute proche.

Séraphin s'élança, le cœur battant d'impatience. Spic courut à son côté, Goumy et Barbillon sur leurs talons.

Dans le lointain tournoyait un grand oisoveille, pas plus gros qu'un point déchiqueté sur le ciel orange. Ses yeux perçants scrutèrent durant quelques minutes les pics élevés. Puis il battit de ses larges ailes et s'éloigna.

Lorsque la tête des voyageurs dépassa la plus haute crête rocheuse, le soleil les éblouit. Ils se protégèrent de la main et regardèrent devant eux.

Séraphin, le souffle coupé, tomba à genoux.

– La Fontaline, murmura-t-il, tremblant.

Derrière lui, l'eau résonnait dans le bassin loin en contrebas. Plic ! Plic ! Plic !

Côte à côte, les quatre voyageurs contemplaient, dans une admiration enchantée, le paysage magnifique qui se déployait sous leurs yeux. Ils étaient sur une grande dalle de marbre blanc, en surplomb d'un vaste lac autrefois profond, maintenant presque à sec, entouré d'une végétation luxuriante.

Des arbres vert émeraude, des buissons et des arbustes ployaient sous les fruits. Des fleurs rouges, violettes, jaunes, orange et bleues répandaient dans l'air des senteurs enivrantes.

– C'est un immense jardin ! souffla Séraphin.

Le soleil palpitant descendait derrière la face ouest des cimes rutilantes : une grande couronne dorée paraissait encercler tout le paysage. Des ombres allongées s'étiraient vers eux, envahissaient les jardins fertiles sur les pentes et gagnaient la source turquoise, amoindrie, à leurs pieds.

– Regardez, dit Séraphin, et il désigna un éperon rocheux sur la rive d'en face. C'est l'endroit où l'eau plonge vers le bassin en contrebas.

Une goutte unique clapota dans l'atmosphère tranquille.

– C'est la Fontaline !

Le soleil disparut derrière les rochers de marbre qui se découpaient sur le ciel rouge sombre, tel un temple splendide. Spic se tourna vers l'aquatinal.

– Le pilote de pierres. Où est le pilote de pierres, Barbillon ?

De la main, Barbillon réclama le silence. Ses oreilles se dressèrent et frémirent. Il examina les imposantes colonnes de marbre striées au bord de la source.

– Qu'y a-t-il, Barbillon ? demanda Spic. Entends-tu quelqu'un ?

Alors, il l'entendit. Un doux froufrou agitant le silence. Une boule se forma dans sa gorge. Il s'avança, et son corps se mit à rayonner faiblement. Une silhouette apparut de l'autre côté de la source. Elle s'approcha entre les arbres, devint plus nette et commença elle aussi à rayonner.

Séraphin découvrit une jeune fille mince à la peau pâle, presque translucide, et à la chevelure flamboyante. Il resta bouche bée. Elle n'était tout de même pas le dernier membre de l'équipage ! Pourtant, elle rayonnait...

– Ouaou-ouaou ? grogna Goumy.

– Spic ? dit Séraphin. Cette fille est-elle le pilote de pierres ?

Spic ne répondit pas. La jeune fille s'approcha encore.

– Capitaine Spic ? dit-elle, hésitante.

– Mauguine, chuchota Spic. C'est toi.

– Oui, capitaine, dit-elle, et elle se précipita pour l'enlacer.

Une goutte d'eau unique tomba de l'éperon rocheux.

– Je savais que tu viendrais me chercher.

– N'avais-je pas juré de ne jamais abandonner mon équipage ? sourit Spic. Tu es la dernière, Mauguine.

Mauguine recula d'un pas.

– La dernière ?

– Oui, Mauguine, confirma Spic.

Loin au-dessous d'eux, la goutte s'écrasa dans le bassin sombre.

Mauguine leva un regard timide sur Barbillon et Goumy.

– Mais où sont les autres ? Tarp Hammelier ? Cabestan ?

Spic détourna les yeux.

– Cabestan est mort, dit-il avec tristesse. Mais Tarp, Marek et Théo Slit nous attendent à Sanctaphrax.

Mauguine sursauta, affolée.

– À Sanctaphrax ? Mais ne craignent-ils rien ?

Spic eut un petit rire.

– Ils se reposent dans mon bureau à l'École de la Lumière et de l'Obscurité, dit-il. En toute sécurité.

– Mais, capitaine... reprit Mauguine.

Son visage paraissait tendu. De petites rides marquaient les coins de sa bouche.

– As-tu oublié ce que t'a dit le Loup des nues ?

Spic se figea.

– Le Loup des nues ? chuchota-t-il. Non, je... je ne me souviens pas.

Mauguine fronça les sourcils.

– Il t'a dit ce que tu devais faire, lui rappela-t-elle. Sur *Le Chasseur de tempête*, là-bas dans le ciel infini, ajouta-t-elle avec douceur pour essayer de lui rafraîchir la mémoire. Avant que la tempête blanche nous enveloppe...

–*Le Chasseur de tempête* ? Une tempête blanche ? répéta Spic, et il secoua la tête. Je ne me souviens de rien. Ni aucun de nous, dit-il en regardant les autres. Pas le moindre souvenir après notre entrée dans le tourbillon atmosphérique…

Il se retourna vers Mauguine.

–Mais tu te souviens, toi. Comme tu avais ton épais manteau à capuche, la tempête ne t'a pas brouillé la mémoire… Dis-moi ce qui s'est passé, Mauguine. Dis-moi ce dont tu te souviens.

L'écho d'une autre goutte tombant dans le bassin monta jusqu'à eux. Mauguine s'écarta.

–Parle ! cria Spic. Il faut que je sache !

–Oui, fais-lui connaître tes pensées, ordonna Barbillon. Sinon, je le ferai à ta place !

Mauguine soupira.

–Je n'ai pas le choix.

Elle prit une inspiration sonore et leva les yeux.

–Une fois l'oisoveille disparu, sa corde tranchée par ta propre main, j'ai craint que…

–J'ai coupé la corde de l'oisoveille ? souffla Spic.

Mauguine hocha la tête.

–Dois-je continuer ?

–Oui, répondit Spic.

–J'ai craint que nous ne trou-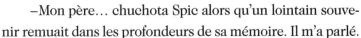vions jamais *Le Chasseur de tem-pête*. Et pourtant, nous l'avons trouvé, immobilisé au cœur paisible du tourbillon atmosphérique. Ton père, le Loup des nues, t'attendait là.

–Mon père… chuchota Spic alors qu'un lointain souvenir remuait dans les profondeurs de sa mémoire. Il m'a parlé.

– Oui, confirma Mauguine. Il t'a dit que la Mère Tempête, cette puissante tempête qui a fécondé la Falaise à l'origine, allait revenir.

Séraphin se tortilla, survolté. C'était ce qu'il soupçonnait depuis le début.

– Il t'a expliqué qu'elle parcourrait le ciel infini en direction de la Fontaline, au point culminant des Grands Bois, continua Mauguine, pour rajeunir sa source mourante.

– Oui, oui, coupa Séraphin, incapable de se taire un instant de plus. C'est précisément ce que décrivent les manuscrits.

– Chut, Séraphin, ordonna Spic.

Des bribes de souvenirs commençaient à se rassembler. Il regarda Mauguine.

– Mais Sanctaphrax est sur sa trajectoire, dit-il. Oui, maintenant, je me rappelle... Le Loup des nues... m'a dit... de sectionner la grande Chaîne d'amarrage, c'est bien ça ?

Mauguine hocha la tête.

– Si la Mère Tempête gaspille son énergie à détruire Sanctaphrax, elle n'atteindra jamais la Fontaline pour en régénérer les eaux. Les ténèbres au cœur noir des Grands Bois se propageront jusqu'à ce que la Falaise entière soit envahie !

– Par le ciel, gémit Spic. Qu'ai-je fait ?

Il plongea ses yeux dans ceux de Mauguine.

– J'étais là-bas, Mauguine. À Sanctaphrax. J'aurais pu les avertir. Notre rayonnement aurait dû me raviver la mémoire... Oh, si seulement je n'avais pas oublié ma mission !

Il se tourna vers ses compagnons.

– Nous allons partir immédiatement. Mauguine, il faut que tu nous accompagnes.

Puis il blêmit et chancela sur le côté.

– Mauguine, dit-il, désespéré. T'avais-je précisé quand l'événement devait se produire ?

Elle secoua la tête.

Spic gémit.

– Tu ne connaissais qu'une partie de l'histoire, Mauguine. Et j'avais besoin de l'entendre pour me souvenir du reste...

Il hésita.

– La Mère Tempête reviendra...

Les paroles de son père resurgirent avec une netteté atroce.

– ...quand les eaux de la Fontaline s'arrêteront de couler.

Mauguine s'éloigna brutalement. Tout son corps devint raide et elle braqua son regard sur l'éperon au bord de la source.

– Spic ! dit-elle en le saisissant par le bras. Spic, écoute !

Celui-ci se tut. Il tendit l'oreille.

– Quoi ? demanda-t-il. Je n'entends rien.

– Justement, dit Mauguine. Elle est muette.

Spic fronça les sourcils.

– Que veux-tu dire ? Je...

Un frisson lui glaça le dos. Le clip ! clip ! régulier de l'eau avait cessé.

– La source de la Fontaline a fini par se tarir, dit Mauguine à voix basse. Seule signification possible...

Spic leva des yeux écarquillés.

– La Mère Tempête est en route, dit-il. Je me rappelle les moindres détails à présent. Elle devrait arriver ici à l'aube. Mais il n'en sera rien. Non, car elle heurtera Sanctaphrax sur le coup de minuit, dépensera en vain son énergie et la Falaise retombera dans les ténèbres. J'ai failli à mes engagements, dit-il avec amertume. Envers le Loup des nues. Envers Sanctaphrax. Envers moi-même.

Barbillon s'avança.

– Néanmoins, il reste peut-être une solution, affirma-t-il.

Il plissa les yeux et dévisagea Mauguine.

– Je le lis dans ses pensées.

– Quoi ? dit Spic. Que pense-t-elle, Barbillon ? Me caches-tu quelque chose ? demanda-t-il à la jeune fille.

Elle regarda ailleurs.

– Mauguine ! s'écria Spic. Je t'en prie !

– Veux-tu que je le lui dise ? menaça Barbillon.

Mauguine ravala ses larmes.

– Il n'existe qu'un moyen pour regagner Sanctaphrax à temps, dit-elle d'une voix douce. Mais le risque est énorme.

Spic demeura bouche bée.

– D'ici minuit ? dit-il. Comment ?

– Non, c'est de la folie, dit Mauguine, qui foudroya Barbillon des yeux. Juste une pensée extravagante.

– Parle ! exigea Spic.

Mauguine soupira. Et, malgré son regard assez ferme, seul un chuchotement tremblant s'échappa lorsqu'elle ouvrit la bouche.

– Le pyrovol.

CHAPITRE 19

Le vol vers Sanctaphrax

LE PYROVOL ! SPIC PÂLIT. IL S'AGISSAIT DU TRAITEMENT infligé aux mutins par les capitaines (pirates et ligueurs) les plus cruels. L'individu incriminé était attaché à un rondin de bois enflammé puis propulsé comme une fusée pour un vol sans retour dans le ciel infini. C'était une punition horrible, redoutée de tous ceux qui voyageaient à bord de navires du ciel. Mauguine ne pouvait tout de même pas…

– Je sais que l'idée paraît insensée, Spic, dit la jeune fille. Mais au lieu de lancer un tronc enflammé à la verticale, nous pourrions peut-être calculer une trajectoire en arc de cercle au-dessus des Grands Bois, jusqu'à Infraville. Néanmoins, les risques sont terrifiants. Tu pourrais soit tomber trop tôt et atterrir dans la forêt du Clair-Obscur ou le Bourbier, soit dépasser largement Infraville et disparaître au-delà de la Falaise. Et même si, par miracle, tu atteignais Infraville, tu serais sans doute un corps calciné à l'arrivée.

Spic posa un regard décidé sur Mauguine.

– Je suis prêt à courir ces risques.

– Mais Spic, intervint Séraphin, vous avez entendu ce qu'elle a dit. Votre mort serait certaine !

– Je dois essayer, persista Spic. Sanctaphrax sera promise à la mort si je ne le fais pas. De même que toutes les créatures des Grands Bois si la rivière n'est pas régénérée. Je dois essayer.

Séraphin prit la main de Spic. Il tremblait, son souffle était précipité.

– Laissez-moi partir à votre place. Laissez-moi effectuer le pyrovol jusqu'à Sanctaphrax. Je suis plus jeune que vous. Plus léger. Et que vaut la vie d'un apprenti raté, comparée à celle du meilleur capitaine pirate qui ait jamais existé ?

Il se tut un instant.

– Et... vous pourriez m'attacher un message dans le dos à l'attention du professeur d'Obscurité, au cas où je n'arriverais pas vivant...

Spic sourit.

– Tu n'es pas un apprenti raté, Séraphin ; tu m'as rendu de beaux services.

Il secoua la tête.

– Je ne peux pas te charger de cette mission. C'est mon devoir.

– Mais Spic ! protesta Séraphin, les larmes aux yeux.

– Je te remercie, dit Spic, mais la question est close...

– N'empêche, quelqu'un qui t'accompagnerait... dit Mauguine, pensive. Un arbre robuste supporterait le poids de deux passagers ; ainsi, au cas où le premier s'évanouirait, le second conserverait une petite chance. J'irai avec toi, capitaine.

– Vous ? demanda Séraphin, incrédule.

– Je suis pilote de pierres, répliqua Mauguine. J'ai le savoir et l'habileté. C'est moi qui devrais accompagner Spic.

Spic sourit et courba la tête.

– Je suis très touché. Mais je dois y aller seul.

– Mais capitaine ! objecta Mauguine.

– Je regrette, Mauguine, dit Spic. Toi et le reste de l'équipage m'avez suivi assez longtemps sans faillir. J'ai mis en péril votre vie à tous lorsque je me suis embarqué pour le ciel infini. Je vous en ai déjà trop demandé.

Il marqua un silence.

– Offre-moi tes compétences, pas ta vie.

Mauguine lui prit la main.

– Ma vie t'appartient déjà.

Ils explorèrent les jardins luxuriants de la Fontaline à la recherche de l'arbre le plus grand, le plus robuste et le plus léger qu'ils pouvaient trouver. Ils finirent par choisir un magnifique ricanier gris argent fièrement dressé tout au bord de la source inerte.

– C'est presque dommage de couper un si bel arbre, dit Séraphin avec un regard perdu. Je me demande combien d'années il aura vécu ici, à puiser dans les eaux de la Fontaline. Qui sait, Kobold le Sage lui-même s'est peut-être abrité sous son feuillage.

– C'est un bon choix, capitaine, apprécia Mauguine. Il brûlera bien et longtemps.

– Mettons-nous au travail, dit Spic avec impatience. Le temps presse. La Mère Tempête est en route, et minuit sonnera bientôt sur Sanctaphrax.

Goumy empoigna la hache de Tontin et asséna de grands coups. Des éclats de bois gris cendre voltigeaient.

Enfin, le ricanier s'écroula dans un triste soupir grinçant (du moins aux oreilles de Séraphin) suivi d'un fracas épouvantable.

Pendant que Goumy réduisait l'arbre à un simple tronc, Spic et les autres, sous la direction attentive de Mauguine, s'employèrent à ligoter les plus grosses branches pour bâtir une rampe de lancement.

– Il faut l'orienter vers l'étoile du levant, car Sanctaphrax se situe de ce côté, indiqua Mauguine. Puis régler l'inclinaison avec minutie. Si la trajectoire de vol est trop haute, tu ne retomberas jamais sur terre.

– Mais comment pouvez-vous donc évaluer la distance ? demanda Séraphin en secouant la tête.

– Je ne peux pas, répondit Mauguine, abrupte. Mais j'étais pilote de pierres avant ta naissance. La navigation aérienne est mon métier. Je ne connais rien d'autre. En mobilisant toute mon expérience, je dois essayer de viser juste.

Elle se détourna.

– Spic, il faudra que tu sois prêt à l'action. Nous allons t'attacher à l'extrémité du tronc ; lorsque Infraville apparaîtra au-dessous de toi, tu tireras sur les nœuds coulants pour te libérer.

– Je comprends, dit Spic.

Tandis que le ciel s'assombrissait, ils calèrent le rondin sur la rampe, inclinée selon le vœu de Mauguine, et disposèrent à sa base des bouquets serrés de branches feuillues. Spic boutonna son long manteau et ajusta les courroies de ses ailachutes. Puis, sur l'insistance de Mauguine, il s'enduisit d'une épaisse couche de la boue rafraîchissante de la Fontaline.

– La boue te protégera de la chaleur intense du feu, expliqua Mauguine. Et prends ceci, ajouta-t-elle en lui tendant une petite bouteille. Elle contient l'eau réparatrice de la Fontaline ; toutefois, si le ciel le veut, tu n'auras pas à t'en servir.

Enfin, ils attachèrent Spic sous le grand tronc d'arbre. Mauguine serra le dernier nœud coulant.

– Au revoir, capitaine Spic, chuchota-t-elle.

Spic tourna la tête et regarda Mauguine descendre la rampe de lancement et sauter sur le sol. Ses yeux suivirent le tronc, droit et profilé pour le vol, jusqu'aux branches que Barbillon, une torche embrasée à la main, s'apprêtait à enflammer.

– Attends mon signal, cria Mauguine. Commence par allumer ces fagots aux endroits exacts que je t'indiquerai.

– Arrêtez ! hurla Séraphin.

Il revenait de la rive au pas de course, les vêtements boueux, barbouillés en hâte.

– Je ne peux pas vous laisser partir seul, Spic, s'écria-t-il. Impossible !

Il grimpa sur le ricanier en pente et se cramponna au tronc.

– Nous n'avons pas le temps ! répliqua Spic, impatient.

– Alors, poussez-vous, Spic, demanda Séraphin. Mauguine, attachez-moi. Vous avez dit vous-même qu'à deux les chances de réussite sont plus grandes.

– Ferais-tu vraiment un tel geste pour Sanctaphrax ? dit Spic. Même si tu risques la mort ?

– Pas pour Sanctaphrax, répondit Séraphin. Pour vous, Spic. Et peut-être aussi, ajouta-t-il dans un sourire, pour Kobold le Sage.

– Fais ce qu'il demande, dit Spic à Mauguine.

Enfin, ils furent prêts. Spic sourit à ses fidèles pirates là-bas sur le sol.

– Ouaou-ouaou, Sp-aou-ic ! cria Goumy.

– Mes rêves vous accompagneront, dit Barbillon.

Il se pencha vers les branches désignées tour à tour par Mauguine et les toucha de son flambeau. Les feuilles huileuses s'embrasèrent aussitôt.

– Je reviendrai ! cria Spic au-dessus du brasier rugissant.

Chauffée à blanc par les branches incandescentes, la base du tronc prit feu. Elle siffla. Elle fuma. L'arbre vibra, trembla, et soudain…

Le grand tronc enflammé brisa ses liens, partit comme une flèche et s'élança dans le ciel, laissant derrière lui un éventail d'étincelles orange. La cime de l'arbre et ses deux passagers ligotés disparurent bien vite dans l'obscurité, et seule la base demeura visible: un point de lumière qui rapetissa et s'affaiblit, alors qu'il entamait son périlleux voyage.

– Le ciel te protège, Spic! chuchota Mauguine.

Lorsque l'arbre en feu décolla, la force ascensionnelle était telle que Spic, le souffle coupé, dut chercher de l'air. Visage tourné, yeux bien fermés, il s'agrippa aux cordes qui le ligotaient au tronc et les implora de résister.

Ils ne cessaient d'accélérer. La pression devenait intolérable. Son estomac chavirait. Le sang refluait de sa tête. Il avait les coins de la bouche déformés. À une vitesse inimaginable, l'arbre se précipita au-dessus des Grands Bois avec sa cargaison vivante. Si un habitant de la forêt l'avait aperçu, il aurait fait un vœu en pure perte, croyant à une étoile filante.

Pris de vertige et de nausée, Spic voyait, dans le clair de lune, la voûte argentée filer sous lui, indistincte. Il serra les dents. Ses tempes palpitaient, son cou tirait, il avait la peur au ventre.

Ne t'évanouis pas ! se dit-il, sombre, et il implora encore les nœuds de résister.

Les paroles d'encouragement de l'oisoveille à bord du *Voltigeur* lui revinrent en mémoire. Limpides, comme si son grand protecteur avisé ne l'avait jamais abandonné en fin de compte, elles chuchotèrent dans sa tête : « Cette vague aussi passera. »

Spic ferma les yeux. Tout passe. Les joies. Les peines. L'instant de triomphe, le soupir de désespoir. Rien ne dure toujours – pas même ceci…

À regret, Spic rouvrit les yeux. Presque à l'horizontale maintenant, ils semblaient avoir atteint le sommet de l'arc dessiné par la comète embrasée. L'immense étendue de la forêt défilait à toute allure, loin en contrebas. La vitesse. La pression. La chaleur extrême. Il entendit Séraphin gémir près de lui.

Les flammes avaient dévoré plus de la moitié du grand tronc. D'énormes pans calcinés se détachaient et tombaient ; à mesure que les flammes se rapprochaient, la chaleur devenait plus intense. Ni Spic ni Séraphin ne pourrait la supporter encore longtemps. Leur cœur battait à tout rompre. Leurs mains tremblaient. Ils étaient inondés de sueur.

– Ne cède pas maintenant, chuchota Spic, pris de tournis. Accroche-toi…

Le grand arbre flottant avait dépassé son point culminant, c'était une certitude. Dans un grognement d'effort, Spic scruta au-devant… et vibra de joie. Loin devant eux, étincelant sous la lune argentée, s'étendait le désert stérile du Bourbier. Spic n'avait jamais été aussi heureux d'apercevoir le terrible paysage décoloré. Un moment après, ils le survolèrent : plus loin encore, les lumières de Sanctaphrax luisaient.

Ils avaient engagé la descente. Ils volaient de plus en plus bas. La chaleur était atroce. Les bottes de Séraphin se boursouflaient. Les poils du gilet de Spic se ratatinèrent et devinrent flasques.

Accroche-toi, se répéta Spic. Encore un petit peu…

Bas dans le ciel, les grandes tours de Sanctaphrax brillaient au clair de lune. Au-dessous, le chaos sordide d'Infraville s'étalait sur les rives de l'Orée, désormais à sec. Spic se rendit compte, effaré, qu'elle était tarie jusqu'à la dernière goutte. Et à présent que l'eau de la Fontaline avait cessé de couler…

Séraphin poussa un hurlement.

Les flammes rugissaient autour d'eux et, malgré l'épaisse couche de boue protectrice de la Fontaline, ils grillaient tout vifs. Spic se tourna et rencontra le regard affolé de Séraphin.

– Tiens bon, souffla-t-il d'une voix rauque.

Les docks flottants apparurent. Ils survolèrent les faubourgs les plus excentrés d'Infraville.

– Maintenant, Séraphin ! cria Spic. Tire sur les cordes !

Les yeux de son apprenti se révulsèrent et sa tête s'affaissa, molle.

– Séraphin !

Le gros rocher flottant de Sanctaphrax passa au-dessous de Spic. Les pensées tourbillonnaient dans sa tête. Que faire ? S'il se détachait, Séraphin, lui, continuerait sa route au-delà de la Falaise et s'enfoncerait dans le ciel infini. Mais s'il tentait de lui porter secours, Sanctaphrax elle-même risquait de périr.

Il n'avait pas le choix.

Spic tira son couteau et trancha les cordes qui retenaient Séraphin. Elles s'effilochèrent et cassèrent, et le vent sépara le jeune apprenti du chicot de tronc brûlant. Les ailachutes s'ouvrirent et Séraphin s'éloigna en flottant.

Sans perdre une seconde, Spic desserra le nœud qui le liait au reste de l'arbre immense et s'élança dans le ciel derrière son compagnon. Ses ailachutes se déployèrent et les poches de soie se gonflèrent derrière lui. Il regarda les alentours, nerveux, s'attendant presque à voir Séraphin tomber comme une pierre. Mais non. Il flottait, là au-dessous.

– Séraphin ! cria Spic.

Il monta les genoux et se jeta en avant, de manière à modifier l'angle des ailachutes, puis il piqua vers Séraphin.

Le jeune garçon était blanc comme un linge, mais il respirait. Non seulement il respirait, mais, par bonheur, il avait repris conscience.

– Comment manœuvrer ces ailes ? gémit-il.

– N'essaie même pas ! répondit Spic. Tu te débrouilles très bien. Pas de gestes brusques, c'est tout !

Tandis qu'ils descendaient, les dernières habitations branlantes disparurent dans leur dos. Le sol devint rocheux et inhospitalier. Il s'approchait à toute vitesse.

– Impossible de reculer, s'écria Spic. Prépare-toi à l'atterrissage. Recroqueville-toi et roule, Séraphin ! hurla-t-il. Recroqueville-toi et roule.

Un instant plus tard, Spic atterrit, immédiatement suivi de Séraphin. Dès qu'ils sentirent le sol sous leurs pieds, ils fléchirent les jambes et roulèrent sur le côté. La boue desséchée se fendit et s'écailla.

Spic fut le premier debout. Il se pencha sur le corps immobile de son ami, déboucha la petite bouteille que lui avait donnée Mauguine et humecta les lèvres de Séraphin.

Celui-ci ouvrit aussitôt les yeux et leva la tête.

– Comment te sens-tu ? chuchota Spic.

– En dehors du fait que je suis rôti et tout meurtri ? rétorqua Séraphin, et il se dressa sur son séant.

Spic sourit.

– Peux-tu marcher ? demanda-t-il.

– Je… je crois, dit Séraphin. Où sommes-nous ?

Spic regarda les colonnes rocheuses argentées qui allaient en s'élargissant.

– Dans le Jardin de pierres, grogna-t-il.

Des volutes de brume tournoyèrent aux endroits où l'air froid rencontrait le sol tiède. Une brise se mit à souffler. Séraphin frissonna.

– Le Jardin de pierres, se lamenta-t-il. Mais c'est à des lieues de Sanctaphrax !

À cet instant, le ciel autour d'eux s'emplit d'un tourbillon d'ailes. L'un après l'autre, des oiseaux blancs étincelants se posèrent et sautillèrent vers eux ; leur cercle se referma autour des deux malheureux. Les volatiles grattaient le sol, agitaient leurs ailes déchiquetées, tendaient le cou, ouvraient des becs féroces et croassaient, menaçants. Une odeur de viande putréfiée se répandit.

– Les corbeaux ! marmonna Spic, et il dégaina son épée. Les corbeaux blancs !

Séraphin saisit son couteau ; lui et Spic se plantèrent dos à dos, armes brandies, dans l'attente de l'attaque. N'étaient-ils arrivés jusqu'ici que pour échouer, presque en vue de Sanctaphrax ?

– Écoutez-moi, demanda-t-il aux oiseaux. Il faut que vous m'écoutiez.

Mais les corbeaux blancs n'étaient pas de cette humeur. Ils lancèrent des coups de bec et croassèrent encore plus fort. Sous peu, inévitablement, le plus courageux (ou le plus affamé) d'entre eux romprait les rangs et déclencherait l'assaut.

La Mère Tempête

L
A LUNE BRILLANTE ÉCLAIRAIT, IMPASSIBLE, LA SCÈNE
lugubre dans le Jardin de pierres. Deux person-
nages, dont les armes scintillaient dans la lumière,
se tenaient l'un près de l'autre. En cercle autour d'eux, les
corbeaux blancs, voraces, grattaient le sol de leurs serres
recourbées.

–Que faire, Spic ? demanda Séraphin.

–Je… Nous…

Spic se tut. Pour la première fois depuis qu'il s'était
lancé à la recherche de son équipage disparu, il ne savait
pas quelle décision prendre. Il avait retrouvé tous les
pirates du *Voltigeur*, pourtant la quête n'était pas ache-
vée ; du moins, elle avait changé de nature. S'il ne voulait
pas que la Mère Tempête détruise Sanctaphrax, il devait
agir, et agir vite.

Tout à coup, le plus gros des corbeaux s'avança. Il
pencha la tête.

–Étoile filante ? croassa-t-il.

Spic resta bouche bée. Non seulement le grand
oiseau parlait, mais il semblait le reconnaître.

– Ou… oui, dit-il, hésitant.

– Ami du professeur d'Obscurité ?

– Vous connaissez le professeur d'Obscurité ? s'étonna Spic.

– Krahan connaît, confirma le corbeau blanc.

– Alors vous devez nous aider… commença Spic, mais les cris rauques de la colonie agitée noyèrent ses paroles.

Krahan pivota vers ses semblables et leur commanda de se taire, puis il se retourna vers Spic.

– Vous aider ? dit-il.

– Je voudrais que vous portiez un message au professeur, dit Spic. Un message important.

– Important, répéta Krahan.

– La Mère Tempête frappera Sanctaphrax à minuit, déclara Spic d'une voix lente et distincte. Il faut évacuer la cité flottante immédiatement. Dites-lui que Spic arrive.

Plongeant son regard dans les yeux jaunes et inexpressifs de Krahan, il tenta de lire les pensées de l'oiseau.

– Pouvez-vous me rendre ce service ?

Avant que le corbeau blanc ait eu le temps de répondre, les ténèbres envahirent brusquement le Jardin de pierres. Tous levèrent la tête. De curieux nuages noirs s'étaient amassés devant la lune ; ils grouillaient et se tordaient comme un tonneau de chenilles des bois.

Les corbeaux croassèrent à l'unisson : un chœur rauque consterné.

C'est alors qu'un éclair bleu sifflant zébra le ciel et s'abattit tout près. À l'endroit où il toucha le sol, la terre se craquela ; tandis que la fumée et la poussière se dissipaient, la surface miroitante d'un nouveau rocher apparut.

– Cette atmosphère annonce l'arrivée de la Mère Tempête, dit Spic, sinistre.

Le corbeau blanc le regarda de biais.

– Vous savez choses que professeur d'Obscurité ne sait pas, répliqua-t-il avec méfiance. Comment ?

– Parce que le secret m'a été révélé, dit Spic, le bras tendu. Là-bas, dans le ciel infini, où nul professeur n'a jamais osé s'aventurer. Krahan, vous devez me croire. Si vous ne partez pas immédiatement, il sera trop tard. Trop tard pour vous, pour moi, pour Sanctaphrax. La vie sur la Falaise disparaîtra.

– Kouarrrk ! cria le grand oiseau.

Il battit des ailes et décolla.

– Kouarrrk ! cria-t-il de nouveau, et le cercle d'oiseaux s'ouvrit pour livrer passage à Spic et à Séraphin, dès lors intouchables. Kouarrrk !

– Trouvez le professeur d'Obscurité, cria Spic.
Transmettez-lui mon message.

Krahan vira et s'éloigna à grand bruit en direction de
Sanctaphrax.

– Et que le ciel ne vous prenne pas de vitesse, chuchota Spic.

Spic et Séraphin se précipitaient sur le sentier qui les
ramenait à Infraville et le Jardin de pierres s'éloignait
dans leur dos. Tout autour, le ciel sifflait et crépitait,
menaçant. Des filaments de lumière bleu électrique se
déployaient dans l'obscurité. La Mère Tempête arrivait et
l'atmosphère témoignait de son imminence. Une bonne
demi-heure s'était déjà écoulée.

– Accélérons, pressa Spic, et il se mit à courir. Minuit
approche. Nous devons nous dépêcher.

– Je… je vous suis, haleta Séraphin, fatigué.

Devant eux, les flèches et les tours de Sanctaphrax
scintillaient dans l'air étincelant. Et, alors que le vent ne
cessait d'enfler, toute la cité flottante dansait à l'extrémité
de la Chaîne d'amarrage tendue, tel un ballon de bau-
druche au bout de sa ficelle.

Enfin, bien plus tard que ne l'aurait souhaité Spic, les faubourgs d'Infraville apparurent. Des ateliers bas en planches, au toit ondulé, une petite tannerie, une manufacture de gréements.

– Nous y sommes presque, dit Spic, hors d'haleine.

Derrière lui, dans le ciel devenu violet, les éclairs bleu électrique s'intensifiaient. Ils sifflaient tout autour des magnifiques constructions de Sanctaphrax et le long de la robuste chaîne qui la retenait au sol.

– Par ici, indiqua Spic, qui tourna soudain dans une ruelle étroite bordée de vanneries et de poteries toujours ouvertes malgré l'heure tardive.

Séraphin se démena sur ses traces, les jambes en coton.

Ils prirent à gauche. Puis à droite. Infraville entière s'agitait, grouillait. Les gobelins et les trolls, rassemblés en groupes anxieux, scrutaient le ciel, le montraient du doigt et murmuraient, inquiets. Un événement funeste se préparait. Un événement qui semblait pire que toutes les tempêtes précédentes réunies.

Spic et Séraphin continuaient leur chemin, bousculant la foule au passage. À droite. Encore à droite. Puis à gauche. Leur but était là : au centre d'une place pavée

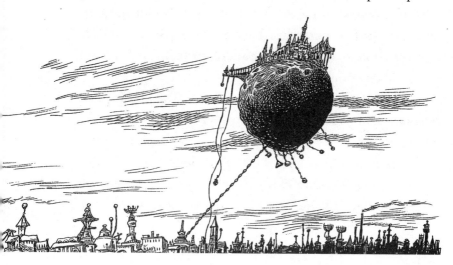

devant eux trônait la plate-forme d'amarrage de la cité flottante.

La place fourmillait déjà d'universitaires. Ils semblaient déconcertés, affolés, décalés aussi dans leur tenue de cérémonie au milieu d'Infraville, sale et anarchique. Spic jeta un coup d'œil sur le rocher flottant : des paniers bondés amenaient à terre de nouveaux habitants. De toute évidence, Krahan avait transmis le message, et le professeur avait agi en conséquence.

L'air étincela et un roulement de tonnerre assourdissant fit trembler le sol. Les bourrasques de vent hurlaient dans les rues étroites et autour de la place.

Tête baissée, Spic se dirigea vers la plate-forme sans rencontrer d'obstacles : les gobelinets chargés de la surveillance avaient déserté leur poste. Il regarda la Chaîne d'amarrage et soupira. Aucune épée ne pourrait jamais trancher de tels maillons. Il grimpa sur le socle et s'accroupit pour examiner les fixations à l'extrémité de la chaîne.

Le bloc d'amarrage était un système compliqué. Une plaque d'acier qui portait deux arceaux avait été boulonnée à la plate-forme et au rocher en dessous. Le bout de la chaîne était enroulé autour d'un axe denté et son dernier anneau fixé entre les deux arceaux par une lourde tige horizontale. Pour libérer Sanctaphrax, il fallait retirer la tige. Mais comment ?

– Un marteau, Séraphin, cria Spic. J'ai besoin d'un gros marteau. Au nom du ciel, trouve-m'en un immédiatement.

Séraphin se précipita dans la cohue.

Une acclamation s'éleva et Spic, tournant la tête, vit un personnage voûté, en toge noire, descendre d'un panier qui venait d'atterrir de l'autre côté de la place, près de la fontaine asséchée.

C'était le professeur d'Obscurité. Spic poussa un soupir de soulagement. Si le Dignitaire suprême de Sanctaphrax avait quitté la cité flottante, l'évacuation devait être quasi terminée.

Pas trop tôt, pensa Spic, tandis qu'un ronflement sourd, terrifiant, retentissait au loin. C'était la Mère Tempête qui arrivait.

Que faisait Séraphin avec ce marteau ? Spic chercha autour de lui un objet, n'importe quoi, qui lui permette de dégager la tige.

Tout à coup, une violente averse de grêlons (aussi gros que des œufs d'oisorats) s'abattit sur Infraville : elle fracassa les vitres et transforma la peur en tumulte lorsque la foule hurlante courut s'abriter. Spic se protégea du bras et leva les yeux.

Dans des bulles bouillonnantes, des flamboiements fulminants, une énorme masse de nuages, noirs comme de l'encre, filait à travers le ciel nocturne dans leur direction.

La Mère Tempête était proche !

Spic bondit au bas de la plate-forme et, de son épée, ôta l'un des pavés de la place. Il revint à toute vitesse vers les fixations et frappa la tige avec le pavé.

Elle bougea !

Spic réessaya. Cette fois-ci, la tige se coinça. Il essaya encore. Mais en vain. La tige était bloquée.

– Bouge, fichue tige ! rugit Spic, contrarié, furieux. Bouge !

– Spic ! cria une voix bien connue. Mais que fais-tu donc ?

Spic leva les yeux. Le professeur d'Obscurité fonçait vers lui.

– Je vous en prie, professeur, grogna Spic tandis qu'il assénait des coups de pavé sur la tige. Je n'ai pas le temps de vous expliquer.

– Spic! Non! s'écria le professeur.

Il retroussa sa toge, grimpa sur le socle et saisit le bras de Spic.

– Es-tu devenu fou? Quelle mouche t'a piqué pour que tu t'attaques (toi entre tous!) à la Chaîne d'amarrage?

Spic se délivra d'une secousse.

– Tout sera perdu si je ne le fais pas, dit-il. La Mère Tempête est presque au-dessus de nous! Elle éclatera à minuit.

– Mais enfin, Spic, comment peux-tu le savoir? demanda le professeur.

– Ce que j'ai appris dans le ciel infini m'est revenu, répondit Spic. Ce que j'avais oublié lorsque vous m'avez découvert dans le Jardin de pierres. Pour que la vie continue sur la Falaise, il faut sectionner la chaîne de Sanctaphrax! La Mère Tempête doit atteindre la Fontaline sans encombre.

– Non, murmura le professeur, abasourdi. Non.

Son souffle s'accéléra.

368

– J'ai donné mon accord pour l'évacuation... Je craignais que des habitants ne soient blessés, voire tués, dans les effondrements. Mais sectionner la chaîne ! Non, c'est impossible. J'aurais dû rester là-haut avec les autres.

– Les autres ? dit Spic, et il découvrit une rangée de silhouettes minuscules qui scrutaient là-haut contre la balustrade. Tarp ? Marek ?...

– Oh, ton équipage est ici, mais plusieurs vieux universitaires ont refusé de partir. Les professeurs des sonde-brouillard, des palpe-vents et des scrute-nuages, et même cet arriviste de professeur d'Études psycho-climatiques... des gens manifestement plus fidèles que moi à Sanctaphrax, ajouta-t-il et, sans crier gare, il bondit et poussa Spic de tout son poids.

Distrait par le spectacle des universitaires obstinés, le jeune pirate ne l'avait pas vu venir. Le choc le déséquilibra et il culbuta de la plate-forme. Dans sa chute, il se cogna violemment la tête sur le bord. Il leva des yeux groggy vers le professeur campé au-dessus de lui.

À cet instant, une cloche retentit. C'était la lourde cloche de cuivre de la Grande Salle, qui sonnait l'heure.

Dong !

Le professeur dressa la tête.

– Tu vois ! s'écria-t-il. Minuit, et tout va bien.

La foule s'agitait, nerveuse, le regard rivé sur le ciel où de gigantesques amas de nuages s'accumulaient. Tout semblait démentir les paroles d'espoir du professeur.

Dong !

Loin au-dessus des têtes, la sphère de nuages compacts palpitait comme un énorme cœur noir. L'air crépitait. Le vent hurlait. La Mère Tempête était sur le point de déployer – et de gaspiller – sa puissance régénératrice ici à Sanctaphrax, à des lieues et des lieues de la Fontaline.

Dong !

Écarlate, hors d'haleine, Séraphin surgit soudain près de Spic. Il serrait un marteau dans sa main.

– Spic ! s'écria-t-il. Que s'est-il passé ?

Dong !

Le ciel roula et gronda. Des éclairs bleus et violets s'abattirent : des pavés volèrent en éclats, des bâtiments s'écroulèrent, de la cave au grenier. Les habitants d'Infraville et les citoyens de Sanctaphrax, terrifiés, se ruèrent en tous sens à la recherche d'un abri sûr.

Spic prit à deux mains sa tête douloureuse.

– Détache la Chaîne d'amarrage, Séraphin, souffla-t-il d'une voix sourde. Avant que la cloche sonne minuit.

Dong !

Séraphin bondit sur la plate-forme : de son corps, le professeur d'Obscurité défendait l'accès au mécanisme du bloc d'amarrage.

– Écartez-vous ! cria Séraphin.

– Il faudra d'abord me tuer ! le défia le professeur.

Dong !

Séraphin fit un pas et saisit le vieux professeur par la manche.

– Non, non ! s'écria celui-ci en libérant son bras. Si tu crois que je vais laisser des siècles de connaissance se perdre, eh bien... lança le professeur d'une voix aiguë, maussade, eh bien, tu es aussi fou que lui !

Dong !

– Vite, Séraphin ! grogna Spic, qui se relevait, chancelant. Vite !

La tempête rugit. La terre trembla. Le ciel vibra.

–Non, Séraphin, implora le professeur. Je... je te donnerai tout ce que tu voudras ! s'écria-t-il. Que demandes-tu ? Ton propre département ? Un poste de professeur ? Parle, et tu l'auras. Mais ne détache pas la Chaîne d'amarrage !

Dong !

–Tiens, bredouilla le professeur en retirant sa lourde médaille de fonction. Prends le grand sceau de Sanctaphrax. Il est à toi. Mais ne détruis pas notre belle cité, supplia-t-il alors qu'il tendait la main et passait la médaille autour du cou de Séraphin.

Ce dernier en profita pour attraper le poignet maigre du professeur et le tirer d'un coup sec. Avec un cri de désespoir, le professeur d'Obscurité fut arraché au mécanisme et projeté loin de la plate-forme. Il s'affala lourdement sur le sol.

Dong !

Séraphin pivota, se pencha et martela furieusement la tige. L'axe denté, grinçant, gémissant, bougea. Dans des éclats de rouille, les rouages et les mécanismes qui n'avaient pas servi depuis des centaines d'années s'ébranlèrent.

Dong !

La Mère Tempête approchait, de plus en plus bas dans le ciel, qu'elle envahissait au fur et à mesure de sa descente. L'air lourd était chargé d'une électricité qui faisait se dresser les cheveux sur les têtes et répandait une odeur de soufre, de goudron et d'amandes grillées. Une énorme tornade tourbillonnait, et Sanctaphrax ellemême tournoyait. Au-dessous de la cité flottante, les habitants, craignant pour leur vie, s'enfuirent dans toutes les directions.

Soudain, le dernier anneau de la grande chaîne sectionna la tige comme un couteau brûlant tranche une motte de beurre. Sanctaphrax était libre.

Dong !

– Non ! gémit le professeur d'Obscurité, qui se redressa tant bien que mal.

Il remonta sa toge et courut après la chaîne entraînée par le rocher flottant.

– C'est impossible ! hurla-t-il. Non !

– Professeur ! cria Spic dans son dos. Écoutez-moi !

Mais le professeur ne lui accorda aucune attention. Sanctaphrax était toute son âme. Il ne voulait pas, ne pouvait pas vivre sans elle. Il prit son élan, bondit vers l'extrémité de la chaîne et se cramponna.

– Professeur ! appela Spic.

Dong !

La cloche sonna le douzième coup. Il était minuit sur Sanctaphrax.

La Mère Tempête mugit comme une bête formidable. Libéré de ses liens, le rocher de Sanctaphrax monta plus haut que jamais et disparut à l'instant où la Mère Tempête, bouillonnante d'énergie et de vie nouvelle, roula dans le ciel pour honorer son rendez-vous matinal avec la Fontaline.

Séraphin sauta du socle et courut vers Spic.

– Le ciel vous protège, professeur, dit Spic, le regard levé.

Séraphin lui posa la main sur l'épaule.

– Le professeur d'Obscurité était quelqu'un de bien, Séraphin, dit Spic. Dévoué, fidèle… comme les autres universitaires aveuglés qui ont refusé de descendre.

Il soupira.

–Ils ne pouvaient pas abandonner leur Sanctaphrax bien-aimée.

–Les voici ! tonna une voix furieuse.

–Ils ont brisé la Chaîne d'amarrage ! cria une autre.

Spic et Séraphin se trouvèrent face à une foule indignée (universitaires, gardes, chauffeurs de panier) qui se précipitait vers eux.

–Que faire ? demanda Séraphin à Spic.

Celui-ci leva les bras.

–Amis ! Collègues universitaires ! Habitants d'Infraville ! Il est vrai que Séraphin a détaché la Chaîne d'amarrage...

La foule grandissante siffla et hua.

–Mais s'il ne l'avait pas fait, cria Spic au-dessus du vacarme, la terrible tempête dont chacun de vous peut témoigner aurait détruit non seulement Sanctaphrax, mais aussi Infraville... et toute la vie qui règne à ce jour sur la Falaise !

– Comment le savez-vous ? brailla un grand personnage en toge.

– Pourquoi faudrait-il vous croire ? demanda un autre.

Les cris enflèrent, plus coléreux.

– Parce que je parle au nom de votre nouveau Dignitaire suprême, rétorqua Spic.

La foule hésita.

– Oui, vous avez bien entendu : le nouveau Dignitaire suprême !

Il désigna le pesant sceau en or autour du cou de Séraphin.

– Car c'est le titre que lui a conféré l'ancien Dignitaire suprême, comme l'y autorisent les coutumes ancestrales de notre bien-aimée Sanctaphrax...

Séraphin se recroquevilla, gêné.

– Mais... mais... murmura-t-il.

– Il n'y a plus de Sanctaphrax bien-aimée ! lança une voix furibonde.

– Tant mieux ! cria un Infravillois. Paresseux d'universitaires !

– Rebut d'Infraville ! fusa la réponse rageuse.

Des bagarres éclatèrent, des poings volèrent. Un instant plus tard, toute la cohue se figea, les cris noyés par les croassements perçants et frénétiques du vol de corbeaux blancs qui planaient dans le ciel au-dessus d'eux.

– Le chœur des morts, gémirent les Infravillois, et ils coururent s'abriter.

374

Dans une immense bourrasque de plumes, les corbeaux blancs se posèrent et formèrent un cercle protecteur autour de Spic et de Séraphin. Le plus gros se tourna vers le jeune pirate et avança son grand bec.

– Krahan, dit Spic. Merci d'avoir...

– Éclair dans Jardin de pierres, l'interrompit l'oiseau. Éclair bleu. Vous avez vu ?

– Ou... oui, dit Spic. Oui, je l'ai vu.

Krahan hocha la tête avec vigueur.

– Rocher pousse là. Énorme. Grossit vite. Très, très vite. Devez l'attacher. Tout de suite. Sinon, s'envolera.

Spic fronça les sourcils. Il se souvenait du nouveau rocher miroitant, apparu dans le Jardin de pierres.

– Ne crois-tu pas ?... demanda-t-il à Séraphin.

– Vous pensez que ce rocher serait de taille à porter...

– Une nouvelle Sanctaphrax ! s'écria Spic. C'est précisément mon idée !

Il s'adressa aux universitaires.

– Vite ! Allez tous dans le Jardin de pierres ! Prenez cordes, chaînes, filets, poids, tout ce que vous trouverez. Car le rocher qui grossit au bout de la Falaise sera votre nouvelle cité flottante. Ensemble, vous pourrez bâtir une nouvelle Sanctaphrax.

L'assemblée regardait, muette. Séraphin s'avança, main sur le sceau accroché à son cou.

– Obéissez-lui ! commanda-t-il.

Durant une minute, il n'y eut pas de réaction. Puis une voix isolée cria :

– Au Jardin de pierres !

Et la foule se mit à refluer de la place.

Spic se tourna vers Séraphin.

– Ah, comme je t'envie ! dit-il.

– Vous m'enviez ?

– Bien sûr, répondit Spic. Tu vas pouvoir tout reconstruire : créer la cité du savoir telle qu'elle aurait dû être. Fini la mesquinerie, la médisance, les complots à mi-voix. Tu es le pont, Séraphin, qui réunira Infraville et la nouvelle Sanctaphrax. Les marchands et les universitaires n'entretiendront plus un mépris réciproque, car tu as vu les deux côtés, Séraphin, et tu as bon cœur. Aujourd'hui, tu as aussi un nouveau rocher flottant sur lequel bâtir tes rêves.

– Et vous, Spic ? demanda Séraphin.

– Moi ? dit Spic. Je dois rejoindre les membres de mon équipage, à la fois ici et à la Fontaline.

Il soupira.

– Si seulement Cabestan n'était pas mort...

– Restez ici ! proposa Séraphin, qui saisit les bras de Spic. Nous bâtirons ensemble la nouvelle Sanctaphrax. Vous et moi...

– Ma place est ailleurs, dit Spic d'un ton ferme. Elle n'a jamais été ici. Ma place est aux commandes d'un navire du ciel, mon fidèle équipage à mes côtés.

Séraphin grimaça.

– Mais moi ? dit-il. Comment vais-je faire ? La tâche est trop grande pour moi seul.

– Suis ton cœur, Séraphin, répondit Spic. Et je te garantis que tu ne te tromperas pas beaucoup. N'oublie pas : suis ton cœur.

Il sourit.

– Et je suivrai le mien.

Lorsque le ciel au-dessus de la Falaise commença de s'éclaircir, les universitaires, empressés, avaient enveloppé l'énorme rocher dans un filet robuste, lui-même retenu par toutes sortes de poids.

– Bien, déclara Séraphin, satisfait que, du moins dans l'immédiat, le rocher soit immobilisé. Je dois retourner à Infraville pour discuter d'une nouvelle Chaîne d'amarrage avec Rufus Fourneau de la ligue des Forgerons et Fondeurs. Pendant ce temps, je veux que vous surveilliez le rocher. Assurez-vous que les poids qui l'empêchent de s'envoler sont assez nombreux.

– Tout de suite, monsieur, répondit Vox, le grand apprenti du Collège des nuages, d'une voix contenue, mielleuse.

Séraphin se précipita vers la brouette qui l'attendait. Vox plissa les yeux ; un sourire détestable passa sur ses lèvres.

– Petit avorton, marmonna-t-il tout bas. J'aurai ta peau un de ces jours...

Lorsqu'il atteignit la place principale d'Infraville, Séraphin remarqua un attroupement autour de la fontaine centrale asséchée. Il se pencha et tapota l'épaule du chauffeur de brouette.

– Merci, dit-il. Je voudrais descendre une minute.

Le chauffeur baissa les montants de la brouette et Séraphin sauta sur le sol. Il s'élança vers la fontaine.

– Qu'y a-t-il ? Que se passe-t-il ?

– Chuuut, monseigneur ! insista un gobelinet. Écoutez !

Séraphin prêta l'oreille. Dans les profondeurs de la fontaine résonnait un gargouillement intense.

– Que... commença-t-il.

Et soudain, alors que les premiers rayons de l'aube illuminaient la place, un rugissement strident s'éleva, une

gerbe d'eau puissante jaillit dans l'air – dix, vingt, trente foulées au-dessus des têtes – et doucha tous les spectateurs.

Séraphin avait le souffle coupé.

– Victoire ! s'exclama-t-il. La Mère Tempête a atteint la Fontaline. Elle lui a redonné vie. Les eaux de l'Orée coulent de nouveau. Nous sommes sauvés !

Les professeurs et les apprentis oublièrent toute leur solennité de jadis : ils bondirent de joie avec les Infravillois et gambadèrent dans le flot torrentiel jusqu'à ce qu'ils soient trempés. Leurs doutes furent effacés puis, lorsqu'ils ouvrirent la bouche pour boire l'eau fraîche et limpide, leurs corps s'emplirent d'une telle énergie, d'un tel optimisme qu'ils poussèrent des cris de triomphe.

– Longue vie à l'Orée !

– Longue vie à Infraville !

– Longue vie à la nouvelle Sanctaphrax !

Et l'air vibra dans la clameur tonitruante qui suivit :

– Longue vie à la nouvelle Sanctaphrax !

Séraphin sourit et s'écarta du jet d'eau. La chaleur du soleil fit fumer ses vêtements.

– Séraphin ! cria une voix. Il est temps !

Il se retourna. Il n'y avait personne et, l'espace d'une seconde, il se demanda si ce n'était pas Kobold le Sage qui s'adressait à lui.

– Séraphin ! Lève la tête !

Il obéit et s'abrita les yeux de la main.

– Spic ! s'écria-t-il.

Le jeune capitaine le regardait, là-haut à la barre d'un

navire qui planait dans le ciel. À côté de lui se penchaient Marek, Tarp Hammelier et Théo Slit. Ils étaient tous dans l'ombre de l'imposant château arrière, pourtant ni eux ni Spic ne brillaient : le rayonnement avait cessé depuis le passage de la Mère Tempête. De l'autre côté du capitaine se tenaient Chardon, Rolf, Phylos et, paré de plumes et de bijoux, le rustotroll Patoche : la majorité de l'équipage d'Éclair Cisailleur. Séraphin aperçut le nom du navire en lettres d'or étincelantes. C'était *Le Flibustier*.

– Je les ai trouvés sur les docks flottants, qui espéraient mon retour ! expliqua Spic. À présent, si le ciel le veut, je vais rallier la Fontaline. Chercher Goumy, Barbillon, Mauguine…

Il sourit.

– Je viens te dire au revoir.

Séraphin sentit son cœur se serrer. Au revoir ?

– Déjà ? Spic, vous partez déjà ? cria-t-il.

– Je le dois. Mais nos chemins se croiseront de nouveau, répondit Spic. Toutefois, pour l'heure, ta place est ici, Séraphin.

Les voiles du *Flibustier* se gonflèrent. Le navire du ciel fit un bond en avant.

– Spic ! appela le jeune garçon.

– Porte-toi bien, Séraphin ! lui souhaita Spic avant de fixer son attention sur les leviers de vol.

Le navire s'éloigna comme une flèche dans le ciel. Séraphin le regarda se découper, de plus en plus petit, sur le jaune citron du soleil levant. Seconder Spic dans sa quête avait été merveilleux, et une partie de lui-même aurait bien voulu être à ses côtés en cet instant, sur *Le Flibustier* qui cinglait vers la Fontaline. Mais, au fond de son cœur, Séraphin savait que sa place n'était pas sur un navire du ciel. Son devoir l'attendait en effet ici.

« Suis ton cœur, et je suivrai le mien », lui avait dit Spic. C'était ce qu'il y avait de mieux à faire. Et, alors qu'il jetait un long regard ultime sur le navire du ciel, Séraphin sourit.

Spic suivait son cœur ; il était temps pour lui, Séraphin, de suivre le sien.

– Bonne chance, Spic, mon ami, s'écria-t-il. Que le ciel vous accompagne, où que vous alliez !

TABLE DES MATIÈRES

Achevé d'imprimer en France par N.R.I. s.a.s., 61250 Lonrai
Dépôt légal : 3ᵉ trimestre 2005
N° d'impression : 051932